彼岸

朱慧丽 著

The Dream Land

亚洲第一商学院纪实

上海交通大学出版社
SHANGHAI JIAO TONG UNIVERSITY PRESS

内容提要

土生土长的上海姑娘 Cindy 为了追求更精彩的人生来到亚洲顶级商学院——中欧攻读 MBA。在这里，她遇到了一群来自世界各地的年轻精英。有精通 6 国语言的韩裔“考拉兄”、颜值爆表的台湾帅哥、心直口快的纽约华裔、秀外慧中的香港才女……

他们怀揣各种抱负，渴望成就辉煌的人生。当不同肤色，不同国籍的精英们聚在一起，梦想、野心、才华在这里激情碰撞。他们的生活高度国际化，充满着无限的机遇，但他们也面临着各种各样的人生诱惑与选择。在爱情、友情、现实、利益面前……他们将演绎怎样的精彩人生?

本书展现了最真实的商学院学习生活场景以及最真实的精英群体职场历练。希望所有梦想到达理想彼岸的年轻人都能从中得到指引和慰藉。

图书在版编目(CIP)数据

彼岸：亚洲第一商学院纪实 / 朱慧丽著. —上海：上海交通大学出版社，2015
ISBN 978-7-313-13564-3

Ⅰ. ①彼… Ⅱ. ①朱… Ⅲ. ①纪实文学—中国—当代
Ⅳ. ①I25

中国版本图书馆 CIP 数据核字(2015)第 179506 号

彼岸
——亚洲第一商学院纪实

著　　者：朱慧丽
出版发行：上海交通大学出版社　　地　　址：上海市番禺路 951 号
邮政编码：200030　　电　　话：021-64071208
出 版 人：韩建民
印　　制：苏州市越洋印刷有限公司　　经　　销：全国新华书店
开　　本：880 mm×1230 mm　1/32　　印　　张：10.5
字　　数：206 千字
版　　次：2015 年 10 月第 1 版　　印　　次：2015 年 10 月第 1 次印刷
书　　号：ISBN 978-7-313-13564-3/I
定　　价：35.00 元

序

Cindy,你才不是一个没有故事的女同学

其实我压根儿不认识作者，看到这本书完全是机缘巧合。整本书看下来，我最心有戚戚焉的地方就是我跟作者相似，在刚开始上中欧(国际工商学院)的时候完全是个菜鸟，对她书里那种面对课业压力的无力感和沉重感简直一模一样。不过很可惜的就是我上的是 EMBA，同学和我都已经人到中年了，没机会领略她小说里写的那些在课业压力下仍然有美好的青春和爱情充盈的中欧岁月。说实话，看完了，很向往，很有几次生出了“早知如此应该不读 EMBA 而是去读 MBA”的不靠谱想法，我想这也应该归功于作者把 MBA 的生活描绘的生动传神的缘故。

一点不谦虚的说，在中欧的日子，堪称我这半生以来最开心的岁月。我们 EMBA 虽然没机会像作者

书里写的那样幸福的在学校整整念上一年半的书，但是一个月四天外加课余活动、游学和讲座也足够我忙活的。我在这里认识的同学是我过去人生里最有人情味儿的，不是一对一，而是每个人对每个人。作为一个习惯了单打独斗的中年妇女，我好像在这儿第一会忘了上学的岁数，第二会忘了我入学的时候其实已经连博士都毕业 8 年了，一切都会归零，一切又都会重新开始，在刷新与重建之间，人生突然有了某些完满的意味。

这是我看这本书最美好的感受，作者的经历跟我的息息相关，于是轻易地就可以产生某些共鸣。可是我并不能替那些没有在中欧上过学的普通读者代言——我无法预测他们会不会喜欢这样的一本并没有什么情节上大起大落的“非典型小说”。就我自己而言，这本书不猎奇，不把商学院刻意抹黑或者无端拔高，该说哪儿说哪儿，该说什么说什么，质朴诚恳，态度端正。作者虽然并不是专业的文学从业者，但是文字也堪称流畅好读。如果有什么人想了解中欧的校园生活，这本纪实应该是他一个很好的选择。

我只是对书里那段时不常就提两笔的“东北遇上台湾岛”的爱情故事非常存疑。如果这样的故事是真的，那在中欧上个学可就太值得了。即使结局并不美好，而机场别离、女主角不顾而去的桥段我们已经在之前看过太多次，这本书里的结尾仍然是让人动容的一个。

如果这是真的的话，Cindy，你可真不是一个没有故事的女同学了啊。

张　巍

引　子

香港的校友会

二月底的香港，已像是四五月份的上海一样——春意盎然。大街上的老老小小，都穿得像小年轻一样气血旺盛。而真正气血旺盛的小年轻，都已经纷纷穿起了汗衫短裤。相比之下，我又多带了件不该带的行头。

一清早从上海的办公室出发去机场的时候，室外温度还只有六七度那么低。临走前我打量了下自己这一身单薄的正装，犹豫了一下，还是随手拿起座椅靠背上的大衣出了门。

刚下飞机，就感到一股热风扑面而来。于是，我把大衣叠好装进了随身携带的拉杆箱，再把西装外套脱下，搭在手臂上——这样就露出了英伦味十足的BUBBERY经典款衬衣，再搭一只黑色的PRADA

GALLERIA 手袋，怎么看都赏心悦目。每经过一处有落地玻璃的地方，我都要当镜子细细打量一番：嗯，还不错，看起来像是个投行里做事的。

下午三点，我约了两个重要客户，去公司香港办公室谈一笔信托业务。这年头，中国人一有点钱就想着要把财产转移到境外，觉得这样安全。于是海外市场上各种杂七杂八专门针对中国客户的金融产品应运而生。这已经不是我第一次把内地的高净值客户介绍给香港同事了。但前两次，都由于文化、沟通等方面的问题，让快到嘴的鸭子给飞了。这回的客户实在太重要了，吸取了前两次的教训，我只好亲自跑一趟。

看了下手表，已经十二点多了，干脆就直接去中环吧。东西先寄在酒店前台，然后再找个地方吃点东西，两点整提前进公司……我心里计划着。

突然，手机响了。我拿起一看：是我的 MBA 同学兼闺密 Joy 打来的。

“哈罗，Cindy，你到了吗？我刚忙完，准备去吃午饭，要不一起？”

“哎哟，现在恐怕不行。我先要去酒店放东西，还是晚上吧！”

“拜托，去什么酒店嘛？不是说好的吗？今晚就住我这儿！我家就在上环——中环隔壁，离你们那个 IFC 很近的！”

“哦……那——好吧，你把地址发我。”

挂了电话，我赶紧跟酒店取消了预定。没办法，Joy 这家伙一向超级热情好客，如果我拒绝她，晚上见面一定会给我脸色看！

很快，我就来到了她位于中环的酒店式公寓，一看就很高档的小区。里头住的，基本上都是像 Joy 这样的高级国际化人才，大多也都是公司给掏的租金。

没走两步，大老远就看见 Joy 站在那里恭候我的“大驾光临”了。我们在读书期间关系有如亲姐妹一般，这都快一年没见面了，能在香港重逢自然都感到特别亲切。

放好行李，她带我去了附近的一家西餐厅，点了一些汉堡三明治什么的，我们就开始抓紧时间边吃边聊。

“我们过两天就去登记了。”她突然甜蜜地对我宣布道。

“哇哦！真的啊？那什么时候办婚宴呀？”

“这个得下半年……明天我飞回台北，后天他也请假过来，我们先去领证。”

“真是恭喜啊！Joy！真高兴看到你们这一天。”我真心地祝福道。

“对了 Cindy，今晚有个香港校友会的聚餐。你想去吗？ 我可以把我男朋友也叫来。”

“想啊想啊，当然去啦！ 应该可以见到很多同学吧？”我激动地叫了起来。

吃完午餐，我们匆匆道别。 我拦了辆出租车，很快就到了中环的国际金融中心（IFC），按下电梯，我看了下表——一点四十五分，嗯，时间很是充裕，刚好可以先到办公室准备一下。

差不多三点整的样子，前台电话打进来说客户到了。 我和香港同事 Charlie 便一同前去迎接。

站在我们面前的是一对从内地专程飞过来的母子。 妈妈看起来 50 岁开外，一身雍容华贵的打扮。儿子顶多 25 岁的样子，怎么看都是一普通得不能再普通的内地“90 后”，无精打采地跟在老妈屁股后面，缺乏朝气。

但别小看人家，人家可是内地某在香港上市公司董事长的“正房公子”，本身也是这家上市公司的自然人股东之一呢！ 按照该公司最近的估值，这小子身价起码得值 5 个亿。

这不就是冲着钱的事找上我们的嘛？ ——废话喽，不为钱也不会找投资银行。 原来，随着儿子一天天长大，到了谈婚论嫁的年龄。 父母担心万一他将来婚姻有变数，财产会受到威胁。 所以干脆趁他还没结婚，先通过“信托计划”把儿子的财产给保护起来。

“我这次来呢，就是希望把他名下的股份、房产、银行资金，包括所有的金融产品，全部纳入信托的名下，这样将来万一离了婚，女方一分钱都拿不到。”妈妈语气强势地说道。

“好的，李太太。我们届时会有专门的律师、会计师、信托部门的同事共同组建的团队来为您和令郎操办这笔业务。那在设立整个信托架构之前呢，我们还需进一步地了解您的一些具体想法与需求。”一旁的Charlie操着生硬的港式普通话，文质彬彬地对客户说道。

下午五点半，总算把客户搞定，合同也顺利签掉，我这才大大松了口气。送走了客户，我一边收拾文件，一边细细回味刚才谈判的全过程：从Charlie的穿衣搭配，到他的一言一行，职业素养，真是叫人大开眼界。到底是香港，只有在这么一个成熟的金融市场里才能见识到像他这种老派又尊贵的私人银行家。我庆幸自己“抱对了大腿”，只有像他这样功力深厚的“老将”才有实力在短短两个多小时里搞定几个亿的deal。换我自己，恐怕还尚欠火候，况且又是“客场”，所以佣金和Charlie对半分绝对值了！

收拾完，我跟香港的同事打了声招呼，就匆匆离开了公司，按照Joy中午发给我的地址，来到了上环的招商局大厦——晚上中欧香港校友会聚餐就在那里。

我参加过的校友会活动无数，光上海就有专注于金融投资领域的陆家嘴分会，侧重在高科技创新行业的张江分会，后又冒出来个“乐活会”，据说是最“不务正业”的，整天组织校友吃喝玩乐。全中国范围内的中欧校友分会更是“遍地开花”，眼下大概除了西藏、宁夏还没被“开发”，其他各省市都已经被“占领”了。而且这势头还有往海外大规模扩张的趋势，这不成天收到学校的邮件，一会儿宣告美国校友会成立，一会儿又是澳大利亚分会“开张”……所以这些年，我已经养成了“有事找校友，出差奔‘组织’”的好习惯。反正拿起电话，只要一句“中欧的”，甭管你官做得再大，钱挣得再多，都得乖乖地一视同仁。

退一步来说，即便这种校友网络有时候未必能真帮到你解决某些事情，但蹭饭的机会倒是无处不在。嘿嘿，所以每次一出差，我就会哼着的小调：每座城市，某一个地方，总有个饭局在等待……

但香港的这个，我还是头一回参加，对它的地域特色满是期待。只是当我来到微信上说的地址，不禁有些失望——香港有很多名字听起来很高大上的大厦，实际都又小又旧。不过也正常啦，20 世纪 70 年代的建筑，自然不比北上广这些年新盖的摩天大楼来得宏伟。电梯坐到微信上说的楼层一看：原来是公司的内部餐厅。不会吧？中欧校友聚会居然吃食堂？我瀑汗……

但一走进包间，顿时刮目相看——小小的空间一定有人用心布置过：窗台上摆了盆优雅的紫罗兰，墙壁上嵌着两幅有些年岁的字画，一张铺着粉色格子桌布的大长桌上放了两只火锅，旁边已经摆满了各种新鲜诱人的食材……眼前的一切朴素但却雅致，屋子里的灯光十分柔和，令人备感温馨。

“哟！你是中欧的校友吧？欢迎欢迎！”身后突然传来一个爽朗的声音。

我回头一看，是个四十多岁的中年男人，西装革履，气质不凡。从他那一口颇为卷舌的普通话中可以听得出来，这个人该是从内地来的，看样子是这场饭局的东家。

很自然地，我们互换了名片，开始聊了起来。他告诉我他 1995 年从清华大学研究生一毕业就来香港工作了。近 20 年的时间，从招商局最基层的员工干到董事会副主席，2005 年去念了中欧 EMBA，那时每个月都要香港、上海来回飞……后来，我发现：在香港工作的绝大多数内地校友，都是和他差不多的情况：内地或者香港数一数二的名校毕业，服务于大公司，行业则基本集中在金融、航运、房地产。

七点半以后，人陆陆续续到了。我见到了好多很久没见的老同学，大家都兴奋得不得了。“耶鲁哥”还是那样低调却又格外引人注目，到底一直在顶级投行待着，浑身上下都散发着银行家的气质；“爱米粒儿”看样子忙得够呛，大牌咨询公司不是那么好混的；还是“可乐妹”比较爽，花旗银行总部做做风控，每天八点就可以准时下班。

不一会儿，Joy 和她男朋友也一起来了。她毕业后就一直在香港的一家跨国公司上班，我听说也是在一次香港校友聚会上，她认识了现在的男朋友——这个比我们大 4 届的学长，是个地道的香港人。

这男的看起来还不错，挺斯文也蛮老实的那种。毕竟比 Joy 大 4 岁，所以很是体贴。坐她边上，一会儿帮她夹菜，一会儿又帮她到水，还时不时地用柔软的广东话跟她窃窃私语。两人关系很是亲密，一看就已经“瓜熟蒂落”了。

吃了一会儿，“可乐妹”对我使了个眼色。我有点莫名，但还是起身跟她走了出去。

走到门外，她又小心翼翼地把我拉到众人视线以外的地方。

“到底啥事啊？搞得那么神神秘秘？”我好奇极了。

她贼头贼脑地朝屋里望了望，确保没人注意我们后，才低声说道：“你还记得 Victor 吗？ 他也来香港了。”

Victor——我愣了两秒钟。 这个名字已经很久没有听人提起过了。 瞬间，旧日的记忆排江倒海般地朝我袭来。

目　录　Contents

1

人生的特大“彩票”

五年以前，仅凭着垫底的GMAT考试分数、二流的本科学历、非主流的工作背景，我居然奇迹般地拿到了中欧MBA的录取。当时的心情，像是中了500万彩票那样欣喜若狂，因为我知道：自己的人生从此将彻底改变！

然而，改变人生岂是件容易的事？一入学，我先是晕得眼花缭乱：一夜间跻身于亚洲最顶尖的商学院，和全世界的精英朝夕相处，跟一个台湾美女做室友，生活里一半时间需要用英文……紧接着，各种密集而又狂轰滥炸的功课、考试、案例像一盆盆冷水似的劈头盖脸浇来，把我心中急速膨胀的虚荣瞬间扑灭。

会计考了2次还是不及格，被教授喊到办公室谈话，警告我若再一次挂掉，就会被劝退。当时除了我，办公室里还有另外俩同学，一个秘鲁人，一个韩裔澳大利亚人。他们看起来都黑黑的，长着两张颇有喜感的面孔，像是学校里的捣蛋鬼……教授推了一下眼镜，用略带讽刺又不失威严的口吻嘲了句："哇哦，很国际化的一支队伍嘛！"

当时我的脸大概红到脖子根，已经很久很久没那样的感觉了，像回到小学。丢人啊！刚来这所学校……就混在两个淘气鬼当中……考试不及格……被警告要开除……真是丢脸到极点……快挖个地洞让我钻进去吧！

所幸我没被开除。意外的收获是和那个韩裔喜感面孔成了好朋友，有种患难之交的味道。再后来，我渐渐发现，这个难兄真是跟我"臭味相投"：不爱学习，考试白痴，对数字极为迟钝。当得知他之前居然还是在IBM做战略咨询，我惊讶不已：这样的工作一听该是那些聪明绝顶的人才能干的啊！看他整天能吃能睡的，再加上一张笑嘻嘻的娃娃脸，让我联想到澳洲的考拉，丝毫没有IT精英的样子呢！但渐渐地，我发现：这只“考拉”会说6国语言，得益于父亲的工作需要全世界跑，他从小在4个国家长大，对文化、语言的接受能力远远超出普通人。

有幸和“考拉”一起去波兰参加国际商业谈判竞赛，借机在东欧玩了一大圈。我惊讶地发现：这家伙实在太太太厉害了！无论到哪个地方，他都熟门熟路，好像从小在这里长大似的。每个国家有些什么好吃的，好玩的，他都是专家。和其他国家商学院的同学打交道的时候，他俨然是个“外交官”，在华沙街头和别人讨教还价时，他又成了个活脱脱的当地“小混混”。后来我才知道，他当初是拒了欧洲排名第一的Insead（欧洲国际工商学院）的offer来的中欧。理由是中国他没怎么待过，欧洲早已都玩腻了。

整个第一学期，对我而言，真是一场严酷的磨砺！除了组织行为学，其他所有功课，我都是一张白纸。当我和那些清华、北大、复旦、交大、台大、港大、哥大、宾大、康大、哈佛、耶鲁、麻省理工毕业的天才们坐在同一间教室念书，是我的荣幸，但也不幸成了我的悲剧。

还记得深秋的图书馆，第二天商业统计学期中考试，而我却连三成都没吃透，当时的心情真可用“兵临城下”来形容，仿佛一夜之间回到高三。每个人都那么拼搏，更加制造了紧张的气氛。让我诧异的是：不止中国人，好多老外也都成了拼命三郎！凌晨两点，走进讨论室，你会发现每间都是“客满”。各种肤色，无论实力强还是弱的人，居然都在熬夜奋战！还有一些地方的同学，像“台湾帮”、“韩国帮”、“西班牙帮”，都会拧成一股绳，抱团复习。

回到宿舍，我已六神无主、心力交瘁。一想到第二天考场上的必死无疑，我反而稍稍平静下来，心里又开始七上八下：会不会真被学校开除？真开除了怎么办？哎，好想出去交换呐！但自己成绩又那么差！交换名录上那些大把大把的散布在全世界各地的名校，只有让我流口水的份了……

那时我和室友还没走得很近，她是台湾人，我是上海人。大家在生活习惯方面有些小小的摩擦，但双方都在小心翼翼地维系好彼此的关系，客套而忍让。在我焦头烂额，最需要人安慰和帮助的时候，她也不知去哪里了。想必正和其他台湾同学在一起复习吧？不过即使她在，我也不会主动麻烦人家的，毕竟关键时刻，人人自危嘛。再说以她之前的背景也完全不懂商科这套玩意，只是人家比我聪明好学很多而已。

但抓狂归抓狂，我向来也不是个轻易放弃的人，还是拿起杯子跟早就备好了的雀巢咖啡，走到走廊尽头的饮水机冲了杯又黑又苦的清咖，像喝中药一样强迫自己灌下去，准备通宵作战。

机缘总是藏在你不知的拐角处。

我倒完水，身后传来了句亲切的中文“那么晚还没睡啊？”我回头一看，是个中国男生，不高，也不矮，不帅，也不丑，但看起来很可靠的那种。

“是啊，我统计一点都不会。”我心虚地嘟囔着，“你复习得怎样？”

“我才回来，这也刚准备看一遍呢。你哪里不懂？我们可以一起复习。”

就这样，我和他坐在宿舍楼公共区的沙发上开始一起做题。

奇怪的是，时不时有人路过，想要加入我们。但我们的进度基本是从头开始，他讲我听。所以那些人只好围观。但从他们谦虚和被磁铁吸住似的黏着的眼神中，我隐约感到了眼前这位讲题的仁兄似乎很不一般啊！人愈聚愈多，很自然的，大家开始打断我们，向他提问。刚开始他会停下来先回答其他人的问题，但后来提问的愈来愈多……他突然作罢，大声说道：“我们自己都还没复习完呢，晚些再来问吧！”

人散开了，我心里一阵感动。他终于又可以安下心来教我。但我发现：其实他根本、完全、一点都不需要复习。所有的公式、题型，他都吃得通透，讲得比老师还清晰。更重要的是，他极有耐心，一道题可以反复讲三四遍，大概为了安慰我，他还跟我说自己很喜欢教书，很后悔当年没去美国念博士，否则留在大学教书该多好之类的话。不过，我估计我数学方面的弱智恐怕要严重打击到他教书育人的理想了吧？

题讲完了。我匆匆睡了2小时，第二天丝毫没有困意，神经高度紧张地去到了考场。

亏得前一夜那位仁兄的舍命陪君子，考卷上不少都是他给我几小时前拎过的要点，所以应该可以及格了。

交卷的时候，我大大松了口气。走出考场，碰到几个同学正在议论刚才的考题，非常较真的样子。我顿时心生反感，心想：都是这群人给害的，要不是他们把分数拉那么高，我哪有学那么累？都MBA了，还犯得着这么死命念书吗？又不是考大学……

“Hi Cindy，考得还好吧？”他们向我打招呼。

“还行吧，反正考都考完咯。”我一身轻松地走上前去。

“昨晚清华哥教你该教得不错吧？”

我顿时恍然大悟。后来才知道：那天教我数学到很晚的男生是本硕在清华大学电机系读了7年的高才生，平时话不多，课堂上也不太发言。但一遇到理科类考试，这样的人才顿时变成了香饽饽。

像我这种不会念书，工作经验匮乏，又没有什么了不起背景的新丁，一开始会非常困难。我也见过和我一样悲惨的几个同学，往往是之前学的、做的，和商学院的主流文化相差甚远。曾见过一位同学，刚入学时第一次跟我们打招呼是那样地热情、爽朗、自信，给大家印象都十分深刻。可后来，我眼看着她一天天面色消沉下去，愁眉不展，还哭过好几回哩！还听说另外一个同学因为实在受不了中欧的压力，老打电话回去，说“不想念了，干脆回家族企业算了。”没想到被老爸在电话里怒斥：“不许给我们家丢脸，就算死，也要给我死在中欧！”

那些神经紧绷、苟延残喘的日子已经过去很久了。但每当想起饮水机前清华哥那句关切的问候，以及通宵达旦的陪读讲解，我至今都感念在心。后来的日子里，他也一直充当着我的“私人家教”，任劳任怨。

有时，我自己都觉得自己实在笨到令人发指的地步。有回，在连续做了五六个小时数学题后，我脑子发昏，居然在他的讲义上画下 2☆＋4△＝7○的等式，他看了几乎要喷饭：“天呐！不就是 2a＋4b＝7c 吗？你到底有没有学过数学？”

但更多时候，他给我以由衷的鼓励：“你的个性只是现在被学业压抑住了，等到第一学期结束后一定会冒出来的！”那时的我极度缺乏自信，听到这样的鼓励，感动得差点没稀里哗啦的。但也许就真的只是给我信心罢，因为连我自己都不信自己有什么优势，只是在心里默默告诉自己：千万不能将来考完试就把人家给忘了，这个朋友我会一直认下去！

其实，在中欧这种地方，读书考试上的压力对大多数人而言，还真的只是小儿科。更大的挑战来自如何在这么一个高度国际化多元化的精英群体中生存。若是我事先知道日后会遇到那么多如此折磨人的挑战，也许申请的时候就会望而却步。但站在今天的角度来看，我 100％还是会选择去念，只是会多了一份“拼死吃河豚”的悲壮。

我真搞不懂我的室友，为何一开始就可以这般如鱼得水呢？她之前在台湾的一家很有名的慈善机构工作了6年，每天要和各路人士打交道：拉赞助、接受媒体采访、组织各类义演募捐……但这些都和商学院的主流文化相差甚远。她除了本科念的是台湾有名的清华大学之外，其他地方该和我半斤八两。大概第一次远离父母来到异乡，她兴奋得难以理喻。每天都要和同学出去大逛特逛。有次跑南京路上的第一食品商店居然高兴得大呼小叫……刚开学那段时间，她每天都要参加无数饭局聚会，回来后又要在浴室里“叮铃哐啷”，出来后再一阵吹风机猛吹：哗——哗——巨吵无比！

我是在拿到中欧录取之后在一家英语学习网站上认识她的。那时我们凑巧都在那家线上平台狂练口语，以备将来入学中欧之需。她跟我介绍自己是一个“念文学出身、享受生活、很好相处”的台湾女生。我当时心里一阵窃喜，从高中时代起，我就非常喜欢席慕蓉、三毛、刘镛这些台湾作家。长大以后，李敖、龙应台、白先勇这些名字更是我书架上的“常客”。干脆就找这个台湾文学女青年当室友吧！想必这一年半载都有聊不完的话题了吧？

我们初次见面是在我25岁的最后几小时。盛夏的傍晚，我只身拖了只很小的拉杆箱，随手拎了只平时出门必备的包包，第一次入住中欧校园。

不管离开的时候寝室被整成啥模样，我必须承认：那间宿舍在我入住的时候，还是很不错的屋，整洁舒适的双人间，所有设备一应俱全，绝对物超所值。

我很快就把所有的东西都整理完了——本来就没多少。理完之后开始静静地等待室友的到来，我们之前就在网上约好的：她下午从台北出发。我呢，吃完晚饭就从浦西过来，这样就可以差不多同一时间抵达了。

室友长什么样呢？我只看过她网上的头像照，但太小太模糊，还真看不出来是不是美女。管她呢，美不美还是其次的，关键是性格好不好。不过呢，我也不希望是只恐龙……嗯，她应该是比我大 3 岁，家里还有个妹妹年纪跟我差不多。嘿嘿，这样挺好的，她应该会让让我的吧？念文学的台湾姑娘会是什么样呢？一定很温婉，很端庄，很有才华吧？应该是那种纯情美丽，秀外慧中的类型吧？

就跟平日里网友见面一样，我心里七上八下的，但左等右等也不见个人影，就干脆去浴室洗澡了。我边冲边想：待会就穿那条白色的长裙，把头发吹直，披下来……让室友第一眼就觉得气味相投，淑女的室友也要看起来淑女一点啦。

也不知磨蹭了多久，学校那水龙头威力好大，冲在身上像是按摩，舒服得我都不想出来了。N 久以后，我才恋恋不舍地走出浴室，裹了块浴巾，开始找吹风机……

没想到就在这时候，那门不争气地“滴”了一下——天呐，早不来晚不来，偏偏这个时候有人刷门卡要进来了！！！别——别——我急得几乎要尖叫起来：千万别是那个发我门卡的许师傅！！！！

“哐”的一声，伴随着一阵踉跄，一庞然大物破门而入，差点摔倒在我面前。

站稳以后，这物猛一抬头，顿时和我四目相对——

只见一个皮肤晒成小麦色，健康且充满活力的女生站在我面前。她穿了条布满洞洞的牛仔裤，和一双轻巧的平底鞋。头发染成亚麻色，一把扎，整个人看上去落落大方。她身材匀称挺拔，起码有1米68，英姿飒爽，像个女侠。脸却只有巴掌那么大，明眸皓齿，又带有几分野性，让人想起张惠妹——不过是增高版的阿妹。

几秒钟内，我们彼此迅速建立起了对对方的第一印象。本科念心理学的我，深知第一印象的重要性。如果我是导演，好吧，那晚一定会喊NG，让初次见面的镜头重新来过，然后再按照剧本上写的：我该是穿着一身白色而飘逸的连衣裙，长发披肩地坐在屋里等她彬彬有礼地敲门。而她呢，绝不是这么狼狈不堪地跌进来，而是亭亭玉立地站在门外。

但放到今天，我还是更喜欢生活原创的剧本，尽管当时怎一个“囧”字了得！

“哎呀！你就是Cindy吧？！”她眼前的我是刚出浴时的模样：佝偻着紧紧躲在浴巾里，仿佛怕一不小心要走光似的，完全湿透的头发恐怖地散乱着……

“哇哈哈哈哈哈哈哈……”她突然爽朗地大笑起来，那声音极有穿透力，想必整个四楼都可以听见，还露出两颗可爱的小虎牙。

我的自信被她的笑声完全吓退，万分尴尬地轻声应道：

“是啊，你是……是Joy吧？”

“对啊！”她满脸兴奋的样子，叫我陪她下楼去搬行李。

吹干头发，换好衣服，我陪她走到“西班牙之家”门口——天呐！原来她刚才拎进来的那一大袋东西只不过是“开胃小菜”而已，还有两只更笨重的“庞然大物”正等着我们呢！大概门口的保安看她一副神勇矫健的模样，以为她自己可以搞定。所以到头来这搬运工的“美差”落到了我的头上……

我真怀疑这家伙是把台湾的家当全搬来上海了吧？箱子一打开，真叫一个应有尽有：什么电饭锅，榨汁机，小太阳，咖啡壶……后来她索性把自行车也从台北搬来了学校，说是值6 000块怕被偷，硬是在寝室里挤出块小地盘每天推进推出。

相比之下，我的东西不到她的1/5，而且我这人比较嫌麻烦，寝室只是随便住住而已，又不是家，东西能少带则少带。

和小时候升入新学校一样，那一晚，我们躺在床上兴奋得难以入眠。天南地北地神侃到凌晨4点，终于讲话讲到嗓子沙哑精疲力竭，才恋恋不舍地睡去。

第二天是我的26周岁生日，我们睡到中午12点才起床，一起去浦西找了家餐厅吃饭。她帮我点了块小蛋糕，居然开始旁若无人地放声大唱“祝你生日快乐”。我吓了一跳，急忙叫她停止，周围人都看着呢！她有些不解，嘀咕道：“给朋友过生日唱歌很正常啊！”但看我一脸尴尬的表情，终究还是停了下来，不好意思地说道：“抱歉Cindy，这次实在太仓促了，我连礼物都没准备，等到明年这个时候，我一定会帮你办个风风光光的生日派对。”

接下来的几天，校园开始慢慢热闹起来了。开学临近，同学们从全世界各地陆陆续续赶来报到，那种感觉真是棒极了！当你在走廊、教室、餐厅，到处可以见到一张张年轻的面孔，不分肤色，不论国籍，每个人都笑得那么灿烂。大家互相热情地打招呼，真诚地介绍自己，满脸都洋溢着初识的新鲜与兴奋，就像这八月盛夏里的生机勃勃。

这种氛围，不禁令我想到小时候音乐课上唱过的一首歌：“你不用介绍你，我不用介绍我，年轻的朋友在一起呀，比什么都快乐……”

从高中时代起，我就喜欢一个人背包旅行，住青年旅馆。全国各地给我印象最深刻的青旅有丽江束河古镇上的那一家、香港摩星岭、成都龙堂，还有黄山考拉国际青年旅社。这些青旅，未必条件很好，事实上，还有几间很简陋，但都给我留下了极其美好的回忆。大致也是因为在那几间旅社，我遇到过一些疯的到一块的背包客，不像日常生活里那些按部就班的人们。

事实上，在当今中国这种“压力山大”的环境下，人与人之间的真情绝对是奢侈品。要敞开心扉都不是件容易的事，更别谈什么梦想、信仰、罗曼蒂克了……地铁上、商场里，随处可见一张张刻板乏味的面孔。每当经过人民广场或是陆家嘴站，看着周围黑压压的人群——我就想起高中物理课上画的电路图。那时我边做题边想：这些小电子好可怜噢，只要一通上电，它们就会迫于电压的作用，在正负极之间以光速奔波于固定的路径……长大以后，我感慨的更多的则是社会这张无形的大电网，和每天都疲于奔命在其中像小电子一样存活着的芸芸大众。念书、高考、工作、买房、结婚、生子、还贷……生命被压抑得没有半点光泽。

但一来到中欧，我明显感到这里的空气无比清新，再也看不到黑压压的行尸走肉。很快我便意识到，这里已经脱离了平凡的世界，激情、梦想、才华、野心在这里交融碰撞，仿佛每个人都渴望在这里振翅高飞。

那时我每天白天都要认识几十张新面孔，晚上又要参加各种派对、饭局，每天都兴奋得睡不着觉，睡梦中还“咯咯”笑醒，窃喜来对了地方，这一切的一切，竟然丝毫没有辜负我对它天马行空般的幻想。

Joy 和我一样，每天都沉浸在无比的兴奋中。看得出来，她比我更激动，因为第一次背井离乡，上海的一切都令她新奇不已。

有一天，我们去了一个法国同学的家里参加他的“新屋派对”。那天他邀请了好多同学，大家也正好借这个机会可以互相认识。派对上，Joy 不知从哪“捡”来一个看起来相当性感的女生。我过去的时候，她俩已经聊得如火如荼，像是多年未曾谋面的老友了。Joy 赶紧介绍给我：“这是 Issa，纽约来的。”

Issa 是个典型的美籍华裔，长着张标准的东方面孔。但领口永远比一般中国人低一寸，就可以分辨出她该是在西方社会长大。好笑的是后来为了参加中欧的“上海之夜”，我们一起去物色旗袍。“上海之夜”是中欧的传统活动，每年12月份左右举办。一般都会在黄浦江上租艘邮轮，男生打扮成上海滩30年代的小开或是“许文强”，女生个个旗袍……那时我们是去董家渡的裁缝店里找师傅做的，Issa一个劲地要人家帮她设计成晚装那种低胸的领口，愈低愈好……后来那晚她果真穿了件旗袍不像旗袍，晚装不像晚装的怪衣服登场，嘴里还直嘀咕领口开得太高。我只好安慰她：师傅怕你着凉。

Issa 9岁随父母从香港移民去的纽约，本科以一等荣誉的身份获得哥伦比亚大学传媒与经济双学位。她跟我说她来中国念MBA是想给自己放个长假，那些商业课程她在大学里已经统统学得滚瓜烂熟。美式英语是她的母语，说起来飞快。但一切换到中文，她的语速就要放慢3倍，而且港腔十足，阅读跟写字的水平相当于小学二年级。直到毕业，我都没发现她的中文有什么进步。但也不能嘲笑得太直接，有一回我开玩笑说她是“文盲”，被她狠狠翻了一个大白眼，从此我再也不敢跟她提中文的事了。但讨厌的是：这家伙每次数落起我来，就一点也不担心我会生气。

她刚来学校的时候没有银行卡，没有“微博账号”，就连后来手机的sim卡都是我给她的！我和Joy说她是“山顶洞人”，每天都靠我们跑去敲她宿舍的门，带她到东到西。她总是“什么都行”，去哪吃啥跟谁一起，走路还是坐车，都随便。但只要一到社交场合，她就会像是上足了发条一样“叽里呱啦”地手舞足蹈口若悬河起来，屁股还时不时地扭来扭去。

我和Joy、Issa开始成为一伙，大家抓紧开学前的每一分每一秒，赶场于各式各样的派对、饭局，就连上一届的都不放过，同时还要见缝插针地逛街购物。

心虚的是：在我玩得昏天黑地之际，我也知道不少同学提前到学校都在忙于复习。中欧一开学会有两场摸底考：统计和会计，不及格的会被学校安排补课。我想反正我都没学过，不如束手就擒老实上一遍吧。有了这样的借口，我丝毫没有复习的动力，所有的时间尽是跟这俩人鬼混在一起。

开学典礼终于到了。那天，每个人都穿得衣冠楚楚、人模鬼样，终于也让我看到了中欧2010级全体MBA新生的庐山真面目，其中居然有只在偶像剧里才看得到的花样美男！！！！我和Joy坐在礼堂中激动地暗数帅哥的数量：一只，两只，三只……今年的生源真是不错呀！我心里乐得屁颠屁颠的。

简约而不失庄重的仪式结束后，学校有个欢迎晚宴。那是我们2010级所有同学第一次全体聚在一起，当然要盛装出席啦！典礼一结束，Joy就拉着我飞奔回房间，两个人迅速换上洋装礼服，一阵手忙脚乱的浓妆艳抹之后，各自踩着性感的高跟鞋吃力地走到宴会厅。

显然我们来晚了，宴会厅里已是人头攒动。Joy探了下脑袋进去一看，顿时退后三步，大惊失色道：“糟了！Cindy，我们好像‘穿过头’了！！！”换我伸头一探：真的呢！所有人都穿着职业休闲装，哪有像我们这样“兴师动众”的？！

呜呜呜，这下我真的欲哭无泪了。直怪Joy没搞清状况，害我跟她一起出丑，这下要被别人笑死了……两头大花痴！而且还是第一印象，实在太糟了！

最终，我们互相鼓励了一番，手挽着手，共数“一二三”一同跨了进去。晚宴上，每个人都那么彬彬有礼，我心虚地加入社交的队伍，感觉好像在众人面前穿了件“皇帝的新衣”似的，但还要硬着头皮强作落落大方状，端着礼节性的微笑，马不停蹄地跟同学们打招呼……好不容易撑到结束，总算勉强过关。回到宿舍的时候，我和Joy双双松了口气，一起默祷：但愿同学们今晚不要记住我们是谁。

2

酩酊大醉

开始正式上课后，我明显感到压力袭来。尽管是“基础模块”，我却因为要同时补习会计和统计，时间被排得十分密集。早晨8点补会计，1个小时之后开始正常上课，一直要上到下午5点半放学。这时别人可以松一口气了，我却还要留下来马不停蹄地补统计，基本得搞到晚上9点才结束。而且每天如此！而那个和蔼可亲的统计学教授布置起作业来竟是那样地残酷无情！

像我这种会计跟统计都不及格的“双冠王”在同学里只占很小的一个比例。所以大多数同学还是很喜欢8月份那段短暂的“基础模块”的。刚开学，一切都很新鲜，课也不算太多，所以有大把大把的时间跟心情去吃饭、唱歌、派对、泡吧……趁着初识的热情大玩一场。而我，却只能眼巴巴地看着人家出去逍遥，仿佛一只掉队的大雁。那份苦闷、失落、无奈的心情实在令人备受煎熬。

终于挨到了星期五的晚上，那天教授“开恩”，放我们8点就下课，估计他自己都想早点回去和家人共度周末吧？我深深地吐了口气，走出教学楼，放松一下已经累得精疲力竭的心，猜想整座学校都该空了吧？一想到Joy和Issa下午又是盘头发又是试礼服，准备晚上和一大群人去参加酒会的情形，我心里就痒痒的。

那是个8月底的夏夜，天气格外晴朗。我抱着书和电脑，从教学中心走回“西班牙之家”。不知哪里传来一阵音乐声，听起来很热闹。远处还有灯光！我好奇极了，走过去看个究竟。原来是一群中年人在草坪上搞露天派对。超大的屏幕、耀眼的灯光、马力十足的音响……草坪上还摆了几排乳白色的椅子。同样铺有白布的长餐桌上整齐摆放着琳琅满目的红酒、香槟、西点，供应相当充足。而长桌的尽头，则是各式各样的高脚杯、餐盘、刀叉……眼前的这一切，在银色的月光下反射出一股高冷的气质。

莫非这就是传说中的EMBA？我心里琢磨着。场景布置得很西化，耳边传来悠扬的萨克斯，非常契合这浪漫的夏日情怀。稍稍观察一下其中的人，可以分辨得出：这是一群不折不扣的成功人士。他们大多是在商海、官场中沉浮了多年的修成正果者，前半生立下了飞黄腾达的里程碑，成功和自信将他们装点得意气风发，言行举止中自然难掩平日里一贯的自信与强大气场。

我只驻足了一小会儿，就匆匆离开。向来不喜欢硬着头皮去瞎凑热闹，尤其今天这种场合，人家看我大概就是一只小屁孩吧？我本能地绕开草坪，希望躲得远一点。只是经过走廊的时候，突然看见有个头戴荧光牛角的中年男人在舞台后面摆弄电源，看样子是和草坪上那群人一伙的。他抬头看了我一眼。我也看清了这个人的整张面孔，顿时觉得好滑稽，长得像《西游记》里的金角大王！真想对他说句：我叫你一声，你敢答应吗？心里憋着笑。

怪就怪我走过去的时候又忍不住回头看了他一眼。哎哟妈呀，他居然一副心领神会的样子，走上前来，笑眯眯地问道：“小同学，你是MBA吧？”我乖乖地自报家门，告诉他我是2010级的新生。从他的口中得知，原来这是2008级EMBA的某个班在学校搞毕业派对。

接下来，“金角大王”开始左一个“学妹”右一个“学妹”，邀请我加入他们。还说什么在校园里邂逅是一种缘分。我有点受宠若惊：人家是EMBA哎，居然肯带我一起玩！但心里有点犹豫：因为那天我穿了件很素的白衬衫，下面是长裙加帆布鞋。这身打扮若是在大学校园里倒是还真是不错，可跑来商学院，实在有种“不登大雅之堂”之嫌……我怔怔地望着他，心里举棋不定。他还以为我很喜欢他头上的牛角，立刻摘下来给我戴上。这招够狠！我没有办法再拒绝。

就这样，那位EMBA学长拉着我一起加入了他们的草坪毕业派对。

人群中央好不热闹，“金角大王”被他的同学迅速拉去喝酒，没了时间顾我。我摘下头上的“牛角”，随手扔在地上，开始环顾四周：每个人似乎都很兴奋，豪迈喝酒，大声喧哗，三五成群围坐在一起聊天……我呢，像是只夜行的飞虫，悄无声息地混迹在人群里，脸上一片平静，内心却洋溢着前所未有的兴奋：今晚我居然与中欧EMBA为伍哎！

大学的时候我曾在国内一家做“在线培训”做得风生水起的公司打工赚钱。那家公司的项目经理曾跟我八卦说老板在申请中欧的EMBA，但好像连续3年都被拒之类。当时还是学生妹的我听了很懵：那是什么学校啊？连老板这样的牛人都看不上……不过现在看来，的确没什么好惊讶的。若杂七杂八的中小企业主都可以来，那中欧再建 10 座校区估计都塞不下。

后来我不止一次听说：这所学校的 EMBA 都是各行各业的“腕”。很有可能你在餐厅吃饭的时候，和你恰巧一桌；在你去礼堂听讲座的时候，静静坐你边上；或是在走廊、图书馆……总之一切可能邂逅的地方，遇到个“学长学姐”模样的中年人，也许是无聊，或者出于大家都是中欧人的默契，有时人家会像“金角大王”那样主动跟你寒暄起来，但更多时候则是出于晚辈式的礼貌和对方打个简单的招呼……对话就这么开始了！

聊着聊着，你突然好奇地问对方：那学长/学姐，您是从事什么行业的呢？对方则轻描淡写地答道：噢，我是做××的。你心里很清楚那××里定藏玄机！但你也不好意思追着问，于是就开始大谈特谈吴敬琏教授的《中国经济改革》——那是 EMBA 和 MBA 毫无争议公认为中欧最棒的课。几个回合下来，你还是忍不住问对方要张名片，接过一看顿时尖叫起来……好啦，我仅在食堂吃饭的时候，礼堂的靠背椅上打盹的时候，图书馆的饮水机前接完手机的时候，就分别收到过这些人的名片：国内知名券商的老总，500 强外企的中国区 CEO，还有一家规模在 100 多亿的 PE 基金合伙人。

难怪我当年拿到中欧录取后写信给我以前打工过的那家“在线培训”公司的老板报喜，他回我信说他已经连续申请 5 年中欧 EMBA 了，都不成，只好放弃。后面一句话让我记忆犹新：你知道在中国，有多少企业的老总以中欧的文凭为荣吗？

不过，我还是很难理解：都四十岁的年纪了，这群人为何还会怀着那么强烈的渴望，想要回到学校念书呢？

带着这样的“求知欲”，我在中欧读书期间交往了众多EMBA，有些还和他们深聊过。发现我真的提出了一个很好的问题呢。不过这些人的心理并没有我想得那样同质化，要分几类来看：

一种是“中年危机型”的，他们前半辈子事业有成，却开始迷茫人生的价值。这样的人一般有钱有闲，内心有时像个青春期的少年一样躁动不安，渴望人生的重新定位。于是来到中欧，用他们的话来说，像是接受一回精神上的“洗礼”，脱胎换骨，重新出发。我见过的最浪漫的，是一家中字头央企的老总，一念完书就辞职，自己开学校，教小朋友经济去了。

还有一种正走向巅峰的，譬如我的导师。中欧有一个MBA和EMBA结对子的项目，叫做“良师益友”计划。我的导师是一位拟上市公司的老板，公司主营通信设备，远销欧美市场。年销售已达到上亿的规模，并且每年还以50%的速度递增。看他的样子，每天做梦都在想自己在港交所敲响小铃铛的场景。他的生活意气风发，前方是灿烂辉煌等着他，所以暂时没什么好迷茫的，主要是没时间。不过不晓得等公司上市之后，他退居二线，会不会也会遭遇中年危机呢？

但无论哪种类型的EMBA，之所以选择来念中欧，至少都是有思想、有热情、爱折腾的成功人士。所以学校才会有那么多激动人心的活动：一会跑戈壁去徒步，一会跑大剧院去演话剧，动不动就出国巡演的合唱团……不过，最令我最着迷的还数航海俱乐部：天空万里无云的时候，三五个船员就可以出趟海，玩到精疲力竭之后停泊在码头边大吃大喝的滋味真叫人过瘾。

“小师妹，来，陪师兄干一杯！”一位EMBA走到我跟前，打断了我的思绪。

他挑了两只最大的红酒杯，全部斟满，跟我一人一杯，那份量相当于大半瓶红酒都给我俩平分了。之前我从未有过喝醉的经历，压根儿不知轻重深浅，居然接过那一大杯深红色的液体仰头一饮而尽，看得那EMBA目瞪口呆，连连说：“哎哟哟哟哟，小姑娘，不用这么喝的！”我这一豪迈的姿态引来周围一片回头率，但也不知为何，我心中毫无半点担忧。明知道自己晚饭都没吃，空腹豪饮，想必是醉定了，但内心一片坦然。

“人生得意须尽欢”这句诗突然飘进我脑海。很小的时候，我像背儿歌似的念诵它，那时喜欢把“欢”的余音拉得老高，大概是为了和下一句对应，听起来很押韵。但随着年龄的增长，我不知不觉地把重音放到了“尽”字上，起初也没留意这样的改变。直到有一回听了濮存昕朗诵这首《将进酒》，我发现他也是狠狠地重读这个“尽”字。到底是优秀的表演艺术家，璞的朗诵功底让我彻底领悟了这句诗的内涵：生命终究要告别，青春终究要散场。所以一定要活在当下，及时行乐。不要等自己快死的时候，却发现自己从来没活过。

想着想着，我开始觉得四周的声音愈来愈模糊，仿佛逐渐进入了一个只属于我一个人的内心世界。听不清眼前这位学长在说些什么了，只看见身边人来人往，觥筹交错……我的脚步开始打漂，有点不习惯地心引力对我的作用了。向左……向右……哦，原来这就是醉了的感觉——我默默地告诉自己，内心却没有半点恐慌跟不安。

半年前GMAT考得我苟延残喘的经历，拿到录取时那欣喜若狂的心情，让我潜意识里大概早已有了想酩酊大醉一场的打算。醉吧醉吧醉吧！痛快地醉吧！我心里喃喃自语，反正这是在中欧，没什么好怕的。今晚就算我醉倒在这里，也没关系……因为，我是她的孩子。

有人过来扶我了，是“金角大王”。他说什么我已经听不清了，像是潜在水里的感觉，只能恍惚看到他嘴巴一张一合，却听不到声音，几乎是一个寂静的世界！但也不是完全死寂，周围充满了混沌的隆隆作响，仿佛来自外太空的杂音，但我丝毫不能分辨它们的意义。

“你住在哪里？！”“金角大王”对着我的耳朵大吼，我才费力听懂了这几个字。虽然醉了，但意识仍旧很清晰：他是想送我回去。于是我毫不犹豫地告诉了他我的房间号。

中欧校园不大，像是一座精致的建筑艺术模型。到底是贝聿铭的杰作，这样的设计在国内很少见。他扶着我摇摇晃晃地走在通往寝室的路上，“回”字形的走廊顿时变得俏皮起来，只看见眼前一个个框框旋转跳跃，像是在手舞足蹈欢迎我。我被逗乐了，但旋即一阵强烈的吐意袭来，害我差点没蹲在边上的喷水池里就地解决。多亏“金角大王”及时制止！要知道，中欧那喷水池是表面积很大，水又超浅的那种，若我当晚吐在那里头，准会污染到一大片水域，不被自己恶心死，也会被同学笑死骂死，幸亏幸亏……这事我至今想来还有点后怕。

在一个陌生男人面前喝醉，并让他护送回房。这种事在我过去的生活中绝不可能发生。也许是成长在上海的缘故，又恰逢一个世风日下的年代。在这样一个人来人往、鱼龙混杂的大都市里，使我本能地就对陌生人怀有戒备心，也不太轻易相信别人说的话，更别说跟陌生人走了。但这次，我却毫无后顾之忧，因为我心里有一张底牌：反正是在学校，没比这里更安全的地方了。这种心情，就好比是一个婴儿可以躺在母亲的怀里肆无忌惮地撒娇——因为，这是我的权利。

一回到寝室，我就扑向洗脸池狂吐不已，吐出来的全是下午猛灌的咖啡和刚刚那一大杯红酒混合在一起的颜色，连我自己都觉得恶心死了，就闭上眼睛……直到胃里的杂物全部清空后，我跌跌撞撞地走出洗手间，一头栽倒在 Joy 的床上，再也动弹不得。

耳边传来水龙头“哗哗哗”的声音，时不时又听见“金角大王”大声嘀咕：“这……到底是吃的啥玩意呀？咋全都黑的啊？”

我心里泛起一丝微弱的感动：EMBA居然帮我清洗呕吐物呢……但脑袋晕涨得都快窒息了，我的意识愈来愈薄弱……

也不知过了多久，突然被一阵讲电话的声音吵醒：

“你是Joy吧？我是中欧EMBA08的学长，你室友Cindy现在喝醉了……你能不能快点回来照顾她？”

“什嘛？？！！”电话那头传来Joy的大嗓门。学长那小小的手机仿佛颤抖了一下。

我之前已经说过，Joy的嗓门是那种极有穿透力的，和她出去唱过歌就知道，不仅人长得像张惠妹，声音更像，带有胸腔共鸣的那种。真的，不去练声乐实在太可惜了。

接下来的状况，恐怕让“金角大王”始料未及了。电话里劈头盖脸一顿臭骂传来，尽管学长用的不是免提功能，但我躺在床上也能听得清清楚楚电话那头传来的咆哮。

真没想到Joy居然会如此激动。我们认识不过短短几个星期。尽管平日里她一直是个热情开朗的台湾姑娘，但待人接物却又是极有礼貌的。别说骂人了，她平时讲话表达都很注意措辞——到底是台湾清华大学中文系毕业的，那些个“之乎者也”一考究起来颇有民国年代读书人的风范哩！但我没想到她竟会为了我那么失态。

“你还好意思说自己是学长！把她灌醉，趁机跑到我们房间！！！我警告你，你自己最好搞清楚状况，不要逼我报警……”

“金角大王”顿时百口莫辩。后来电话里说什么我就听不清了，大概是 Joy 叫了个男同学来“看住”他。

后来没过多久来了个泰国同学。两人先是说了几句英文，接下来就是一片死寂。“金角大王”大概觉得无聊了，就又打电话给 Joy，请求换人。结果又遭来一顿责骂，好像是说周末在学校找个人已经够困难，别再挑三拣四的了。

之后好不容易换了个中国男生，这下气氛和谐多了，他们居然还是同乡，开始用家乡话轻声聊起天来。

我知道这次真的糗大了，被班上的男生看到自己的这副狼狈窘状……但也暂时顾不得这么多了，终于在他们轻轻的聊天声中沉沉地睡去。

也不知过了多久，“啪”地一声，像是有一道闪电划过黑夜，惊醒沉睡的我。我吃力地睁开惺忪的眼睛，日光灯刺眼地投射在屋子的每一个角落，白花花的一片。我很讨厌别人在我睡着的时候开那么亮的灯，真很粗鲁呢。但更粗鲁的还在后面：

我眼睛睁大一看，Joy 正怒眼圆瞪地望着我，那表情好吓人。还没等我回过神来，没想到她一把掀开我的毯子，双手狠狠地摁住我的肩膀，开始气急败坏地摇晃我的身体。果然，三下五除二，我就被她彻底弄醒。她气势汹汹地叱喝道：“Cindy，你这个东西真是气死我了啦！！！怎么可以跟不认识的人乱喝酒还被“灌醉”……你给我听好了，这件事，我明天一定要报告学校！”

“什么嘛……”我挣扎着坐起来，“你真是会小题大做哎，人家是EMBA，好心送我回来的。”

“……”Joy嘴里嘀咕了一句台语，我没听懂，反正听起来不像什么好话。她一边没完没了地教训我，一边倒了杯温水喂我喝。

喝完水，我继续倒头大睡。虽然被她骂得狗血喷头，那表情仿佛要揍我一顿似的，但我心里暖暖的：从小到大，除了父母，从没人对我这样过——我是指我们这代独生子女，虽然家中父母视为掌上明珠，但没有兄弟姐妹——即便我最要好的朋友，也不会这样的……她真的当我亲妹妹哟，真是太幸福了。恩，那我也一定要当她是姐姐，以后对她好一点……我心里满是甜蜜地睡去。

第二天醒来的时候，我基本已经清醒。发现Joy也已经起来了，坐在那儿打电脑。她见我醒了，指了指放在我桌上的三明治，说她一早起来做的。我又是感动得一塌糊涂。这时，她突然若有所思地问道：“Cindy，我刚想起来一件事。你知不知道那EMBA叫什么名字？我现在仔细想想，会不会昨晚骂得太凶……问题是他在电话里居然能说出我的名字哎！”

我下床走到Joy桌前，看见她散落在在电脑边的名片，顿时恍然大悟：“人家肯定是看过了你的名片！说不定还拿了张带回去呢！”

“那你知不知道他叫什么名字？在哪工作？”Joy仿佛意识到了什么，一下子着急起来。

幸好我昨晚没喝醉的时候有问过“金角大王”的名字，记得一清二楚！但做什么的还真不晓得。

于是我把名字报给了Joy，就去刷牙洗脸了。她开始登录校友系统查询……不一会儿，外面传来“啊”的尖叫声。

“怎么了怎么了？”我顾不得嘴里满是泡沫，跑出去看状况。只见Joy瘫坐在椅子上，像见到怪兽似的，指着一个股票代码说：“是……是一家上市公司的董事长哎！”

我看了一下，是“002”打头的，见她惊慌失措的样子，就赶紧安慰道：“还好还好拉，是中小板！”

“什么是中小板？”她刚到大陆，有很多东西都是头一次听说，需要我跟她一一解释。

“就是给小一点规模的公司上市的啦！别担心，这家公司的市值也就几个亿而已……”说出这话，我感觉有种在安慰一个被判电刑的死刑犯“我帮你把电椅从1万伏降低到了5 000伏”式的黑色幽默。

“糟了糟了，我该不会被他封杀吧？那样的话我在内地的发展就完蛋了！！！还不是因为你这个不争气的东西？我这下被你害惨了啦！！！”Joy发起神经来的样子很有台式的喜剧效果，一副骂骂咧咧的三八样。她又自言自语道：“对了，我得查一下这家公司是做什么的！”结果一查，发现是家实力雄厚的集团，业务涉及金融、地产、快消、餐饮多个领域。

“天呐！那么多行业呐！”这下她真的欲哭无泪了，“你个麻烦鬼，我要是将来被EMBA封杀了，在大陆找不到工作，全都怪你！”

“算了算了，我看还是打个电话给人家赔不是吧！”她最终还是老老实实拨通了“金角大王”的电话。

“喂……啊您好学长！昨晚真是非常冒昧，言语不敬，还请学长您多多包涵……哦，不会不会……真是不打不相识呢，幸会幸会……”

估计电话那头的“金角大王”要疯了。昨晚凶得像只“母夜叉”，今天居然突然变成了“林志玲”！

那次醉酒，让我见识到了Joy仗义的一面。若不是为了我，她才不会那么失态哩。不管当时的情形有多尴尬，但Joy的好心我是完全心领了。

我从她身上感受到了电视小说里才看到的“为朋友两肋插刀”。所以，我也一定一定要对她好一点，这是我刚开学时一再提醒自己的。

她后来回头想想，也觉得自己的反应太夸张，只好叽咕说：“还不是为了你这个家伙？害我差点被EMBA封杀。”我听了哈哈大笑，安慰她说：“不会啦！你又没恶意的。再说人家才不会跟我们这些小屁孩一般见识呢！”事实的确是这样的，后来那学长——堂堂的上市公司董事长，只要一来上海，就必定请我们吃饭，他对Joy的豪爽义气也格外欣赏。

3

狗一样地学，绅士一样地玩

基础模块三个星期就结束了。听上一届同学讲，刚开始的两三个礼拜都是“毛毛雨”，真正的挑战是在第一学期呢。起初我还不信，觉得自己都已经学得那么累了，不知还能怎么个加码？但直到经历了这个模块的最后一天，我像吃了记“闷棍”，痛到无处呐喊后，才活生生地体会到了中欧的学习强度。

那天白天我们上了一整天的课，一放学却连喘口气的时间都没，就必须和自己的小组成员立刻开始准备PPT，因为第二天要进行团队演讲。于是大家连晚饭都顾不得去吃，匆匆叫了外卖就立马聚在讨论室里紧锣密鼓地开始干活。但令人招架不过来的是：第二天每个人还要再做一个5分钟的个人演讲，内容却与团队演讲毫不相干。在这种情况下，通常大家都会很自觉地以团队的任务为先。可没料到：那晚我们小组一直讨论到晚上11点多才把PPT赶出来，连“彩排”都没来得及做。但一想到大家“个人演讲”的作业都还没完成，就只好先散会，各自回去准备各自的内容，并约好第二天早晨7点再碰头“彩排”。然而祸不单行的是：第二天上午演讲完之后还有另一场考试，是基础模块的一门主课：《商业伦理》。这种三项任务同时狂轰滥炸的窘状在当时看来简直要了我的命，但之后渐渐发现这其实也不算什么。

我半夜1点准备完第二天演讲的所有内容，已经困到不行，却才刚刚有时间翻书开始复习第二天早上要考的《商业伦理》。最后因为实在困得眼睛都睁不开了，就只好先趴在桌子上睡了一小会，心里却满是焦虑。

等我醒来的时候 Joy 也刚从外面回来，她说她已经差不多搞定，手上有她已经总结好了的《商业伦理》考试要点，还主动帮我也复印了一份。根据从小到大在校念书的经验，我很清楚 Joy 能做到这份上真的不容易，但只能暂时收好这份感动跟感激，先默默藏在心里，抓紧每一分每一秒去过一遍她给我的资料。

但整门课的内容还真不少，即使看 Joy 给我的重点，也有 30 多页要背，看来要熬通宵了。我咬咬牙，心里一片苦楚，大脑已是一万个不情愿——在高度疲劳了一整天之后的午夜还要再去强记硬背一大堆东西，而且还是英文的。现在回想那天真的好庆幸有 Joy 的帮助，否则我肯定会崩溃。

我们共同奋战到凌晨 3 点半，她收工睡觉去了。而我，还有一大半没看完，而且第二天要演讲的内容都没来得及准备一遍。望着窗外漆黑的夜空，我内心开始脆弱：怎么办？怎么办？感觉今晚自己无论如何都来不及了，一副死到临头的慌乱。这种焦头烂额的心情大约在高三时也有过，我本以为自己考进大学，今生今世就再也不会过那样“炼狱”般的日子了，但万万没想到……

凌晨 6 点，我正式放弃背书，捧着电脑去到走廊上准备小组演讲。因为小组的东西肯定比我个人的来得更重要。在中欧这样的环境里，我实在不敢背负“freerider”（免费搭便车）的恶名。

到走廊尽头，我惊呆了：两个男生像蚕宝宝似的蜷在沙发两头呼呼大睡，手里都还握着复习资料，不舍得放下的样子。我走上前去推醒他们——这样会着凉的。他们睡得很沉，看样子都已经很疲劳了，但醒来后揉了揉眼睛，继续奋战。

第二天，我们终于做完演讲，考完试，我这才长长地舒了口气。在食堂吃午饭的时候，遇到了听我们上午演讲还给我们录像的教授，她听了我“学校不让我们睡觉”的抱怨后，重重地拍了拍我的肩，说道：“Cindy，What doesn't kill you makes you stronger！”（你既然挺过来了，就会变得更强！）末了，还返回来继续鼓励我和在场的所有同学说：“Study like a dog，Play like a gentleman”（狗一样地学，绅士一样地玩），但惭愧的是：我似乎只做到了前半句。

我本以为躲过这一“劫”，之后的日子会正常一些，但没想到现实残酷地应验了学长们的预告：“第一学期才是玩真的”——原来我不过就是猛呛了两口水，就大呼小叫的了……等到第一学期的时候，才真正感到自己像只被扔到水里的猫，扑腾扑腾四处乱抓，但还是不住地下沉……

那的确是一段最黑暗的时光，我每天都睡眠不足，累到扑哧扑哧。上课、写作业、小组讨论，所有的时间都泡在了教室、讨论室、图书馆。但Joy和Issa却与我完全冰火两重天，她们虽然和我面对同样的学业压力，但丝毫不影响这两个人happy的热情，而且体力好到出奇！她们白天总能见缝插针地八卦、闲聊。晚上都要和不同的人出去吃饭、派对，雷打不动的。

我渐渐发现我跟不上她俩的节奏不纯粹是因为我念书不行。精力以及性格上的差距还是挺明显的。

就拿那个Issa来说吧，这家伙是个十足的话痨。只要给她个听众，她就可以一直说下去。有一回我去图书馆的路上碰见她，她正和几个外国同学站在走廊上聊天。等我念完案例，吃好晚饭回宿舍的时候，发现她还在老地方和别人“叽里呱啦”，只是听众换了一波人。天呐！这中间起码已经隔了四五个小时，但她却丝毫没有半点疲态，反而愈说愈兴奋。我就走上前去问她晚饭吃过了吗？她这才意识到天都已经黑了。没错，这家伙超级有演讲欲，只要一开讲起来就会打了鸡血似的亢奋。

不要以为我在夸张，如果哪一天你有机会被她拉去“秉烛夜谈”过一回你就知道了。她那话匣子一打开呀，聊上个通宵根本也不算什么。记得有一次，我和她连续奋战了8个小时——从午夜12点一直PK到第二天早晨8点，说得我嗓子沙哑、头晕目眩。这家伙呢？居然一点事都没有，一大早连饭都没吃就神兜兜地跑浦西面试去了。

至于那个Joy，又是另一方面的人才，没过多久，我就发现她和班上另一个叫作Victor的中国男生走得颇近。那男生是个十足的东北汉子，五官很是端正，身高足足186 cm，标准的倒三角，连老外看了都羡慕。据说之前在华为做IT方面的工作，还被派去南美待过一段时间。他和Joy“基础模块”分在一个组，虽然这个模块时间不长，但Joy对这个组员赞不绝口，一天到晚在我面前 Victor 长 Victor 短。功课不会写，叫 Victor 来教；电脑坏了，请 Victor 来修；就连衣服上的珠珠掉下来，也要找 Victor 帮忙重新串上。

我翻了翻同学录：找到 Victor 那一页，只有简简单单几行字，都是描述一些工作上的成绩，但写得很谦虚。看得出这人来中欧是想实实在在学点东西的。

Joy 和 Victor 开始成双成对地出现在餐厅、教室、图书馆。我笑了。寝室终于少了她待的时间，这下我可以安心多念念书了。

Joy 果然坠入爱河，瞧她每天那春光满面的样子，眼睛里仿佛可以飘出千万朵桃花。她每天都不厌其烦地，一遍又一遍地跟我讲 Victor 是个多么优秀的男人，又聪明又有能力，还很幽默。

"哦，是吗？"我看她那副花痴兮兮的表情觉得很有趣，真想帮她拍下来。不过，她说 Victor 优秀、聪明、有能力我一点也不怀疑，只是幽默我倒是没怎么发现。因为他平时看起来是多么不苟言笑的一个人，交往的圈子也就是那几个中国男生。看样子，Joy 还真是"情人眼里出西施"。

有了爱情的滋润，Joy 的生活变得更加充实饱满。恋爱、念书、美容、瘦身、八卦，每天的日子被打点得神采奕奕。她非常喜欢找 Issa 八卦，这可算是找对人了！这俩人只要话匣子一打开，简直犹如滔滔江水绵延不绝。我可没工夫陪她们扯这些。时间！时间！每天都分秒必争啊！于是，我干脆脱离了她们的圈子，彻底沦为书呆子。这也纯属无奈，完全是被学校给逼的。结果被Issa数落：“Cindy，你好宅哦，真是个无聊的人！”

Issa这人说话就是这样直接。她这一身的纽约范儿，有时真令人受不了。那次选“学生大使”也是这样。

我们三个都报名了，但结果全部落选，大家都很不爽，说学校没眼光，不会挑人。结果Issa来了句：“Joy，Cindy，你们没选上是因为背景不够国际化，太本土。”Joy当时一听就很火：“算你全世界都跑过了，到头来不也没选上嘛？”

Issa就一本正经地给我们解释起她的逻辑：“学生大使是要代表学校形象的，这个学校培养的是国际化人才，你们的背景自然不太符合它的偏好。至于我自己嘛，背景完全没问题，就是说话不那么好听，所以学校该不太喜欢我吧，哈哈！”说完她轻松地耸耸肩。

那天Joy为此大光其火，我却很平静。我发觉有的时候，Issa说话的确很刻薄，但讲的却都是事实。她在哥大念本科的时候，除了念传媒、经济，还辅修心理学。她非常聪明，也很爱观察身边的人情世故，又博览群书，那头脑，那反应……但像多数美国人一样，她讲话直接，不会拐弯抹角。

不过撇去“太直接”，她的优点也非常明显，那就是随意，不那么斤斤计较。你若突然半夜醒来睡不着觉想找个人谈心，周末想找个人陪你干件很无聊的事：譬如走1个小时的路去家乐福，到羽毛球馆里练“封网”技巧，在寝室里看部“重口味”电影……:她绝对是最佳人选。我早就说过，她总是“随便什么都可以”。跟她出去吃饭不用担心意见不合，你决定吃什么菜，去哪里玩，她一般不太会有什么意见，而且她不太喜欢往心里藏东西。最重要的是：你可以跟她毫无保留地聊任何话题，辩论得再凶也不会影响感情。其实我挺欣赏她的批判性思维的。

以前，在我自己的圈子里，包括念高中和大学的时候，英语一直是相当不错的，四六级当年分数都考得老高老高，大三的时候一口气把中级高级口译证书全部拿下。但来到中欧正式上课的第一天起，却发现自己完全不行，压根听不懂教授在讲什么。坐在我前排的一位同学安慰我：“这是正常的Cindy，你之前都没在英语环境里念过书，工作过，肯定需要时间去适应的。但你今天能坐在这里听讲，并参与课堂讨论，已经很棒了。”她来中欧之前在麦肯锡做HR主管，非常友善，也很会看人，年纪比我大些，经验阅历比我丰富得多得多。每次和她谈话，都感觉和蔼可亲，给我无数中肯的评价和建议。

刚开始那段时间里，我感觉自己的思维简直像部锈迹斑斑的老爷车，动不动熄火、放空档，能真正跑起来的时间很少，而且油耗极大。每节课都要竖起耳朵，集中所有思想，使劲听老师在讲什么。不巧的是我边上坐的是位韩国大叔，话很少，英语也好不到哪里去，所以我只好靠自己了。

我真的好羡慕Issa这种说英语为母语的人，她上起课来那叫一个游刃有余，时不时发表一下自己的观点，坐在座位上也能手舞足蹈起来。虽然有时我不是很懂她在叽里咕噜些什么，但从教授和同学的反应来看，真知灼见一定不少呢！但她反而老说羡慕我，既可以学新知识，又可以练英文，不像她，跑来中国还得说英文。

我知道，人人都在跟我说我"赚翻了"，但他们不知道我累得有多够呛。刚入学还不到1个月，我体重直线下降到90斤，面色苍白，气虚乏力。有天在马路上碰到一个老友，分手后她还特地打了个电话给我，因为不放心我怎么一下子瘦了那么多……我恨自己为何那么不争气，念个MBA竟然辛苦成这样。而且还经常生病，感冒、发烧、胃疼接踵而来……以前我哪里有那么弱不禁风啊？

后来我才知道：我们这一届有好几个跟我同命相怜的同学。其中最惨的要数一个韩裔美国女生，她14岁之后去的美国，东岸某名校西方艺术史硕士毕业后，就一直在北美一所顶级油画经纪公司工作，每个月都要飞到纽约、巴黎、伦敦、东京见客户。那么优秀的人来到中欧居然也跟不上，被那些统计、会计折磨得欲哭无泪。要知道，她在语言上还比我有优势呢！毕竟英语是她的母语，而我，一无是处的感觉……

但其实，她比我更困难。因为我毕竟是在家乡——上海念书，而她，还面临着文化差异的困扰。并不是每个老外都能像Issa那样迅速融入各种圈子的。更何况到最后，Issa还是承认自己在中国没能很好地处理好文化差异这回事。

身边的同学几乎个个能量充沛，让我由衷地自叹不如。有些人一站出来就像个太阳那样光芒万丈。很自然地，同学们都希望和这类人成为朋友，尤其在一开始的阶段。“太阳们”总是无处不在地贡献着它们巨大的光和热：组织各种饭局、唱歌、派对、郊游、三国杀……活动多到令我眼花缭乱、应接不暇。这倒很符合Joy和Issa的胃口，她们只恨没有分身术可以同时参加几场。

我开始被Joy的生活方式严重干扰。她性格过分开朗，精力又超级充沛，每天都活力四射。过去的我不也是这样的吗？可来了中欧以后反而完全没那精力去折腾了，每天累到直想早点睡觉。但Joy每晚回来以后又要洗澡又要吹风还要往身上涂精油，不忙到深更半夜是不会睡的。

睡下以后还要跟她的Victor煲好一阵子电话粥——真是让人受不了。我嘴里叽咕叫她以后早点睡，她却还要反过来奇怪我为什么年纪轻轻每天睡那么早？对了，这家伙还是个马大哈，好几次都忘带房卡，害我都得半夜爬起来给她开门。而她这个人向来又是重手重脚，一敲起门来呀——只怕整层楼都要被她吵醒。

我很想跟她好好谈谈，但感觉也无济于事。人家正处在高度兴奋热恋期，难道会因为要照顾我这个室友的睡眠而放弃和男朋友“劈情操”，放弃那么多认识新朋友的机会吗？况且，这种要求一旦提出口，她又不能履行，反而会伤了彼此的感情。而且每次一想到她之前对我的各种好，我都会忍一忍，让它过去。

但她率真热烈的个性实在和我平日朋友圈子里的大多数上海女生差别甚大。这个台湾姐姐很喜欢分享：今天发生了什么，自己的最新动态，明天的打算……都喜欢说出来。而上海人，一般不太会，或者说以这种“自说自话”的方式表达出口，除非被别人问起。而她呢，一有空就会向我“汇报”她的各种动态：我今天在走廊上被学姐夸这件衣服很漂亮呢；明天陪 Victor 逛商场；刚才我报名一个活动名额，希望不会有人和我竞争；后天要和 09 级的学生会主席共进晚餐，不知聊些什么好……

刚开始我还真有点不习惯她这种三八兮兮的“新闻播报”，哪有人像报流水账似的把自己每天的私事全倒出来告诉别人的啊？我那时跟她真的还不算很熟，虽然表面上很讲情义，称姐道妹的样子，但彼此了解并不深，更别提什么信任、知心了。

而每次 Issa 只要一来串门，Joy 就必定停下手头所有的事，立刻开始八卦。我很佩服她俩每天还有那么多精力去研究这些，而我，却连功课都来不及应付……她们就会说我没有“贡献”。其实我这人也挺爱八卦的，只是不轻易和不熟的人八，况且刚开学大家都不了解，万一不小心说错了什么得罪到别人，也怪麻烦的。

每天的我照旧过着忙到抽筋的生活：上课、下课、小组讨论、做 PPT，我完全没有一点空隙去想别的。来念 MBA 的人大多数都很活跃，课间休息的时候大家喜欢走出教室，三五成群地聚在一起，或是谈论刚才课堂上的案例，或是约晚上的活动。实在没话题了，就开始聊各自的背景、未来的打算……而我，每每下课15分钟的休息，总是不想说话，懒得动，独自一人坐在空荡荡的教室最后一排，不是玩手机，就是发呆，倒不是我不喜欢和同学在一起，实在没那精力呵！

不过渐渐地，我发现总有个和我一样孤独的背影老在眼前晃动。她也喜欢安安静静地坐在自己的座位上，有几分孤芳自赏的清高。我知道她叫Karen，长着一张清纯的“玉女”脸，加之身材修长，穿着考究，气质绝不会亚于TVB的一线女星。可她丝毫不做作，说起话来完全就是职场精英那副干练劲，只是举手投足间又天然地透着股大家闺秀的淑女气。记得她好像也是来自香港，但也没见到她主动来和Issa这个“老乡”相认。

看过同学名录上的自我介绍，Karen非常优秀，从香港大学医学院念完本科后，去了美国加州著名的医药公司做市场战略方面的工作，后又被公司外派到北京组建分公司，功绩显赫，所以公司赞助了她来念MBA的全部开销。

我们有时会在教室里碰到，但从来没有说过话，顶多就是打个招呼，彼此回以客气的微笑。我发现她的眉宇之间永远都透露着一股很认真的表情，连同她的优雅一起，将这个女孩打扮得楚楚动人。

4

俱乐部竞选

学校的选举季来临了！好多人开始摩拳擦掌，准备大干一场。中欧的选举挺像西方的大选，之前有候选人的结盟，通常会出现两到三个颇具影响力的“党派”，然后各自筹集经费，为拉票做宣讲。海报、传单、政治色彩浓郁的派对、演讲、辩论……总之竞选者通过各种途径影响着“选民”们的决策。我们几个对学生会的那些职位都没啥兴趣，感觉那些像是“从政”，而且竞争异常激烈。但学校里五花八门的俱乐部听起来倒是挺有意思，更像是“从商”，去经营一个个独立的公司。

Issa 准备去竞选国际俱乐部的主席。乖乖，这个可是“中欧俱乐部之王”啊！全体学生都是它的会员，每年预算有好大一笔呢！那些各种热闹精彩的文化之夜、万圣节、圣诞节、元宵节派对都在它的“经营范围”之内。

中欧每年有 180 多个 MBA 学生，来自高达 20 几个不同的国家和地区，如此多元的文化，对每个学生而言都是一座巨大的宝藏！但再丰富的资源也需要有人去好好挖掘，这就是国际俱乐部的宗旨：通过举办各种活动来促进不同文化之间的交流。

所以，这个俱乐部的主席不是一般人可以胜任的，本身必须经受过不同文化的浸淫，对东西方都有着很好的了解。Issa 的背景自然很有竞争力，但其他 4、5 个候选人也丝毫不会逊色于她。这些人大多出生在 A 国，成长在 B 国，大学、工作又分别在 C 国 D 国，他们通常会流利地说 3 种以上的语言，在跨国大企业工作过，见多识广，有很强的领导力。

最后Issa幸运当选！毫不自夸地说一句，这里头我和Joy的功劳可真不小哩！我们不仅自己鼎力支持，还拉了一些平时关系不错的同学为她投票。其实这种选举最后大家的票数都很接近，起决定性作用的“临门一脚”最终就在于我们拉来的那几票。

Karen去参选市场战略俱乐部的主席，以她的背景和能力，我觉得是最佳人选。虽然我们没怎么交流过，但一看就知道她是个典型的“职业经理人”，从平时上课的发言，举手投足之间很容易辨别。认真、执着、负责的印象早就悄悄潜入我的脑海。

为了让她能脱颖而出，那天我拉上Joy还有几个平时关系比较铁的“哥们儿”又像上回给Issa拉票一样去到最后演讲投票的现场支持她。Karen的对手也都是几个非常优秀的市场战略人才。像这种和找工作密切相关的俱乐部，总是竞争异常激烈。谁都懂这背后的利害交关，将来找工作的时候拿个中欧市场战略/咨询/金融/投资俱乐部主席的头衔，能不加分吗?

于是，每个候选人都会铆足劲儿拼命展示自己耀眼的背景，承诺也通常大把大把，将来会如何如何把俱乐部的活动办得有声有色，会员将怎么怎么从中受益……

我和Joy分别报了电影俱乐部和潜水俱乐部，像这种比较无关紧要的休闲俱乐部就要轻松很多，丰富同学的业余生活为主嘛。Joy比较幸运，没人跟她竞争，所以她自动当选新一届潜水俱乐部的主席。那天她看见结果出来乐得直笑。

而我，就没那么幸运了。没想到小小的电影俱乐部居然冒出来个墨西哥人和我 PK。之前我们私底下沟通过，聊了聊彼此对经营电影俱乐部的想法，发现风格迥异。看得出，这位墨西哥老兄是个十足的影迷，还是个数字技术发烧友，对看片的要求颇高。公寓里各种前沿的设备、高档音响一应俱全。而我呢，则对电影、戏剧、文学都有着非常纯粹的爱好，初中、高中都是学校话剧社的活跃分子，大学里又是话剧社的社长，平日里还在中欧红枫合唱团唱女中音。

因为我们谁也不服谁，所以只能通过竞选正面 PK!

投票那天的场面火药味非常浓重，由墨西哥老兄拉来的“金发碧眼”们和 Joy 喊来的“黑发黄肤”们狭路相逢。其实这些帮忙投票的同学根本也不会太介意电影俱乐部的主席到底是谁，多数也只是举手之劳帮一下自己的“同胞”而已。但后来发现整个过程有点变了味——“金发碧眼”们在中欧无论怎样终究还是少数群体，他们会比一般中国学生更敏感自己是否受到异国学校的公平对待，这种心情后来我在美国才有了切身体会。

结果毫无悬念，尽管墨西哥老兄的人缘颇佳——他拉来了一大群西方人为他投票呢！这其中有美国人、德国人、瑞士人、法国人，葡萄牙人，西班牙人，秘鲁人……我真打心底里佩服他的动员能力。但胳膊终究还是拧不过大腿，我也有我的中国人以及韩国人当靠山，尤其是中国同学，数量上占绝对优势，最后我自然轻而易举地当选。

选票出来的时候，一位香港同学跟我开玩笑说道："Cindy，你把人家'屈机'了哦。"我赶紧叫他别说了，这个词实在很不好，专门用来形容《街霸》游戏里把对手逼在角落里痛打，让对方完全没有还手余地的情形……大概香港很流行这样的"潮语"，但千万不能让这些老外听见，否则太伤人了。

之后我单独请了墨西哥兄在学校附近吃了顿墨西哥大餐，但他坚决不肯让我请客，要AA制。吃饭时，我总能感觉到他还是有些心理阴影，但也不是针对我的。后来我才一点一点了解到：一个老外要融入中国社会，真不是件容易的事。他们需要克服很多语言上、文化上、甚至意识形态上的差异，难啊！

选举结果出来的那天晚上，Karen终于跑我们房间来了，感谢我们对她的支持，使她成功当选市场战略俱乐部的主席。我第一次见到她素面朝天的模样——的确美得不可方物。原来她也不是那么清高，性格挺开朗，话也很多。只是一进入到工作状态令人敬畏三分。

Joy自告奋勇分别当了市场战略俱乐部和国际俱乐部的副主席，这种俱乐部副主席往往有好几个，但财务只有一个，都由主席直接任命。我也有点想弄个副主席当当，但不像Joy那样开得了口。跟熟人提这种要求尤其要谨慎，尤其是Karen，一看就像个严厉的女上司，如果拿了个副主席的头衔将来做得不够好，恐怕双方都没台阶下。但我还是挺想参与一下这些大俱乐部的，只是实在有点担心自己是否可以胜任……平时学业都来不及呢。我心里矛盾极了。

也许是Issa看出了我的心思，当所有俱乐部的副主席都差不多尘埃落定的时候，有次吃饭，她当着所有人的面说道："我们国际俱乐部还缺一个财务，Cindy，你来当吧。"

"我？财务？拜托，我可对那些Debit(借)、Creidt(贷)一窍不通啊！"我自嘲道。两个星期前刚因为会计不及格被教授拉去办公室谈过话呢。讨厌的是Joy还将此事四处宣扬，看见那些"四大"的就问"能不能教教Cindy会计，她不及格"，我真的很无语……

"财务不需要懂Debit、Credit啊！"Issa鼓励我说，"你只要负责管好国际俱乐部的账，帮我收集发票，多为俱乐部活动出谋献策就可以了。"

就这样，在朋友的提携下，我无意中成了中欧最大的学生俱乐部的财务——一个看起来毫不起眼的"芝麻官"。但谁又能料到这点芝麻绿豆大的头衔居然在1年多之后帮我叩开了一家著名投行的大门。

5

一见钟情

为了不辜负朋友对我的信任，我硬是咬牙从每天的睡眠中挤出时间去策划“国际俱乐部”的活动，反而没了时间顾及自己的“电影俱乐部”。这话写出来有点夸张——中欧那群人，好像也没几个会像我这样把精力都集中在读书上的了。那群人绝大多数都极聪明，完全不需要太拼就可以把书念得很好，然后花更大力气去干别的。我就比较悲惨，为了念书不得不放弃无数东西：同学的生日会、各种派对、饭局……那些日子，我把自己逼到好惨，压抑到都快不认识自己了。

天道酬勤，我的刻苦学习给我带来了意想不到的惊喜。

十月的深秋，我一个人坐在学校的图书馆静静地温书。阳光透过落地玻璃窗，慷慨地洒在地板上，空气里满是柔情的色彩。这一切令我打心底感到舒适、温馨。因为周末的缘故，学校里人本就不多，图书馆就更是冷冷清清了。我却很享受这样的氛围，一个人独处，多么宁静自在。

我这人很喜欢泡图书馆，高安路的上图一直是我的休闲好去处。只是看书从来没有规划，总是东一本西一本，眼前同时堆满七八本书，有些随手翻两页就不看了。内容也是杂乱无章：从美食杂志到世界经济，从电影周刊到心理学报……反正看到琳琅满目的书架，我就暗爽不已，心中充满了探索的乐趣。

但泡中欧的图书馆，我可没这个福气。不是手头有一大堆功课等着要交，就是眼前有几十页案例要念，再加上期末考马上就要来临，即使是周末我也不敢浪费半点时间。我为了学习真到了“三过家门而不入”的境界了！爸爸去欧洲出差，好几个月都没和我见面了。我却因为周末留在学校复习功课连家也没能回一趟。而做父母的总是很为自己的孩子着想，他们可以为了孩子牺牲掉自己的一切。哪怕再想我，却因为怕影响我的学习，连电话都不敢多打，只是偶尔收到他们的短信，字里行间都流露出思念却又自豪的心情。

我不敢太过懈怠，稍稍慵懒一下之后，就告诉自己赶快回到“正事儿”上——好好复习！可那些统计像捉弄我似的，明明前一天清华哥刚跟我庖丁解牛般地讲了2个小时，我听得也十分投入，以为自己完全搞懂了。但睡了一觉醒来竟发觉自己什么都不记得了。哎，真像得了老年痴呆一样……我怀疑我念书时的表情一定非常难看，眉头紧锁、倦容满面，像一只大笨鹅似的一坐就是老半天。

“你这磁卡好像刷不出来。要不，先问边上的同学借一下……”一旁图书管理员的声音打断了我的思维。

好像有人朝我这个方向走过来了。

我下意识地抬起头。瞬间，眼前仿佛闪过一道光，定睛一看——一张帅到咄咄逼人的面孔出现在我面前。好精致的脸啊！我心里暗暗惊叹：为什么中欧会有这种气质的大帅哥？这面孔俊美到简直像是动漫里画出来的一样……他身材高挑，整个人看起来是那样的年轻有活力，一双透着灵气的单眼皮，好像会说话一样……我有点不敢正眼看他，但这张帅到没有瑕疵的脸庞又令我的眼神无法转移。

“学妹，书卡能不能借我一下？”他居然开口跟我讲话了。

我这才意识到自己已经盯着人家看了很久，顿觉尴尬不已，一边忙不迭地答应着：“好，好。”一边慌乱地去翻包。

等我一阵手忙脚乱终于找到书卡，递给他的时候，发现他也正盯着我看呢，嘴角流露出浅浅的坏笑，很是俏皮。

他穿了件合身的白色外套，很干净，整个人就像沐浴在阳光里，看得直叫人心旷神怡。他的手伸过来接书卡的时候，我仿佛能感受到一阵清风拂过脸颊。这种帅，在人群里卓尔不群。不仅仅五官俊秀，身材修长，更难能可贵的是，他浑身上下都散发出一股俊朗少年气，或者说，你在他身上嗅不到随着年龄增长而沾染的世俗与老化。

我见过不少“天生丽质”的男生，长大以后不是“歪”了就是“残”了。我有一个堂哥就属于这种类型。小时候真是漂亮得跟洋娃娃一样，稍稍长大一些也是人见人爱的小正太一枚。我幼儿园的时候还成天嚷着长大以后要和他结婚。

但自从他考上了重点高中，变成了四眼不说，人也愈变愈傻。数学物理竞赛拿了一大堆奖项，高三还没过半就被保送进了某名牌大学，念通信工程，从此帅哥就香消玉殒。眼镜片愈来愈厚，脑子也愈来愈呆板。毕业后又去了家工作压力变态大的咨询公司，一干就是好多年，如今连原先仅剩的一点帅气都荡然无存，丢到马路上再也无法从人群中找到。唯独一副 1 米 82 的高大身材还能为他挽回一些颜面。

身边被摧残掉的帅哥还真不少。其实我想说的是：像眼前这位成年以后依旧能保持那股俊朗少年气的男人真的不多。其实这样的男孩子在我念大学以前还是见过不少的，他们或阳光帅气或斯文清秀，无论个性豪爽，还是心思细腻，总之都各有各的可爱。但考上了大学以后，你就会发现：身边好多美少年都渐渐开始走下坡路了，毕业之后往往变本加厉——工作、加班、熬夜、买房还贷、结婚生子……他们的面孔变得和他们的人生一样，愈来愈枯燥乏味呆板，缺乏生气。

鲁迅笔下的闰土，从“小英雄”变成“木偶人”，说的不就是这回事吗?

“Cindy，最近还好吗？”他居然叫得出我的名字。

是的，我想起来了！我们有过一面之缘的。那是在我来中欧面试的前一天，住在学校的酒店公寓里。晚上，接待我的“学生大使”带我去体育馆逛了一圈，见到了不少09级的同学在那里打球健身。“学生大使”非常热心地把我介绍给他的同学。其中有个帅哥刚打完球站在台阶边上，左手抓球，右手酷酷地伸出来和我握手，自我介绍说：“你好，我叫Shawn，台湾来的。”后来我听说这个Shawn是09级篮球队队长，但我进校之后就再也没看到过他。

“你跟我第一次看到时差很多。”他微微皱了下眉，那表情生动极了，简直可以把人的心也融化。

“哦？你第一次见到我是什么样子呢？”我有点好奇地反问道。

“很阳光，很自信，也很可爱。”他倒是相当直率。

我只好苦笑了下，什么也没说。但作为过来人，他显然一眼就看出了我在这所学校所遭遇的种种困难跟不适应。

“Cindy，你不必把自己逼那么紧的。MBA 学的东西将来不会所有都用得到，挑自己最需要的好好念，其他的只要过关就 OK 了。”

我喜欢看他说话一本正经的样子：气宇轩昂，神情专注。很男人也很迷人。

“好了，我待会还有个电话面试，你加油啊！”他说完就走了。没走几步，突然又转过身来，甩了甩手上的书卡，说道：“谢谢你啦，Cindy，改天学长请你吃冰！”

我乖乖地点了点头，向他摆摆手，继续念我的回归分析。但哪里还看得进书？满脑子都是 Shawn 的音容笑貌。多么美好的邂逅啊！深秋的图书馆、明媚的阳光、帅气的学长……我的心久久不能平息。

一个星期后，我们真的一起去逛来福士了。

那天，我特意穿得很学生气。而他，仿佛和我约好了似的——一身清爽的白衬衫搭牛仔裤。和这样的帅哥走在一起，该是无数女孩子梦寐以求的心愿吧？难怪一路上回头率颇高，一定惹得周围的女孩子都眼红死了。

我们来到来福士 5 楼的仙踪林，坐在秋千上一边喝奶茶一边聊天。周围坐着好些刚放学的高中生：有的在用功写作业，有的在谈情说爱。我瞄了眼他们的校徽——乖乖，都是附近“格致中学”的。我就小声跟Shawn说：“这可是上海大名鼎鼎的重点高中哦。”

“哦？是吗？”没想到一扯到这个话题Shawn立刻来劲了，他得意地告诉我他当年念的是台湾赫赫有名的“建国男中”。

“哇！太厉害了！”我情不自禁地尖叫起来。那个“建国男中”可是台湾排名第一的男中，培养了不知道多少台湾政界、商界、学术界的精英人物呢！我小学里就知道“建中”了，因为“乖乖虎”苏有朋就是从那里毕业的。但看看眼前的Shawn，再想想苏有朋，我顿时怀疑：难道这所学校尽招帅哥吗？

“当然不是……‘建中男’大多是书呆子，我是靠体育特长进去的。”Shawn平仄的台湾口音里流露出一股自豪的帅劲。

Shawn很有打球和打架的天分。16岁的他篮球排球手球都已经玩得样样精通，跆拳道练到黑带。

“你知道我跆拳道是怎么练到黑带的吗？”他酷酷地跟我解释道：“因为我从小在台南长大。我们那地方的男人，如果看谁不爽，从来不会多说半句废话，都是上去直接干架的。”他一边说，一边在空中挥舞了两下拳头。

我又悄悄地仔细瞄了眼他的身材，其实一点也不瘦的，相当结实。只是脸长得有棱有角，五官又那么俊美，所以给人错觉误以为他是个瘦子。

我忍不住问道："你小时候应该被一群女孩子追吧？"语气里带有点好奇，但更多的是——已经五体投地的崇拜。

"还好啦。"他虽看起来又帅又能玩，但骨子里还是挺传统的台湾男，被我这么一说有点不好意思，随即话锋一转——

"你应该也有很多人喜欢吧？那么文静，那么乖巧。"

我听了心咚咚直跳。看来他喜欢的是乖乖女。

但其实——要是我告诉你我初中里还和男孩子打过架，你就知道"以貌取人"是件多么危险的事了……但对于那些我不在乎的人，随他们怎么认为，我无所谓……只是在自己喜欢的人面前，我是多么希望彼此可以多了解对方一点啊！我多么希望自己可以在他面前做一个最本色最真实的 Cindy 啊！可就是不知怎么的，在大帅哥强烈"淑女控"情节的作用下，我竟也不自觉地变得乖巧又听话起来。但我可以对天发誓：我绝对没有伪装或做作，一切都是那样自然。我知道自己完蛋了……

那天"吃冰"回来，我足足兴奋了好几天，Shawn 的出现，就好像暗不见天日的炼狱里出现的一道光芒，给我压抑许久的心灵带来些许清新的力量。

6

崩溃边缘

但好景不长，这所学校似乎就是又要跟我过不去——我被学习小组的组员“讨伐”了，是一个比我年纪还小，智商很高，反应超快的中国男生。他本科毕业于复旦，之前又在“四大”工作，做事非常讲究效率跟专业度，性子也很急，和我这样的组员共事简直让他抓狂。尤其是会计跟统计，我在他面前根本找不着北，完全不知道自己该如何出力。因为这两门功课在他眼里，真是比小儿科还小儿科。

而“市场营销”跟“组织行为学”，我本来还有些效劳的余地，却老是因为思路和大家不同而屡次被否定。我当时真是郁闷到了极点：“组织行为学”可是我本科心理学念过的专业啊！有些案例的分析思路就是要从人的角度去阐述，为什么非要套用一堆风马牛不相及的理论呢？但我知道大多数 MBA 更喜欢用具体的模型、理论来支持自己的观点，我这样泛泛而谈的方式不太会被看好。大概潜意识里为了避免争执，我就懒得表达自己的想法，觉得反正说出来也不会被认可。

其实“组织行为学”真的是我的强项，本该好好为整个组出力的。期中的小论文，期末考试的案例分析，我都没有刻意套用理论，结果分别拿了 A－和 A。而我们组用硬套理论的方法做出来的两个小组项目，一个 B，一个 B+。

也许我当时给人印象真太弱了，也非常缺乏自信，所以大家自然不怎么采纳我的意见。而我自己，也完全不懂得“包装”自己的观点。但事实上，这种能力，在工作中恰恰是非常重要的。有时根本不在于谁真的提出了很好的观点——因为大家的智商都不差，答案本身也都大同小异，而在于谁能让大家觉得他的观点很好。若一直做不到这点，你的价值很可能被大大低估。

今天的我很感激这段跟组员产生矛盾的经历，它让我意识到团队合作中某些重要的潜规则。但当时曾让我备受打击，无地自容，仿佛全世界都知道我被那位组员批的事，我害怕周围的同学用异样的眼光看扁我，将来是否还有人愿意和我组队？

那时的我多么渴望有个人能陪伴我、鼓励我，抚慰我敏感脆弱的内心啊！但开学已经3个月了，我在自己班级里依旧没有知心朋友。我对Joy从来闭口不提自己的心事，在寝室里跟她话也很少，以至于她老说我是个“闷葫芦”，很能“憋”。她跟我说Victor也是这样的，为何你们内地人有事都喜欢藏心里呢？我很明白她在说什么，但其实我真不是那么内向的人，只是原本活泼开朗的个性在如此强手云集的地方被压得死死的。

Joy还是道听途说知道了我和组员发生不愉快的事，那天我一走进门，她就义愤填膺地问我：“Cindy，你是不是被你的组员欺负了？你要告诉我啊！”

“欺负”？好吧，这就是我不告诉她的原因。我很怕她真的去把人家劈头盖脸臭骂一顿。她会的。我知道她是为朋友出气，但结果很可能就变成这件事传得更沸沸扬扬了，那对我的负面影响就更大了。完全可以想象，只要她一出手，准是这样的结局。

有一回，我在校园里碰见个无聊人士，一看就是学校开某个论坛从外面“流窜”进来的。他跑过来跟我搭讪，一路跟我到“西班牙之家”门口，样子有点怪。Joy 正好在底楼的厨房煮面，发现状况后，立马跑出来，一边挥舞着锅铲，一边凶巴巴地警告他：“这里是学生公寓，请你立刻离开。”

所以，我的担心不是没有道理的。但她居然还很执着地要“帮”我到底——求求你大姐，我真想对她说一句，你只要别再给我添乱就已经是在“帮”我了。

那时的我，极力想要跟 Joy 保持距离。除了她时常让我感到“状况之外”，更主要的原因是：这家伙对我的日常生活已经造成了严重干扰，而她自己或许压根儿还没意识到哩！且不说寝室这么点地方被她乱七八糟的东西堆到连转个身都困难，她每天这样折腾到三更半夜吵得我无法睡觉更是叫我忍无可忍。

另外，她没有“亲兄弟明算账”的概念，每次拿起我的东西都当是自己的。不过她人挺大方倒也是真的，该是从前在台湾跟她妹妹就从来不分你我。可我毕竟不是她妹妹啊！我很不习惯别人拿我东西，当然，我也不会随便去动她的东西。

还有，这家伙还超级好客！三天两头在寝室里炸果汁、做寿司，一会儿又跑楼下厨房去煮意大利面。起先是说要做给 Victor 吃的。别看 Joy 这妞平时神经大条，谈起恋爱来可不傻哩！她很清楚：要抓住男人的心，必须先照顾好他的胃。只可惜人家好像根本没把心思放在吃喝上。的确，商学院里的每一分每一秒都堪比金贵。尤其对那些事业心很重的男人来讲，他们很清楚自己过来念书是为了什么，放弃了多少东西。所以往往铆足了劲儿，一刻也不放松。但Joy可不认同这种观点。她振振有词地跟我解释说："来念书已经很辛苦了，当然更要好好享受啊。"

她还颇为不解地问我："你们的想法我真是不懂哎。你就拿Victor来说吧，他之前在那个华为工资那么高，派去南美又是包吃包住的。赚那么多钱也不知道好好享受享受，整天就只知道工作、加班……连件像样的衣服都没有。"

"小姐，你知道华为是家怎样的公司吗？在那里头基本上早晨眼睛一睁开就是上班，一刻不停地干活。一直干到晚上九十点钟。每天如此。"我没好气地回应她，试图为Victor辩解。

"台湾年轻人工作压力也很大啊。包括香港、日本，大家都很忙的。可我们还是会花很多时间来享受生活。本来嘛，赚钱就是为了更好地生活。如果为了赚钱反而不能过得更好，那这钱还不如不赚。"她分析得头头是道。

好吧。你爱怎么享受我管不着。可也没必要三天两头招呼一大群同学来我们房间大吃大喝吧？而且不管认识的不认识的，反正见者有份。我也不是见不得她招待同学，只是姐姐你也招待得忒勤了点吧？经常放学一回来，我刚想打开电脑抓紧时间写功课，就被她呼来唤去准备吃的喝的，说晚上又请了谁谁谁来吃饭……这样一来，我这一天的功课又要拖到深更半夜去做了。

那时的我，需要的是清静。每天一大堆的功课把我逼到连话都不想多讲一句，哪还有心情来面对那么多杂七杂八的人跟事？但偏偏找了个“社交狂”当室友，吵得我神经都快崩溃了。

这家伙还很喜欢麻烦人，从来没有不好意思的：叫我帮她带早饭；帮她买这买那；扔给我一双又厚又重的长靴叫我帮她找鞋匠修……最令人无语的是，还叫我去帮 Victor 的哥哥物色上海专治前列腺炎的医院……但我这人向来不太好意思拒绝别人，可每次做的时候，心里都十分不情愿，对这个麻烦鬼的怨气也与日俱增。

从小爸妈、学校的老师都教育我们：自己的事情自己做，不要给别人添麻烦。而她，居然跟我说朋友就是用来“麻烦”的，而且随时欢迎我去“麻烦”她……在这点上，她的确也有自己的狠招，那就是对朋友掏心掏肺的好，让你时不时感动。所以，我的怨气和感动每天就像天平一样左右摇摆。

再回头想想当初征室友时她对自己的描述，什么念文学，性格阳光……一想到这我的气就不打一处来。反正我是从没跟她探讨过任何关于文学的话题，看她那疯疯癫癫的样，哪有什么文学女生的气质？大概之前是搞社会工作的缘故，她整天就喜欢往人堆里扎。每天稍微一空下来，不是敷着面膜一边追剧一边傻笑，就是涂精油刮大腿转呼啦圈练身材。难得见她有静下来好好看书的时候，即便有，也基本是在看那本《同学录》——每个同学她都有兴趣，每个人她都想认识。

但这个“社交狂”读起书来却丝毫不含糊。她总是会提前很久把计划制订得井井有条，然后再踏踏实实地去执行，效率超高。这不期中考才刚过，她就开始准备期末考试了。没错，她就是这么勤奋，去巴厘岛旅行还带了本统计学的书在飞机上看呢！她告诉我她准备每天6点起床看书了，并郑重声明会督促我和她一起——靠！有没有搞错？你念你的就好了，干嘛非得把我也拉进去呀？

但没得商量，她每天起床后的第一件事就是掀我被子，然后狠狠地拍我推我拽我：“Cindy，起床了！起床了啦……快起来……我不喜欢嗯嗯叫的……”后来我听对门的两女生讲：怎么每天一大早都听Cindy的“妈妈”在那里喊她起床啊？把我们都吵醒了呢。

的确，她真的很像我妈小学时对我的方式一样，时不时地“检查”我学得怎样。有一次发现我会计里头的“杜邦公式”搞不明白想放弃，她居然气急败坏地把书“哐啷”砸到我面前，还大声教训我：“不会就给我念啊！看一遍不会就念两遍，两遍不会就念三遍！谁生来就会的啊？我来中欧之前知道自己不行，整本书翻来覆去读了四遍哩！”

她一点也没夸张，真的，她是一个相当有毅力的人，认准的目标就会坚持不懈地努力下去。后来她会计拿了A——要知道，她跟我一样，都是没有一点基础的，上的课用的考卷却都是和“四大”会计师事务所出来的同学一模一样。这点我实在不得不佩服。

但这家伙真的麻烦不断。那天我从图书馆回来，还没进门，老远就看见她在房门口提着个拖把在拖地。奇怪？平时也没见到她那么勤劳做家务啊？走过去一看，我才明白过来，原来是这家伙买了个充气的澡盆，居然在寝室里泡玫瑰花瓣浴！

这个女人可会享受啦！才来上海没多久，那些好吃的、好玩的，高档消费的地方就统统扫荡了一遍。平时对生活也颇为讲究：面膜只用日本进口的那种，只有台湾才买得到。精油又非要韩国的某个牌子，润肤霜也有特别指定的品牌……平时桌子上摆满了她的瓶瓶罐罐，琳琅满目到简直可以去开百货公司了。但我还真没料到她居然会心情好到去淘宝上买充气澡盆放到寝室里泡花瓣浴，但糟糕的是那只该死的劣质澡盆才用一次就破了……

望着自己的房间水漫金山的景象，自己的鞋子、纸箱都被水浸湿……我当场彻底崩溃，真恨不得把这个女人扔到马桶里——抽掉！！！！但冷静了几秒钟后，我还是自己扭头而去了。

累积许久的郁闷、怨气、绝望、孤单一齐发作，我臭着脸在校园里匆匆而行，见了任何人都不打招呼。我真觉得这个学校处处和我作对！从开学到现在就没顺过！每天倒霉事一堆，挫折打击不断。辛苦到这个地步，还要遭人嫌弃……当初真是瞎了眼了，找了个台湾奇葩做室友……我真的真的已经忍耐她到极限了，难道她没有一点感觉吗？不行，我要搬出去！对了，凭什么是我搬出去？明明她的不对……

我已经脆弱到了不堪忍受的地步，真想找个人大哭一场。刚拿起电话准备打给Shawn，但想来想去还是作罢了。不是我见外，只是我总觉得我俩之间存在着不小的隔阂。“一见钟情”时的那份惊喜就像只被裹得严严实实的洋葱，当你好奇地剥开它想要寻找更多的惊喜时才发现：剥了一层又一层，除了辣得你满是眼泪，别的什么都没有。

他是个有点“大男子主义”的男人。每次出去，他总是把一切都安排得好好的，绝不会让我出钱，也很喜欢替我作主。有一回我们一起去买衣服，他奔进商场一口气就拿了四五件。后来我也看中一只很炫的发卡，他竟然不让我买，硬说我戴这种金光闪闪的东西不好看，便很强势地还给了营业员……

我把这件事告诉Joy，她的反应居然是：“笨蛋！这就是他喜欢你的表现啊！如果他不在乎你，干嘛来干涉你的选择？”

哎，我也很难说清自己到底喜不喜欢他这样的方式。被自己喜欢的人征服，当然是一件幸福的事。可我也不堪承受他那一身的霸气和控制欲。Shawn就像是一面镜子，几次在他身旁，我看见的都是像小猫咪一样温顺听话且任人摆布的自己。

Shawn啊Shawn……我突然有种强烈的预感：如果我去找他倾诉和室友闹翻的事情，他会不耐烦。是啊，像他这样阳刚的大男人怎么会来倾听女人的琐碎事呢？是的，连我自己都觉得这样好别扭，不像话。可这毕竟只是我的猜测，连试都没试过，我怎么可以对他这么没信心呢？可心是长在人家身上的，我又何能何德让它如我所愿呢？倘若我把自己的真心交付了出去，而它又没被照顾好，这将令我情何以堪？

那晚回到寝室，Joy 已经把残局都收拾好。见我依旧一声不吭，她先是小心翼翼地说了声“对不起”，后来又故作轻松地打哈哈。我都没理她，冷到极点。她大概觉得自讨没趣，就乖乖上床睡觉去了。

眼看期末考试临近，我压根没工夫再去搭理这货，注意力全部转移到复习迎考中去了。心想换寝室的事还是等考完试再说吧。

之后整整两星期的期末考，大概是每个人中欧生涯中拼得最狠的时光。因为第二年交换去哪要看第一学期的平均分，好多想出去的同学都不遗余力地想在期末考里给自己挣足筹码，我也不例外。

多亏清华哥一直以来的谆谆教导和 Joy 的喋喋不休，我到了期末考的时候，明显镇定自若了很多，完全不像期中考时那样焦头烂额了。

会计临考的前一天，势必是某些像我这样“一张白纸”们的世界末日。虽说期末考来临前，我这只“笨鸟”比一般同学要先飞了很久，但到了考前一天晚上，却丝毫不敢怠慢。没办法，这个学校的人读起书来都像“恐怖份子”一样发神经，每时每刻都在空气中散发各种无形的压力，叫人不自觉地就会紧张。

我在一间讨论室里发现了韩国“考拉哥”，哦对了，我一直忘了介绍，他的名字叫Nathan。他正和他的“老乡”，就是我说的那个韩国“油画姐”Clio在一起复习。我过去加入他们，顿时信心备增！终于知道了什么叫“矮子里头拔高子”了——我几乎可以当他们的会计小老师了。Nathan是平时不花工夫，欠了一屁股“债”，想临时抱佛脚。Clio看起来还是挺认真的，但之前基础太差，一时半会儿也不开窍，一副心力交瘁的苦瓜脸。

我陪他们复习了一会，Clio拿出三杯“开杯乐”，请大伙吃“宵夜”。但一走到饮水机前却发现总电源已经给关了。我和Nathan都无奈地耸耸肩准备撤退，只有Clio叫我们“等等”，然后她居然掀开纸盖，用冷水灌了整整一杯。几分钟后，她又掀开纸盖——那面饼居然完全给泡开了！原来冷水也是可以泡泡面的！我和Nathan啧啧称奇，尝了一口，味道还不错哩！于是我们三下五除二就把第一杯给瓜分了，接着再用同样的方法去泡另外两杯。大家都说这是有史以来吃到过的最难忘的“冷面”。

自从那次“冷面宵夜”以后，我开始注意Clio，渐渐发现：她的思维方式、行事风格是那样地与众不同。虽然她在中欧的成绩也不怎么好，但却很清楚自己要什么。在商学院里，这种人的潜力往往是大于那些中规中矩喜欢在既定的游戏规则里做到最好的优等生的。果然，Clio毕业以后拿到笔风险投资，创立了一个专门针对艺术家人群的“社交平台”，名叫B Buzz Art，不到1年，她的公司又拿到一笔融资，现已搬去了硅谷，如今正干得如火如荼。

吃完“冷面”，我看了看表，已过 12 点，就起身告辞回房睡觉去了。Joy 也复习得相当充分，如果说我是“笨鸟先飞”的话，那她可以算是“投胎转世”之前就开始行动了。我早就听说过，她拿到中欧录取后花了大半年时间把会计书读了四遍，而她开始念的时候，我大概连 GMAT 都还没考呢。

那晚，我俩格外淡定，早早地洗澡准备睡觉了。但临睡之前，Karen 来到我们房间，问我讨清咖喝。我给她的时候，发现她满脸倦容，却还说要拼通宵。

“不行，我超多章节还没有念完，今晚不拼来不及了。”她的语气里有股倔劲。

我知道，Karen 之前一直在忙市场战略俱乐部的事。她就是这样的脾气，对自己要求向来严苛，承诺出去的东西，就一定要做到。而且做啥都追求完美。难怪把自己累成这样，真是何苦呢？第一学期 都不见什么俱乐部搞活动的，大家的时间全都扑在学习上，分秒必争啊！

我善意地责备归责备，心底里还是佩服，同时也感慨：精英不是那么好当的。

整整 5 天，随着最后一门考试结束的铃声响起，我终于熬过了在中欧这段苟延残喘、万劫不复的黑暗时光！那种感觉仿佛高考结束似的，一身轻松。

走在初冬的校园里，我第一次发现中欧的校园如此之美：天空碧蓝碧蓝的，草地四季常青，建筑物中西合璧，各种肤色的同学、教授来来往往……

学生会在教学楼底楼的大厅里发纪念衫，主席小姐站在桌子上宣布各种有意思的“奖项”：上课最爱打瞌睡奖；最会穿衣打扮奖；性感女神奖……台下热闹非凡，不少照相机镜头纷纷抢拍下这一美好的时刻。这些影像在日后的年度派对、毕业典礼上，都成了所有人最珍贵的回忆。

一考完试，就有上一届的学长拉我去北京。那人是华商俱乐部的主席，他组织了这趟中欧同学北京行，去参加12月举办的全国MBA联盟大会，再拜访拜访北大、清华、长江这些兄弟院校，还联系了一些本土的咨询和风投公司。

我一听就来劲，真是很棒的行程安排呢！我这人有时特别喜欢凑热闹。刚考完试，正想出去散散心，就碰到这样的活动，想想就有趣。况且那个主席学长还拉到了赞助承担一部分费用呢。

但Joy那家伙居然在这件事上又莫名其妙地跑来干涉。她一听我马上要去北京，立刻大呼小叫起来：“天呐，Cindy，你怎么这么自说自话说走就走？这两礼拜我们可是要进企业做RLP咨询项目的啊！”

“哎哟，那玩意啊，很多人都不把它当回事的，到时候凑齐PPT不就可以了嘛！”我反驳道，“再说我去北京一个星期，回来还有时间继续做啊！”

“不行啊，Cindy，我们这个星期要采访公司，还要见教授，你最好和小组同步。”Joy面露难色。

“我以前都参加的，只不过这次缺席而已。其他几个人不也都缺席过吗？”我理直气壮地回应道。

“不管别人怎样，我建议你最好别缺席。”

“我机票都订好了，你叫我怎么办？”

“这就是我要骂你的地方！你事先都不跟小组通一下气就私自订了机票，你有没有责任心啊？！”她突然咆哮起来。

又发神经……我朝她翻了个白眼。有时觉得这个人真太会小题大做，那个RLP项目真的没人那么在意，它不是一门重要的课。而且和我一起去北京的几个人根本也没和组员提前沟通过，因为大家都不会把这件事放在优先级，往往是截止日期之前凑齐PPT就OK了。

我不禁怀疑Joy这家伙那么多管闲事的动机究竟何在，是不是嫉妒我可以去北京玩而她不能?

这事她一直纠缠到我拉着箱子去飞机场那一刻，同行的几个同学都在楼下等我了，Joy还在寝室里试图阻拦我。我用力推开她，毅然决然地冲出了门。她还追出来，气急败坏地在走廊里吼道：“Cindy你这个不争气的东西，真是气死我了！！！”可怕的嚎叫声在走廊里荡气回肠。

7

北京联谊

整个北京之行我都十分愉快，由此也结识了中欧的另一个圈子。中欧几乎每一届，都会有一群这样的男生，他们大多毕业于中国的老牌名校，譬如：清华、北大、浙大、人大、南开、哈工等。这些人往往来自中国内陆地区，从小都是各地的学习尖子，甚至高考状元，但也绝不会是书呆子——书呆子是进不了中欧的。他们与小资、时尚无关，也不太关心身边的八卦。他们喜欢讨论国家大事，对时事政治总怀有自己独到而深刻的见解。毕业后找份高薪工作不是他们的兴奋点，如何治国平天下才是人生最宏大的抱负。他们想做这个时代的弄潮儿，但骨子里也有中国传统知识份子的清高，对世俗怀有几分偏见。

我挺欣赏这样的男生，尽管有的时候他们很偏激，口气里满是恃才傲物的轻狂。但念在人家真有才华的份上，我完全可以理解、包容。

女人看男人的才华，就像男人看女人怀孕一样——都是一目了然。才子向来都是每个女人仰慕的对象。念中学时，我就特别欣赏年级里那些才气过人的男生们，喜欢读他们的作文，听他们的言论。毕业后，这些人往往都考上了国内一流的名校，而使我和他们无缘再在一起。好多年了，身边再也听不到充满智慧的妙语连珠，而今，中欧却帮我网罗了一群。

才子我很容易辨别，但对才女似乎总有些迟钝，莫非重色轻友的缘故？

北京之行里，我们这一届除了我之外，还有另外一个女生叫 Lucy，也不知是谁找来的，反正我之前不认识这个人。但夸张的是：她居然就住在我们对门寝室！几个月下来了，我对她却没有半点印象。但应该不是我的问题，她自己不太活跃倒是真的，我真的从没看见过她在社交场合出现呢。

尽管她不太主动，但我还是能感觉得到这人挺好相处，脾气温和友善，让人很容易接近。我们在北京的日子里住一间屋，话渐渐多起来。这时候我才切身感受到找个“老乡”做室友是多么轻松！Lucy 也是上海人，比我大两岁，从小一路名校念到复旦电子工程系，毕业后在一家欧洲老牌汽车公司干了 6 年。但我们班那群上海同学几乎不是复旦就是交大，再说她的工作经验也没什么特别的啊。可为何清华哥非跟我说她是“才女”呢？好像南开哥能把她“请”来北京，也是一副开心得溢于言表的样子。

Lucy 真是奇怪，我心里嘀咕道：那么好玩的活动，又是包吃包住，居然扭扭捏捏不肯来？

反正刚开始我是没怎么发现她有才，倒是一路上我们絮絮叨叨很是投机。聊的都是些成长中共同的回忆。我们都出生在 80 年代的上海，儿时的记忆里，这座城市没有新天地，没有金茂大厦，有的只是夏天树荫底下的乘凉，和放学以后弄堂里的嬉戏。

我们都曾是“上海申花队”的球迷，喜欢听 90 年代小凡主持的电台节目“翩翩情”，“新概念”作文火爆的时候我们恰好都在念高中。10 多年过去了，我们至今都还记得第一届那个建平中学叫丁妍的女生写的《东京爱情故事》，尽管当年她只有 14 岁，文笔却成熟得令所有评委惊呼：此生前途无量，或许又是一个张爱玲。

我们兴致勃勃地谈论各自高考那一年写的什么作文。她好可怜，千禧年就在高考作文里写“上海世博会”了，那时谁也不晓得“世博”是啥玩意，没想到之后的 10 年间，每天都要被无数世博的信息狂轰滥炸。我就幸运得多，那年的题目叫《面对大海》，很适合给我天马行空自由发挥，反正怎么写也不会跑题。果然，最后高考语文我考出了问鼎全校的好成绩。而数学、物理却终究没有发生奇迹，最终和第一志愿北京师范大学失之交臂。

我们聊得如火如荼，一分钟不停地神侃，全然不顾外界的事物。南开哥一遍遍把我们拽回现实中。哈哈，他一定很讨厌我，和他抢 Lucy，破坏了他们聊经济政治的好机会。

那是 2010 年的冬天，我在北方度过。零下好多度的冰寒并无碍我们高涨的热情。那个“中国 MBA 联盟”让我见识到了中国各路学校的 MBA，像是武林中人的江湖聚会。他们好些人或许也根本没听说过中欧。

有一天，我们参加完一个论坛，主办方安排所有人到附近的“干锅居”吃饭，整个场子大概 30 来桌，全被我们这群号称 MBA 的家伙包下来了。

我见识到了北方人喝酒划拳的习气，每个人都豪气冲天，不时地有人走过来要跟我们“拼酒”，涨红了脸扯着大嗓门还互相推攘。在这种场合，我是相当谨慎的，任何人要跟我“干了”，我都“随意”。

哈工哥过来跟我们打招呼了，他是这次中欧北京行的发起者，因为要招呼各方人士，没法与我们成天待一块。不过这家伙倒是在这种场合中如鱼得水——废话，否则也当不了中欧“华商俱乐部”主席。

“这才是中国现今商界、官场里最真实的一面啊！”他感慨道，“像学校那种格调，大概也只适合在上海那些500强外企里待着了。你将来出去混，哪有那么多西装礼服红酒啊？五粮液茅台才是真家伙！要不懂生意场上的规矩，英文再好也是狗屁！”

在京的日子里，我们住在五道口。哈工哥神通广大，每天都可以招呼来一帮各个道上的朋友。号称银监会的、发改委的还有《经济日报》的记者……这些人走马灯似的出现在每天不同的饭局上，满口京腔地胡吹神侃。讲的都是些我平时不太听到的内容，上海人一般统称为“国家大事”。

我们还拜访了一家非常有意思的本土咨询公司。之前我对咨询公司的印象，无非就是麦肯锡、罗兰贝格那些。但他家的风格截然不同。一走进门，是一个莲花池，里头沉淀有不少鹅卵石。接待我们的是这家公司大老板的高级助理，又是一能吹会侃的北京爷们。他捡了块石头给我们看，告诉我们每次他们公司去到某个地方做项目，就一定要拾一块当地的石头带回来，说是能集天地万物之灵气。莲花池的意思是“人生如莲”，后面又是一堆“之乎者也”。那公司自己还搞了个商学院，相当于培训部门吧，据说每年都招不少五道口名校的学生呢！他们管“培训”叫“修炼”。

我好奇地问他们的一个合伙人“你们是怎么做咨询的？”他就很耐心地给我介绍他们做过的两个经典案例，都是市场营销方面的，听起来跟一般咨询公司的做法也差不多。我有些失望，就很直白地说道：“跟我想象的不太一样呢。”

“哦？你原先认为我们是怎样做的呢？”那个合伙人真的很和善，好奇地等我的答案。

“我以为你们专帮人家看风水来提供解决方案。”我说这话的时候心想他应该很无语，但有把握他不会太生气。

“哈哈哈哈……”他突然爽朗地笑起来了，开始很有耐心地给我介绍他们公司是如何把中国传统的企业文化跟西方管理咨询的方法论结合起来的。

这么一说我终于消除了对这家公司先前的所有疑虑，再好好打量了一番：真很有中国传统文化底蕴呢！他们的会议室都设计成古色古香的书房，太师椅、茶几桌、古董，墙上还挂了一些字画。在这样的地方打开 PPT 用英文报告××品牌的大中华区战略，真别有一番风情呢。

下午我们去了北大，和他们光华 MBA 联谊。

我非常喜欢这个学校的人，他们像是其乐融融的一大家子，每个人都那样地友好热情。可能是身处大学校园的关系，他们的群体更有一种纯真的学生味儿。

有一个深圳来的女孩和我聊了很多，她带我去宿舍坐了会儿，我发现她们的宿舍就是大学标准的四人间，来自五湖四海的好兄弟好姐妹能在这湖光塔影里朝夕相处度过人生一段最美好的求学时光，该是每个中国的莘莘学子年少时都做过的梦吧?

她告诉我她之前在深圳做公务员，选择光华 MBA 很大一部分原因是帮她圆“北大梦”。她打算北大念完书后留在北京工作，还是想进一些政府部门或者大型国企，轻松点，挣一份不算差的工资就可以了。

“毕竟咱都是女孩子，那么拼图个啥，你说是吗，Cindy? ”这是她的肺腑之言。

她的室友陆陆续续回来了，都是她的同学，也个个友好亲和。她们带我参观完北大著名的景点“一塔湖图”后，大家就一起去光华楼的一个会议厅集合，下午在那里中欧所有造访者和北大同学见面。

整个过程还搞得挺正式的，那是因为北大有用心筹备过。哈工哥代表中欧上台发言。这家伙很有演说家的特质，口才极佳，又会旁征博引，激情四溢。但有时难免也让人感到臭屁歪歪的，实在太能吹嘘了！所以我在学校对他的“民间演说”通常是一个耳朵进一个耳朵出。但这次他代表中欧，我就不跟他计较了，反而还庆幸有这么 一个“人才”在，心里很踏实。

这个家伙真的很会“拗造型”哎，演讲部分话不多，而且一改平日张扬的本性，冷静的语气背后满是矜持……装深沉，我心里“哼”了一下。但到最后他放了一段中欧校庆的短片。那还是我第一次看到这段短片，开场白就是：“这是一个激情澎湃的年代……”大约15分钟的长度，像部史诗一样气势恢宏。讲述了中欧是如何随着中国改革开放的滚滚洪流诞生，并在欧盟、中国政府还有一大堆响当当的大人物共同努力下茁壮成长起来的，又如何如何立足中国、放眼世界，肩负起整个中华民族复兴的重任，还要为中西方交流、世界和平作贡献……太棒了！看得直叫人热血沸腾。我一边偷看哈工哥狡猾的样子——他的目的达到了，一边心里暗暗叫好。

北大的分享则是请了一个老外给大家讲述了自己因为对中医、太极等中国传统文化感兴趣，所以跑来北大念书的经历。非常真诚、自然，而且很具典型性。

接下来大家交换礼物。北大送给中欧的是一件博雅塔的水晶模型，做工很是精致。我看着哈工哥，心想这家伙不知又要耍什么花样。只见他拿起一本精装封面的书递给对方代表，说：“这是中欧吴敬琏教授的传记。”

我突然想到两天前在那个鱼龙混杂的MBA联盟大会上，有个人就随便问了我一下中欧是用全英文上课的吗？我刚想回答“是的”，没想到哈工哥头一下子凑上来抢答说：“除了吴敬琏的《中国经济改革》，其他全英文。”

真是发神经哎……我有时真觉得这个人像个“现世大活宝”，但念在他一片爱校情深的分上，也就算了。不过好多人叫他“臭屁大王”倒是真的。

晚上，北大请我们到光华楼底下的自助餐厅吃饭。他们真的非常热情好客，而且考虑得又很周全。我们被拆开分别安排到不同桌，这样两校的同学就可以充分交流。

我所在的那桌都是男生，听口音大多数都是北方人。其中有一个年纪略长的，开始跟我分享他在北大这几个月来的收获：

“MBA 呀，最终学的就是怎样做人。北大教的那套东西，咱将来多半都用不上。但它帮你开了眼界，知道一些大的方向。毕业以后人手一份北大文凭，至于你能混成啥样，就看各自的修行了。”边上好几个男生跟着起哄，看样子他是这几个男生的“老大”。

我大致了解他的意思，说得相当中肯。但比起北大的“做人说”，我似乎感到中欧更强调教会你一种游戏规则。将来你若想要成功，就必须搞清楚这个世界是怎么转的。咨询、风投归根到底是怎么一回事？平日里那些 PPT 都是做给谁看的？投行为什么会录用你，是因为你有 CFA 吗？在不同的场合该如何表现才得体？你的哪些行为可能在不同文化圈子里引起不同的反响……只有搞清楚了世界是怎么转的，别人都是怎么玩的，你才有机会去撬动到身边各种资源，体体面面地成为赢家。

这方面我就相当佩服“考拉兄”Nathan。他幸运地倚仗了在多元文化背景下的成长经历，以及精通 6 国语言的优势，拥有常人望尘莫及的眼界和玩转这个世界的神奇本领。他跑到世界上很多地方都是熟门熟路的，一副很吃得开搞得定的样子。但为人又十分谦虚友善，亲和力极强。我感觉这个人心思从来不放在念书上，估计 14 岁从韩国移民到澳洲就一直在玩，但他心里非常清楚自己的独特优势，从不去和别人作一些无聊的比较——更确切地应该说是打骨子里自信的人。

果然，在找实习的时候就印证了我的眼光是对的。当大部分韩国同学都在为跨出在中国就业的第一步而压力满满的时候，他优哉游哉地陪我们去欧洲转了一大圈。回来后他的“老乡们”几乎都拿到至少一个 offer 了，他才刚开始行动。结果居然神奇地被麦肯锡邀请去面试，还过了两轮——令所有人都大为跌破眼镜，因为他成天嘻嘻哈哈哈的，太不像个咨询顾问了。我很难想象这家伙之前在 IBM 做了好几年的战略咨询，全世界地飞，给客户提供解决方案。

但人家就是天生命好不用愁，这个全球化的时代仿佛就是为像他这样的人度身定制的。他总是可以轻易地得到自己想要的东西——如果他真的很想要。最终被麦肯锡刷下来了，但他也根本无所谓。的确，想进麦肯锡干嘛当初拒掉 Insead 跑来念中欧?

后来，他满是兴奋地打电话告诉我：他这个暑假要去“大众点评网”市场部实习了！而去“大众点评”上班的时候，发现整个办公室都是上海人——这点正合他意！他就是要增加自己的本土经验啊！果然那两个月里，他的中文突飞猛进，居然还学会了用上海话骂人：“脑子坏特了。”我不晓得那个招他进去的老板是出于什么样的考量？他在这种人在本土化的公司里头究竟可以做些啥呢？但这家伙居然还把实习工资谈到跟去咨询的同学一样多……毕业以后，他如愿拿到了一家世界著名奢侈品公司的 offer，干的是他钟爱的市场战略，服务于中国区，隔三岔五地飞纽约、巴黎、伦敦、东京，住五星级酒店，出入各种顶级时装发布会，不像在工作，倒像在作豪华环球旅行。

北京之行大家一直其乐融融，我也非常喜欢中欧同行的几个同学。那是我第一次真正融入中欧大家庭的氛围，一路上大家顶着粗犷的西北风，脸被吹得通红通红的，却始终有说有笑，欢乐无比。

多年之后，或许我们早就忘记当年去北京的目的是什么，参加了哪些论坛，拜访了哪些公司，对找工作有过哪些帮助。但一定都会记得那年冬天大家在后海的小酒馆里推杯换盏海吹胡聊；在天津寒夜的南开园里打牌打到深更半夜；惩罚输牌的人玩“真心话大冒险”；南开哥拍拍胸脯带我们去吃东北菜，被热情好客的老板娘灌醉；一群人在刺骨的北风里跺着脚哈着冷气买一大包路边摊烤红薯片像过年一样吃得津津有味；从天津刚到北京，我们还买了好多老酸奶带到酒店，储藏在“窗外”这个天然大冰箱中……

8

翻 脸

但讨厌的是，原本完美无瑕的北京之旅却在最后两天被人搅了局——又是那个该死的Joy，发神经似的左一个电话右一个电话打到我手机上，催我回去做功课。后来我干脆不接了，她又狂打Lucy的……

那一天我在众目睽睽之下操着手机和她大吵，别人还以为我和男朋友吵架了，结果一问才知道是RLP的作业，大家都说Joy有些小题大做了。我真眼红死他们了，都说压根没见过像Joy这么较真的组员。哎，人跟人之间怎么可以相差那么多哟？

最后大伙也实在看不下去了，就劝我早点回上海，因为Joy实在逼得太凶了。我最终只好妥协，改签了机票，连夜飞回上海，从而放弃了最后一天的长江商学院拜访之行。

从虹桥机场出来，地铁已经关了，我只好打的。坐在出租车上，心里愈想愈气：真是碰到个百年一遇的神经病！而且真是莫名其妙：凭什么她这样“一声令下”我就得连夜赶回啊？长江这次去不成，今后估计也不会有什么机会了……都是被这个女人搅黄了……真是讨厌讨厌讨厌极了！

出租车很快就开到了红枫路，望着夜幕中马路两边精美绝伦的洋房别墅，我的心情却一点一点沉重起来。“咔”的一声，出租车稳稳地停在了学校大门口，我抬头望了望高耸漆黑的铁栅栏，心里倒吸了一口气：七天自由快活的好时光到头了，又要回到这个压抑禁锢的“监狱”。

我一回到寝室，还没来得及放下行李箱，Joy就大呼小叫起来："你还知道回来！！！你知道这两天我一个人做了多少东西吗？！"

我顾不上理她，脱去厚厚的羽绒服，开始蹲在地上整理箱子。

她终于怒了，破口大骂道："你要是我妹，早就被我打死了！！！"

天呐！居然敢这么教训我？我终于忍不住爆发了："谁要有你这种姐姐真是倒了八辈子霉了！！！"

我说得一点都不夸张，真的！这家伙每次打电话回去，都要在电话里把她妹妹教训一遍。什么姐姐我长得比你靓脑子比你好，还这么努力，你就更不能整天想着玩，一定要有上进心……我要是她妹，听到这话肯定早把电话给挂了。还帮她网购衣服寄到上海来哩！寄她个头哇！

"你……"她大概从来没见我这么激动过，一时语塞，但很快就换了一副口吻，继续责问道："你到底想怎样？"

"关！你！屁！事！"我憋了整整一个学期的怒火终于彻底爆发："我不懂你为什么总是那么三不罢四不休地缠着我？我不做功课跟你有半点关系吗？就算我被开除也与你无关啊！！！你管好自己就可以了！！！"

空气里一片沉默。我感到自己已经被她逼到很失态的地步——真的，我这人情绪向来稳定，很少发那么大火的。

"你—的—事，我—管—定—了！"

没想到她酝酿了半天，一字一顿居然说出这几个字来，而且神情异常严肃，顿时令我敬畏三分。

她顿了顿，继而语重心长地说道：

“你给我听好了，Cindy，我知道你把学习放在不那么重要的位置。但你要知道，你的组员和你是平等的，人家没有义务替你承担作业量。今天并不是我要和你计较功课谁多做谁少做，只是我不想让别人在背后议论你。你知道吗？你第一学期的表现不给力已经给同学留下了很不好的印象，如果再这么下去，恐怕你的形象会再次大打折扣……”

我刹那间被彻底镇住了。是的，她的话，狠狠戳中了我的要害。的确，那件事我非常非常在意，它曾让我羞得无地自容。我害怕被同学小瞧，更担心自己在同学面前失信。我是多么希望自己也能有很强的能力去帮到小组完成作业啊！可我真的不会，是真的不会！但这种事叫我怎么说出口呢？说出去脸往哪里搁啊……我实在受不了了！这情形令我情何以堪？哪怕在屋里再多待一秒钟也会让我发疯！于是我抱起笔记本电脑，头也不回地冲出了房门。

“哎，Cindy，你要去哪里？外面很冷，你这样会着凉的！”Joy 根本拦也拦不住我，只好在走廊里大喊大叫。

我快步匆匆，一个人埋头冲向教学中心，生怕她追出来或者遇到熟人。她的话语突然让我感到自己贱到无可救药！是的，人家之前好言相劝，我却丝毫不领情，非要把话说绝了，我才醒悟过来。真是根蜡烛啊！

那一晚，我一个人在教学中心的讨论室里埋头苦干了一个通宵，把之前去北京落下的功课全补上了。而且效率、质量都很高。期间手机不时地跳出Joy发来的信息，问我人在哪里，一副很担心的样子。我只是简单回了她一条“在空调房补作业，不必担心”，就关机了。

之后的几天，整个小组无比高效、顺畅地完成了整个项目。一直到最后成功向教授报告完毕，我和Joy话都很少，且基本仅限于功课上的交流。她对我的态度非常友善，而我，却有点不敢正视她。

项目一结束，Joy就走了。去参加学校组织的一个“香港投行之旅”，她一直以来对从事私人银行业务很有兴趣。而参加完这个活动，她就要回台湾过年。所以，我们至少有3个星期不会见面了。

9

知 己

我开始了一个人在寝室独居的生活。那段时间，我太需要清静了。在中欧待了快半年的我，每天都有一种被拽着飞奔到一刻也停不下来的感觉，好折腾好折腾。而且时常会遇到各种在我过去的生活中从未遇到过的挑战，感到自己延续了二十几年的生活方式都要被重新塑造。而这一切，却不过刚刚开始而已……我很害怕，不知接下来还会有什么新的困难。

我又想起了Shawn，这个学校里唯一给过我惊喜，又让我牵挂的人。但我们已经有好一阵子没联系了，他正在忙些什么呢？我好想好想打一个电话给他啊，哪怕听听他的声音也好。但人家压根儿也没主动联系过我，是不是已经把我给忘了？我愈想愈消极，心里一片烦躁……算了，还是什么都别去想，什么都别做了吧！我只想停下来。真的，我太需要一个人静下来好好休整一下了。

就这样，我日夜颠倒，浑浑噩噩地过了好几天，感到自己再窝下去都快生病了，开始想念Joy。起码她在的时候，我每天过得都很规律，她把我带进带出，出入各种社交场合。但她一不在，我就感到自己彻底跟外界失去了联系。

不行，我自己也要积极一点，念MBA就是要主动参加社交，我心里默叨着告诉自己。恰好看到一封邮件，说是晚上7点半在学生中心有个俱乐部颁奖典礼。原本我根本不会去到这种场合，完全是“凑别人的热闹”。但既然要积极融入集体，就要勇敢跨出第一步！我给自己打气。于是，我换了件漂亮衣服，还仔细化了个妆，喷了两下我最爱的“CoCo小姐”出门了。

没想到那个我原以为简简单单的颁奖典礼，几乎所有的俱乐部主席和副主席都到场了。除非人不在学校，像Joy和Issa这种离开上海的，但也一定会安排“同事”或“下属”代为出席。看到大家如此“敬业”，我顿时倒吸了口凉气：天哪！若不是两个小时前刚刚想通要“改过自新”，我岂不是要让电影俱乐部缺席了？

台上的学生会负责人开始播放PPT，总结第一学期的俱乐部活动。那一张张生动的照片，一段段精彩的回顾，让我顿时意识到原来大家的第一学期都过得如此闪亮。再想想自己那副苟延残喘的狼狈样，真叫人有一种“无论如何也追不上”的认命与自卑。

其实我还是很想把电影俱乐部经营好的，但实在精力有限，我就只能先放放电影再说。第一学期我总共放了两次电影，但郁闷的是，每次来捧场的人都寥寥无几。或许我根本也不该去抢“电影俱乐部”主席一职，如果让墨西哥兄来当，一定比我强太多了。当初“兴师动众”请了那么多同学给我投票，也不知现在人家心里怎么想我？我愈想愈愧疚……

学生会开始宣布最佳俱乐部名单了。像大多数颁奖一样，三等奖3个，二等奖2个，一等奖只有1个。中欧MBA林林总总的俱乐部多达40多个，甭管是几等了，只要能捧个奖回去，都是了不起的。三等奖、二等奖都宣布完了，那些获奖的俱乐部主席、副主席们个个脸上乐开了花，像是小学生评上了

“三好学生”一样喜出望外。

很快，所有人的注意力都集中到了一等奖上，大家的好奇心都被吊到了嗓子眼，究竟花落谁家呢？当学生会最终宣布“市场战略俱乐部”的时候，全场没有像刚才宣布二、三等奖项时那样的口哨雀跃，而是一片安静，沉默了大约1秒多钟后，鼓掌如爆竹一般热烈响起！全场的目光顿时聚焦在市场战略俱乐部的主席——Karen 身上。

掌声愈来愈热烈，许多人站起身来朝着 Karen 鼓掌示意，我也情不自禁跟着站起来。那一刻，我切身感受到了，之前的沉默，后来的鼓掌，到最后的全体起立——大家对市场战略俱乐部以及 Karen 的敬意、感激与祝贺之情全都化作行动真诚地表达出来——沉甸甸的。的确，这个大奖她是当之无愧的。我所认识的 Karen 从当选主席的那一天起就为这个俱乐部倾注了大量心血，牺牲掉了无数自己的私生活，甚至睡眠。

Karen 脸上露出前所未有的欣慰笑容，在一片热烈的掌声中淡然自若地走上台去。全场顿时安静下来，开始倾听她的演讲。她的脸精致柔美，华服修身，所有的英文演讲词都藏在眉宇之间，含笑起伏。我刹那间被她吸引，歆羡她拥有我所没有的才华。

颁奖典礼结束了。那些获奖者到处跟人合影留念，闪光灯、奖杯，搞得真跟奥斯卡颁奖一样。Karen 作为当晚的“压轴女王”，被众人簇拥包围着，我连跟她打声招呼的机会都没有。

正如我出门前的预料：热闹是人家的，与我毫不相干。想着想着，心情又开始低落下来：之前为学业忙到焦头烂额之际，我根本没有时间去胡思乱想，但硝烟散去，如今眼前一切的一切都让我既惊羡又自卑。

我像个怕生的孩子，呆呆地躲在角落里，怯生生地看着身边人来人往。我早就说过，中欧的人像“太阳”，一个个都可以站出来光芒万丈的，时常让我有种要被灼伤的害怕，尤其在一些热闹场合会感到十分不自在。于是，我放弃了之前准备好好融入的打算，心想：今晚还是算了吧，正式抽身离去。

经过走廊时，我看见 Karen 和她俱乐部的几个干部们还在那里拍照。她的“下属”们都是一群年纪比她大，工作经验又都很资深的市场、战略方面的精英，但那群人却都心甘情愿地跟着这个年龄比自己小的主席一起忙，整个团队一派其乐融融的样子。

心情低落的我，经过兴高采烈的他们。本以为自己会就这样默默无闻地走过去了——正雀跃着的他们应该也不会注意到郁郁寡欢的我。

“Cindy！”一个熟悉的声音传来。

我下意识地抬头望去，是 Karen，顿时我们四目相对。毫无防备的我，当下的落寞、失意全都写在脸上，一览无遗。

“你还好吧？”她关切地问道。

我像只受惊的小鹿，迅速端起招牌式的笑容，客套地回应她，但仓皇的眼神已经暴露了自己随时想“逃跑”的心迹。

“你等我，结束后我来找你。”她的关切已经变成了担忧。

我突然想起以前F4的《第一时间》有句词唱道：“就算你我在热闹喧哗中走散，友情会第一时间赶来……”我一下子被这突如其来的感动击中。

很快，她结束了当晚的应酬，拉我去她房间。

那是我第一次来到她住的公寓楼，因为租金翻倍，所以住的人很少，走廊上静悄悄的。不像我和Joy住的“西班牙之家”，一进去就很吵很热闹。

一推开她的房门，淡淡的薰衣草清香扑面而来。房间面积恰到好处，简约雅致，井井有条。每次参观别人的房间，我总会很好奇主人的书架，喜欢根据书架上的书来揣测主人的性格和阅历。趁着她去倒茶的间隙，我也开始饶有兴致地打量起她的书架来——好多繁体字的诗集，真是没想到这个学医又从商的香港女生居然还那么文艺。

不一会儿，她端了两杯热牛奶过来，见我正在欣赏她的书，就抽出一本诗集给我看。竖版繁体字看得我有点吃力，内容也因为文化上的差异而有些隐晦难懂。她就又给我看从前她自己写的英文诗——实在大大出乎我意料，她驾驭英文的能力都快赶上我驾驭中文的水平了。

空调渐渐吹热了房间，我们脱去厚厚的外套，散开了平日里扎起的长发。她又打开音响，点上一盏橘色的小灯。我们一边捂着热乎乎的牛奶，一边放松心情，整间屋子顿时充满了女孩子的灵气。

我也忘了话匣子是从哪里打开的了，只记得那晚她给我看了好多照片。从那些曾经的照片中，我看到的是一个无比清纯靓丽，而又秀外慧中的女孩。她的中学时代在香港数一数二的女中里度过，那该是她人生中最美好的一段时光。功课门门优秀的她，从来就是父母的骄傲，老师的宠儿。放学后，她总喜欢和同学聊聊八卦，逛逛夜市，嘻嘻哈哈，日子过得无忧无虑。不过偶尔也会拿本诗集，抑或在日记本里，细细玩味着属于那个年龄特有的忧伤……

但是终有一天，当她羽翼渐丰了，便义无反顾地要离开故乡。纵使港岛是她最温馨最梦牵魂绕的家，那里有一群她至亲至爱最舍不得离开的人，但她走得毅然决然，即使有痛苦，受了伤，也无怨无悔。

谁能年少不痴狂，独自闯荡？从香港大学医学院毕业以后，为了谋求更好的职业发展，她从此开始了一个人背井离乡的生涯，满世界地漂泊、闯荡。先是到美国加州一家颇有名气的医药公司干了3年市场战略，后来又被派到北京组建分公司。

“你知道吗？那时我一个人住在中关村。有时下班下得晚，那地方又偏，根本打不到车啊！我就只好一个人沿着漆黑的马路走回家，当时心里好害怕哦。”她那一口港式普通话说起来嗲嗲的。但她其实一点也不娇气，她告诉我她家里还有个弟弟，小时候她照顾得很多很多。“再说年轻的时候吃点苦根本不算什么。既然是自己喜欢的工作，就要尽最大的力去做好啊！”

听了她的这番话，我一方面打心底里佩服。另一方面，我也由衷地感觉到：相比之下，内地的年轻人似乎少了一点这种对工作的专注劲。倒不是说我们不够拼搏，但少了一点潜心投入的执着。也许我们的社会发展太快了，人心也就容易浮躁的缘故。

但后来发生了一件事，还是让如此执着的她放弃了继续留在北京的念头。那是一个零下十几度的冬夜，外面下着鹅毛大雪。她在公司附近的“沙县小吃”吃了碗馄饨。天哪！她居然去吃“沙县”？我真难以想象呢！她当然也知道这些，但没办法，她公司的位置实在太偏僻了，平时可以吃的地方就很少，又碰到个暴雪天，就只剩“沙县小吃”还在开门营业。

但没想到她当晚一回到家里就开始上吐下泻，最后肚子痛到几乎要晕过去。在北京无亲无故的她，又不想在大雪天麻烦同事，就拿起手机自己拨下了“120”。当救护车把她急救到医院的时候，她已经痛到手脚发麻。但医生的冷漠着实令她心寒。那时，她一只手插着针头正在打点滴，另一只手却还要翻出钱包拿钱去窗口排队挂号。

“没办法，先付钱，后看病，这是医院的规矩。”医生铁面无私地对她说道。

后来，护士来抽血了，一针扎下去——当她看见自己的鲜血居然“噗”地溅出来时，泪水终于忍不住往外涌……

我听了心疼极了，却也发自内心地为她的勇敢和坚强鼓掌。这种狼狈而又伟大的“壮举”我又何尝没有？我们都默契地认为：年轻的时候有点这样的人生经历其实挺不错的。

她兴致勃勃地带我浏览她电脑里的每一张照片，我也忍不住打开自己“荒芜”许久的QQ空间，给她看我大学里的博客。每一张照片背后，都有一段精彩的故事。我们都惊叹对方20岁左右的时候怎么看起来都那么纯真无瑕，但还是更欣赏眼前被岁月磨砺过的彼此——成熟、独立、自信、坚强写在各自的脸上。

那一夜，我第一次，在这个学校里，跟人敞开心扉。原来孤独的人并不止我一个。她告诉我刚来中欧的那段时间，下课后她常常一个人在校园里看天空，因为谁都不认识。我终于从她这里明白“人脉”和“朋友”的区别。MBA念完后，你可以说自己有一大堆朋友。但我相信：一个人绝不可能同时交几十个好朋友，最贴心的能有两三个就不错了。她也乐于倾听我的那些烦恼跟苦闷。然后我们互相打气，还拉钩，说好了：在人生这么黄金的年龄，谁都不可以脆弱。

夜，已经很深了。后来聊得实在累了，我们开始听歌。她给我听一首她很喜欢的歌：《城市的光》——是一个叫曾淑勤的台湾原驻民歌手唱的：

有狂风　有细雨　有阳光
亲爱的　生活就是这样
你匆忙　我迷惘　却都坚强
心　在碰撞后　勇敢的成长

有希望　有渴望　有失望
情绪写在你我脸上
点亮所有灯光　如果依然心慌
问候就在门外　等你开窗

城市的光　透进了窗　温暖每一间小小的心房
喔　城市的光　家的方向
孤单　被驱逐流放

城市的光　透进了窗　柔软每一个灵魂的创伤
城市的光　洒在心上
天堂　就在地球上

从那天起，我和Karen成了好朋友。她给了我莫大的精神鼓励，让我的心情有了一百八十度大逆转。起码我不再害怕不再孤独，也不会觉得连个说说话的人都没了。

10

美好时光

课终于全都上完了，华人同学们纷纷回家过年。让我颇为惊喜的是，我居然收到了Joy从台北漂洋过海寄来的贺年卡片，一拆开，简直受宠若惊——居然是我小学里很流行的那种既是立体，又会“唱歌”的电子音乐卡片，空白处还有一大段她亲手写的繁体字：

“親愛的Cindy,上海壹定很冷吧？妳這個春節過得還好嗎？妳要多多保重哦。另外,我要好好感謝妳這幾個月來對我的包容與忍讓,能找到妳這樣的室友,是我的福氣。望大家能來年再聚,朝夕共處。新春快樂,闔家安康！”

这家伙……我心里一阵感动。哎，老实说，Joy这人真的很好很好，只是有时热心得令人受不了。没想到她会那么在乎我们之间的关系……我已经很多年没收到过别人手写的贺年卡了，她好有心哦。

我终于体会到从前歌词里唱的那句“相爱总是简单，相处太难。”是啊！我从来没跟别人这样一起生活过呢，看来相处还真是一门大学问！我感到自己这些天不和Joy住了，就明显不那么讨厌她了，反而觉得她挺好。那些乱七八糟的事也变得可爱起来。拜托！她居然口口声声说我包容她、忍让她，其实我也缺点一大堆呢！我心知肚明的。好了，想到这里，我决定——开学后继续和她住，一个人我准会寂寞死的！

过完年开学以后，我明显感到心境开阔起来，“春江水暖鸭先知”——我隐约感到我在中欧的美好时光刚刚开始。

第二学期，我有了新的组员，这都是学校根据不同国籍、行业背景，甚至性别来分配的。我那天一看到名单，就高兴得快笑不动了——这个学期的组员年纪都偏大，三个男的，加我两个女的。那仨男的分别来自上海、香港和美国，行业分布在咨询、金融与IT，但有一个共同特点——都是不折不扣的“好好先生”！另外那个女生，上海交大计算机系毕业，原来在“英特尔”搞技术研发，北方人，性格直爽又好说话。我见了这样的组合顿时心花怒放。

“英特尔”姐告诉我她来念中欧是为了转行做金融，所以整天都在复习CFA。不过她自己也承认，她的读书成本有点高。来中欧之前，她的工资就已经快赶上那一年毕业生的平均薪资了。但她深感女人在IT这一行的瓶颈，尤其搞技术的！强烈的危机感使她宁可暂时放弃眼前的良好现状，哪怕降薪也要转行去到她接下来渴望从事的金融行业。

我听了顿觉惭愧：人家原本就已经那么优秀，还付出了那么大的机会成本来念书。而我呢？眼前那么好的学习机会却不知怎么珍惜，整天还在那里胡思乱想。

Shawn自从和我在期末考之前见过面后，就像失踪了一样。整整一个月，我都没有关于他的任何音讯。会不会出什么事了？我开始担心起来。终于，我忍不住拨通了他的手机。

“你好，Cindy。”电话那头传来他那熟悉的台音。

我的心开始狂跳起来。

“你还好吗？Shawn，怎么那么久都……都不跟我联系？”我终于勇敢地说出了这样的话。

“我以为你很忙啊，不好意思打扰你……现在功课还紧张吗？”

“不紧张了不紧张了！”我忙不迭地说道，“你呢？你最近都还好吗？”

“唉……你这个周末有没有空？学长请你吃饭。”

我受宠若惊，一口答应了下来。什么同学聚会、俱乐部、“公司日”活动……统统靠边站！

这次我们约在了音乐学院附近的Bella Ciao——一家很别致的意大利餐厅。

他还是那么帅气，但和之前相比，似乎少了一份轻松的感觉。

“你有心事？”我轻声问道。

他点了点头，告诉我说他和家里最近关系有点紧张。

他之前就跟我说过，他家在台南——很传统的一个地方，世代经营“牛轧糖”的生意。他在家里排行老大，下面还有3个弟妹。眼下父母年纪愈来愈大，需要他的照顾，“牛轧糖”的生意也需要他回去接管……

但他很希望毕业后留在内地，干自己喜欢的高科技行业。眼下正在面试微软、谷歌跟英特尔，这些机会都是相当不错的，他又不舍得放弃。

“父母希望我早点成家立业，他们也盼望早点抱孙子。”

他无奈地跟我叹息道。

“那你自己是偏向于留在内地呢？还是回到台湾？”我关切地问道。

“留在内地，总得有个理由吧？”他说这句话的时候突然认真起来，眼睛眨也不眨地望着我，停顿了2秒钟，又徐徐说道，“我是指除了工作之外的理由。”

我开始慌乱起来，心也顿时狂跳不已，脑袋一片空白……眼睛却本能地去躲避他的目光。

他这是在向我表白吗？我该怎么办？怎么办？天呐！到底说什么好？！

台面上一片沉默、尴尬。

后来还是他把话题扯开，大家开始心猿意马地聊起别的。

那天回来，我的心乱作一团麻。闭上眼睛，我追问自己内心最真实的想法：我和他究竟该不该开始呢？初识的感觉那么美好，那么强烈。但稍一交往却发现好多磕磕绊绊，时常令彼此都手足无措……另外，若是他将来要回台湾去继承家业该怎么办？我仍旧无法消除内心的不安，那份深深的不安感。

Joy从台湾回来了，我们已有整整三个星期没见面，再加上她的新年贺卡，之前所有的不愉快都冰释前嫌。我们开学后一见到面就格外亲切，来了个大大的拥抱。她从台北给我带来超多好吃的：牛轧糖、金Q饼、凤梨酥，还有一堆八卦杂志，内容巨劲爆。我告诉她我和Karen现在也成为“好姐妹”了，她们寒假在香港碰过头。“那太好了！”我高兴地拍手欢呼道，“以后大家可以一起玩啦！”

好久没听到她和Victor的消息了，我问她这个寒假你们有联络吗？Joy重重地跟我叹了口气道：“对了，说起这件事，我一直想问你的。内地男生是不是不太喜欢像我这样太过热情的女孩子？”我望着她那一脸无奈失望的表情，基本上就已经清楚她要说什么了，但没有急于打断，而是让她先说完。于是她接着吐苦水：“我知道他很内向，也很爱面子。所以我很注意照顾他的感受啊！但有些地方真让人受不了。”

“譬如说？”

“譬如他的自尊心吧——太敏感了！我跟他讲话必须多么小心你知道吗？”

“不会吧？东北男人该是很爷们儿的啊！”我有些不解。

“好了，这个我就不跟他计较了。但另外某些地方真的是叫我忍无可忍！”

“哈哈哈，有那么夸张吗？有什么力量能摧毁你对他的执着啊？”

“我怀疑他是不是gay(男同性恋)啊？”Joy的声音突然压低了三分，“你知道吗？我们交往那么久了，到现在连手都没牵过。”

“哇哈哈哈哈哈！”我当时正在喝水，差点没喷出来。“姐姐你太搞笑了！不不不，我不是要笑你，我是说我想想你们两个在一起的样子就觉得很好笑。”

Joy的脸色顿时大变。见她生气了，我立刻打住，开始说正经的。

“那他平时对你怎么样？”

“很好啊！他虽然不太会说甜言蜜语，也不太主动。但其实心还是很细的。每次教我题目，都超有耐心。出去吃饭也从不让我付钱。这次过完年，还特地从老家带了好多土特产送给我呢！还有还有——上次听说我要和那个瑞士男一起去联合国总部声援一个环保活动，他超紧张的，很在乎地问我是不是就你们两个？”

“听起来也很正常啊，对你也很不错，怎么可能是gay呢？会不会——是你给人家的压力太大了？”

“好了啦，小姐！他也太娇贵了吧？有些东西他不懂，譬如上次去吃日本料理，他连可尔必斯都没喝过。那我当然要教他啦！还有他那个发型，丑死了，根本破坏整体形象嘛！我带他到发型屋去弄个新款的，难道有什么错吗？”

“你看你看，这就是问题所在啊！”我直言不讳地告诉她，“可尔必斯在内地很不普遍，我也是去香港才知道的。但你当时的态度一定让他感到很丢脸，好像自己很没见识。发型不好看，你也不能直接在他面前说丑嘛！男人都是很要面子的。尤其像他这样，从一个小地方来到大城市，又跑到中欧这种国际化的环境，人家也在不断学习嘛。你要理解啊！”

“好了好了，我没想到那么麻烦。OK，以后注意一点就是了。”

看着Joy一脸无辜的样子，我反倒觉得轻松起来。单身有单身的寂寞，恋爱也有恋爱的麻烦。或许我和 Shawn 在一起，也会有各种各样的烦恼呢。

其实，Joy 和 Victor 这两个人的问题我早有耳闻。还是清华哥跟我八卦的。

他和 Victor 算是平日走得比较近的好哥儿们了。另外还有南开哥，包括上一届那个哈工哥。我早就说过，这几个男生都非常优秀，又都毕业于中国老牌名校，彼此之间很有“英雄惜英雄”的互相赏识。

我对 Victor 的很多了解都是从清华哥那边得悉的。他说这个 Victor 的确是个人才，做事很懂得谋略与布局，将来没准儿能成大事。平时为人也不错，对几个兄弟都很讲义气。但就是真的很内向，跟每个人都会保持一点距离，没人知道他心里到底在想些什么。

所以，每当我们一谈起 Victor 跟 Joy 在一起的情形，就都忍不住“咯咯”乱笑起来。这种组合真的太有趣了，一个热情过头还超级三八，另外一个内向腼腆，低调谨慎。清华哥也说：“Joy 这样的女孩如果给我，我也受不了。太那啥了……”

“哎呀，人家就是这种性格，热情开朗嘛！”

“女孩子还是文静一点的好啊！”

“那长得应该还不错吧？”

“身材是不错，脸么，也不赖。就是黑了点。”

“哎哟，大哥，人家这小麦色皮肤不知迷倒多少老外呢？

这叫性感——Sexy！”

“呵呵，我们中国男人可不喜欢这样的。好了，我要去参加‘群贤会’了。”说罢他起身跟我道别。

这个“群贤会”就是由清华哥、南开哥、Victor这几个中国男生发起的民间社团，就是每个星期三晚上，一帮人聚一起，专门聊中国体制内的那些话题——政治、经济、历史、社会，无所不包。在我看来，就是把北京出租车上“侃大山”的那些话题搬到中欧校园里。

我和Joy都去参加过一次。我是受清华哥、南开哥的邀请，而Joy纯粹是去陪Victor的。不过老实说，还真是无聊至极！这帮男人，咋就成天满脑子尽想着这些玩意呢？那些“国家大事”我听了都一个头两个大，更何况Joy了。能叫一个台湾女生旁听“政治局常委”、“中央两会”、“发改委”足足两个钟头，也只有Victor有这本事了。

但爱情的力量还真是伟大。Joy也真叫那啥——“爱屋及乌”，开始恶补“内地知识”，还时不时地问我：“为什么书记比市长还大？”“书记(secretary)和秘书的区别在哪里？”诸如此类的滑稽问题。

中欧校园里这种非正式的“民间组织”怪有意思的。因为不受官方注册的限制，所以内容就比较千姿百态。类似的还有“西班牙之家”的“三国杀”俱乐部，每晚“杀”到凌晨两三点；两楼的那个“八卦茶馆”也是天天开张，默默扮演着中欧“新华社”的功能；一帮爱折腾的男生搞了个“兄弟会”，还印了统一的T恤，表明自己是个多么“有板有眼”的组织。女生也不甘示弱，Issa宣布我们女生也要创立一个“亿万女孩俱乐部”。我问：“那是什么意思？想嫁给亿万富翁的女孩成立的俱乐部？”“拜托！当然是我们自己要成为亿万富翁啦！”Issa向来是个要强的女生。

Karen叫我这个上海本地人多组织一点“有营养”的活动，别每次一出去尽是K歌吃饭逛商场。我和她的想法不谋而合！恰好看见周末上海音乐厅有一场“俄罗斯经典民歌演唱会”，我就强烈推荐给了她们。为什么要推荐这个呢？说起来我还打了一番“小九九”呢！

首先：香港台湾人多半没听过那些苏联的老歌，譬如：《莫斯科郊外的晚上》、《三套车》、《喀秋莎》。而这些歌都是曲调非常优美，歌词又很抒情的经典之作。我是受我爸爸的影响而喜欢这些俄罗斯民歌的。印象中我还在上幼儿园的时候，有时家里会来一群叔叔，和爸爸一起，围着家里的那台“双卡”录音机听上一个下午呢！后来长大一点了，我也喜欢上了这些经典老歌，虽然那个年代已经过去，但歌曲本身依旧蕴涵着无穷的魅力。

另外，上海音乐厅可是一座无价的艺术瑰宝啊！它是中国历史上的第一座音乐厅，早在30年代的时候就有西洋乐队在里头演奏了。几十年来更是接待了无数世界级的大师。更为特别的地方是：当年上海因为造延安路高架要动迁，英明的上海市政府不惜花了十几个亿把整座音乐厅平移了整整60米，这才保全了今天的全貌。据说里头的音响效果相当不错呢！

听我这么一介绍，Joy 和 Karen 很是动心，毫不犹豫地订了票，对这场演出充满了期待。整场一个半小时的演出果然没令人失望。所有的歌都唱完了，这俩妞还沉浸在“夜色多么好，令我心神往……”的余韵当中。

出门的时候，遇到超搞笑的事。门口有人卖纪年念品，包括一些前苏联的文学作品。Joy 拿起一本《钢铁是怎样炼成的》，左看右看，好奇地问道：“这本书是讲什么的？为什么会取这么怪的名字？”Karen 也是一模一样的疑惑。后来我把这件事当笑话讲给内地同学听，他们说：“你怎么不告诉她们这是一本《运营学》的经典教材啊？”那时我们正好在上工厂运营，每节课尽是些产量、存货、订单的计算。

那天我们过得非常愉快，也启发了我可以以电影俱乐部的名义搞些类似的活动。于是，我先是以“中欧电影俱乐部主席”的身份，问上海戏剧学院要到了 40 张免费的话剧票，是他们喜剧班学生的汇报演出。为了把 40 张免费票都发出去，并且保证高出席率，我这个小小的“主席”真可谓用心良苦——我把演出信息同时发给了三届的同学。先是想到上一届快毕业了的学长姐们，他们对我们这届一直不错，刚入校有什么好玩的都热情地带我们一起。后来觉得“受众”还是不够多，就又发给了下一届还没入学但已经拿到录取的新生，让他们提前体验一下中欧的俱乐部活动。但光把人招揽到“上戏剧场”，我觉得还不够，于是提前用俱乐部经费买了许多零食小吃，一一发给到场的同学。就差没亲自把东西送到他们嘴里了！呵呵，没办法，“小本经营”嘛！

但那次演出并不令人满意。可能是戏剧学院“汇报演出”，都是些课堂教学的片段直接搬到舞台，“学院派”气息过重，可看性就一般般了。后来，我吸取了教训，再一次组织大家看话剧的时候，一定要先自己“把关”好演出的质量。

学校有个校友剧社，里头都是中欧 MBA 和 EMBA 的话剧爱好者。这帮人玩起票来可都是动真格的——因为有钱呗。用他们的话来说，每次演出，除了演员，其他像导演、舞台、灯光、化妆、服装、道具全都是专业的。那一次，他们排了一个 2 小时的话剧，叫《见信如晤》，包下了上海梅赛德斯奔驰文化中心，请来上海话剧艺术中心的导演，还拉来一支高水准的幕后团队帮他们进行整体打造。用他们自己的话来说：除了演员是业余的，其他所有的统统都是专业的！

《见信如晤》的剧本是由一群自称“文艺中年”的 60、70 后校友集体创作的，讲的是回国二次创业的中欧校友拉拢才子同学合作成立公司，投身热火朝天的在线艺术品拍卖行业。他们在旧货市场上发现了一堆家书，一个落款为“山”的男人写给妻子“庆”的信，400 多通，从民国写到共和，从暗恋写到执手，从分离写到团聚……故事背景非常贴近中欧人的生活，呼吁人们在微信的年代里，重温书信的温暖，在无常的岁月中，寻找平常的意义。

我赶紧去要来二十张票发给上下三届的 MBA 同学。因为是中欧校友自己的话剧，而且票子全部是由校友亲手书写的民国书信，所以格外抢手。想了一下，我还是把票优先让给了上一届的学长学姐——因为他们再过两个月就要离开学校了，有的甚至都要离开中国。这就让我有些对不住自己的同学，看见一张张平日里关系不错的脸跑来索票却遭到拒绝……于是，我又挖空心思去多要了十张。这就让我欠了剧组一个大大的“人情”，只好自告奋勇去给他们“打杂”：门外检票、发赠品、幕后协调……幸好后来有些尚未入学的学弟妹们主动加入，帮了我不少忙。从那时候起，我开始渐渐感受到中欧像个大家庭。

夹在这些学长学姐学弟学妹间，送往迎来的心情只有我自己才能体会。每每想到当初和 Shawn 在图书馆里相遇的情景，我的心里依旧怀有一丝感动。只可惜有些感情似乎注定了就是这样——一见钟情，再而衰，三而竭。

终于，Joy 看出来了我的心事。到底恋爱中的女人，对这种事就是敏感。

她听了之后，立刻惊呼起来：“哎哟，你这算什么烦恼？既然喜欢他，就赶快劝他留下来啊！发神经呐，天天在这里思量来思量去的。”

“哎，将来他早晚是要回台湾发展的，可我还是想留在上海啊！另外，感觉彼此性格、兴趣、价值观相差还蛮大的。”我总算把心底的顾虑全都吐露了出来。

“白痴！你都没努力过，怎么知道不合？任何情侣都要磨合的啦！我跟 Victor 起先不也差很多吗？现在还不是很好？”看样子，她的“内地知识”学习得不错。

我被她叨得有些烦了，就说让我再好好想想吧，不想那么草率作决定。

她立刻又露出不解的神情，说道：“你以为这是在签合同吗？爱一个人需要考虑那么多吗？”

“哎哟，小姐！谁像你，一谈起恋爱来就跟十几岁的中学生似的！”我酸酸地回应道。

她就不理我了，说我不可理喻。

虽然嘴巴硬，但打心底里头我其实还是挺羡慕她这种大胆敢爱的个性的。在情窦初开的那些年华里，谁又不是这样过来的呢？只是在长大的过程中，我们逐渐被现实所左右，变得愈来愈理性，不再像小时候那样敢于轻易付出感情了。真不知这是一种进步，还是倒退？我困惑极了。

11

求职向左，创业向右

一到第二学期，学业没有之前那么繁重了，同学们的注意力都放在找实习、搞活动、结伴旅行上。抛除各种杂念，我也开始为找实习行动起来。首先想到的就是和学校的CDC(职业发展中心)联系。我的顾问是个非常有亲和力的女士，据说之前在西门子做了很多年的HR，行业经验颇为丰富。第一次见面，她先是和我像朋友一样聊了很久，并没有急着给我任何职业发展上的建议，但要求我下次再见面时必须把简历改好。

说到简历，我有点心虚。自己之前的学历、经历完全不能和同学比。而且我知道，要把简历改得像模像样，还真得好好花一番工夫呢！单凭我自己，恐怕没那能耐。于是，我就去找Karen帮忙。

这还是我第一次和这个香港精英在“正事”上交涉。原先只是知道她这个人做事一丝不苟，追求完美。但没想到在心理已有准备的前提下，我还是被她吓到了。她答应帮我修改简历之后，要我先把中英文版本一起先发给她过目，然后跟我约了第二天下午4点去她房间里当面帮我修改。于是我照做了。第二天我准时来到她房间，看到自己的两份简历都已经被打印出来，而且被红笔修改得密密麻麻。她跟我一句废话都没有，立刻进入到“工作状态”。

先从英文简历入手，她跟我一起逐字逐句地过，而且每一处都要推敲很久。有许多经历原先简历上根本没有，都是在她的循循善诱之下我才说出来，她再当场帮我“起草”上去的。凭她的英文功底这些东西自然驾轻就熟。但她告诉我：简历这东西不仅要语言精炼，最重要的还是把你最优秀的一面尽可能直接地展示出来，先声夺人。所以每一处都值得好好斟酌。她还给我看了她的简历，跟我说别小看里头的某些内容，有时候一句话她可能就要想上一整天的时间呢！那天她帮我改得筋疲力尽，然后她又把自己的简历发给了我供我回去参考。叫我自己按她的建议好好修改一下，然后拿回来再帮我“把关”。

那天在她房间里整整修改了一个小时的简历，效率超高。而她，像是算好了似的，5 点一到，正好帮我改完最后一个标点，然后利落地关上电脑，起身准备出门了。

我知道：她每个星期三都会去新华医院看望那里的白血病儿童，还要定期给他们的父母讲解医学知识，算是她这个医学院毕业的高才生报答社会的一种方式吧。这种习惯养成于她念高中的阶段。到底是香港有着上百年历史的著名女子中学，学校很注重培养学生的社会公德心。所以这么多年下来，无论身处何地，有多忙，她都会定期去当地的福利院看望孤儿，逢年过节给她“认养”的贫困地区的孩子寄玩具跟书本。

她走后，我留在她房里趁热打铁，赶紧按她说的修改简历。两天后，当我拿着 Karen 帮我最终“定稿”的简历给之前那个“麦肯锡”的 HR 姐看，她惊讶地说：“看不出来啊，Cindy，你很会写简历嘛！”不过她还是从更专业的角度帮我又润色了一遍。

没过几天，当我拿着自己“焕然一新”的简历再次去找职业顾问的时候，她不禁夸奖道：“你的执行力很强。”但她哪里知道，这完全是因为有 Karen 对朋友的极其负责，和 HR 姐炉火纯青的专业度。

我之所以那么急着要把简历赶出来，是因为我的顾问跟我说接下来有家美国著名的大公司要来中欧招“领导力培训生”。她一直认为我很适合加入这种大公司的管培项目。我也觉得很有道理：领导力项目不怎么看你之前的工作经验，主要看你的性格、领导潜质。而且我年纪也偏小，这就意味着可塑性强。另外，MBA 的领导力项目无论是工作环境、职业发展，还是薪资待遇，一般都不会差。

新简历果然威力无穷，我顺利通过了筛选，被通知参加“第一轮群面”。那家公司非常重视此次的中欧校园招聘，他们派出了 HR 主管在内的四位中高层管理者，中国人老外齐上阵，又根据每个人的背景情况把我们分为 3 组，每组 5 人。那是我第一次在中欧参加集体面试，虽然手上有一份专门针对“领导力项目”的面试攻略，心里却一点底都没有。我被安排在周六下午，而上午起床的时候，我还在紧张地翻那份攻略。

这时门外传来清脆的皮鞋声，我知道是对门的 Lucy 回来了。咦？周末她没回去？对了，说不定也是留下来参加这个公司的面试呢！我赶紧跑过去找她验证——果然是的！她刚面完回来。一听说我下午也要去面试——而且根据房间编号，应该是同一个考官！她居然主动说帮我模拟一下，要亲自给我面授机宜。后来回想起来我觉得她挺伟大的——我们完全是竞争关系。但那时我压根没觉察出任何别扭，就跟平日里她教我功课似的。

她的脾气不温不火的，说话语速有点慢。早就说过，这个人平日里经常独来独往，有点离群索居的味道。听她的室友说她平时书看得很多，性格其实还是挺喜欢与人沟通的，就是太文静太文静了。通过那次“面试点拨”，我终于可以明白她室友那番评价的意思了。的确，她对人十分友善，典型的“双鱼女”——天性柔情似水，心地善良。但由于长期受理工科的训练，她的思维又很严谨，讲究逻辑。

平日里她看起来面无表情，一副难以接近的样子，实际是因为她的注意力全都扑在一个内在的世界中。不像我，大部分心思都放在外面，所以太过感情外露，喜怒形于色。这种面试对于她来说真可谓“小菜一碟”了。复旦大学电子工程系毕业后，她就以“管培生”的身份加入了一家欧洲老牌的汽车企业，之后在同一个岗位上一干就是6年。她属于那种做一件事可以潜心钻进去的人，但淡泊随性的同时，也很有自己的追求。

我和她在北京的时候曾经无话不谈，很是随意。但回来之后就迅速“各就各位”回到各自的轨道中去了，平时很少有交集。若不是这次面试，我恐怕平时连想都不会想起她来。

但一交谈起来，我才发现：平日里看似不善言辞的她跟你一对一沟通起来特别有亲和力，令人如沐春风一般。她像个老师给我讲解起来，包括“领导力项目”的性质，喜欢什么样的人，工作的内容等等。慢条斯理的，极有耐心。而我，一方面担心时间来不及，另一方面思维本来就跳跃，就会时不时打断她，问东问西。她真的极有当老师的潜质。每次被我一打断，就立刻停下来，微笑着，耐心倾听，然后再顺着我的思路，把同一件事换种方式讲一遍。

我就是从那次极为亲切的交流之后开始认可她的。她身上有一种很美好的特质，就是发自内心地尊重别人——充满了人文式的关怀。这点令我相当佩服：一个学工科的人，为何又能兼备那么强的人文气质？这一切不禁令我想起了心理咨询当中的一个术语——“无条件的积极关注”，这是心理咨询师必须具备的素养，但实际很难做到。因为我们每个人都最爱自己，只关注自己感兴趣、让自己愉快的东西。但在心理治疗的过程中，咨询师必须给予个体这种“无条件的积极关注”，去包容、理解来访者一切的想法跟行为。没错，我正是在 Lucy 身上发现了这种难能可贵的品质。

从那以后，我便会时不时地敲敲对门，想找 Lucy 聊聊天，多亲近亲近。但这家伙成天“神龙见首不见尾”，似乎平时很少在学校，也不知道在忙些什么。所以我说她像个“独行侠”，一般人都会觉得难以接近。

最终那场面试我还是被“刷”下来了。Lucy 和 Karen 都顺利被录取。我知道有同学非常渴望进到那家公司。因为实习后基本上都是可以留下来的，而且工资开得非常慷慨，工作也不会太辛苦，还可以时常出国。总之基本上可以进去舒舒服服地“养老”了。但她们两个都没去。

那段时期学校里面试铺天盖地。那是在2011年初，欧债危机还没爆发出来，就业市场一片欣欣向荣。我们上一届同学堪称中欧史上最牛的一届，他们申请、入学于金融危机最水深火热的2008、2009年，所以那年有好些“华尔街”回来的牛人，年纪轻轻就顶着某些大投行VP的职衔，年薪动辄上百万美金。那年“常青藤”学校毕业的人也不少，但大多都十分低调谦和。他们那年找工作的情况可以用“井喷”两个字来形容：都是工作去找他们，而不是他们找工作。那年100万年薪的就签了好几个，最高纪录创下了320万！史无前例的。

我们找实习也是在那段“黄金时期”，所以每个人都有足够的筹码挑来拣去的。我终于切身体会到自己是站在一个多么好的平台上了，资源丰富得令人眼花缭乱，除了学校职业发展中心，还有强大的校友网络。我像新生的婴儿一样，好奇地打量着身边每天来来往往的各种机会，但并没有急于去抓住其中的任何一个。

我知道：这次择业对我而言非同寻常。比起那些永远冲在同龄人队伍最前列的“精英份子”，我很清楚自己根本“跑”不过他们的，所以也没必要去和别人比。但我真心希望自己能够选对跑道，这远比跑得快更重要。

抱着这种一定要“选对跑道”的想法，我那段时间每天做的，就是放开思路去好好了解各行各业，最直接的方法就是找身边的同学聊。他们都是从各个行业出来的精英，也都十分愿意与你探讨职业发展。除此之外，我还以“学妹”的身份写信给无数年长的校友们，或是通过电话，或是约见面聊，主要是想看看在某个行业已经干到某个位置的他们，如今都过得怎么样，听听他们怎么来看待各自的行业。

那些天，我常常乐此不疲地穿梭于上海各大写字楼，单陆家嘴那趟就拜访了四个校友。他们分布在各家不同的金融机构，都是MBA毕业——这样才有参照意义嘛！而且年纪都在四十岁上下。作为“嫡系”，MBA校友们真可谓“亲上加亲”。这点我不得不自豪一番：中欧早些年的MBA是一群“根正苗红”的青年精英。整体感觉下来那个年代的中欧门槛更高，因为当年中欧几乎就是培养“职业经理人”的摇篮，招生的标准还远没有像今天那么多元化。所以当年录取的MBA中，严格按照“名校＋名企＋流利的英语”的标准筛选，缺一不可。

比起同龄的中欧EMBA，这群MBA出身的中年人明显书卷气更重些。他们的模样看起来都十分体面：男的西装革履，风度翩翩，女的妆容精致，知性优雅。无论是说中文还是英文，这些人讲话都很注意措辞，非常礼貌。他们也跟我聊自己的生活、家庭。听起来都挺“西式中产”的。度假不是带家人孩子一起出国，就是在国内自驾。他们很注重工作与生活的平衡，懂得保养，所以看起来普遍都偏年轻，而且生活得相当有质量。我可以预见班上一部分同学十年以后会变成他们。但也会有另一部分的同学不再遵循这样的轨迹。毕竟，时代变了，中欧也在变，“职业经理人”不再是MBA培养的唯一群体。

这些MBA学长学姐对我特别友好。和我约好后，他们会特地抽出宝贵的时间来招待我。我那天见了四个校友，恰恰这四个人都很喜欢以咖啡会友，害我一下午就灌了四杯咖啡，频繁跑洗手间。

当大伙儿热火朝天地投简历找工作的时候，也有一些同学一门心思忙着创业。

“拼哥”就是其中一位，他是我们这届年纪较长的中国男生之一。“拼哥”原先的背景也非常不错。小时候跳级，20岁就从上海交大毕业的他，先是赶着互联网那波热和几个校友一起创业弄了个网站。后来泡沫破灭了，他便回到交大校园继续读研，硕士毕业后去了香港，从花旗银行的“管理培训生”开始……3年前回到上海加入一家中小型金融机构带十几人的团队负责后台运营。他告诉我他辞职来念MBA主要还是因为想创业，但已经长期身为职业经理人的他感到手头资源有限，所以来中欧看看，一方面找找好的项目；另一方面结识一些人脉，包括未来可能需要的风投资本，等等。

我们第一学期在一个班上课，只是他坐第一排，我坐最后一排，所以从来没讲过话。但他说很喜欢我的发言，总是让他感到耳目一新。

“拼哥”跟我说他手头有个互联网的创业项目，他想在MBA期间着手去做，眼下需要找创业伙伴。他边说边打开电脑，给我看了一大堆资料，包括：项目介绍，创业计划书，现金流预测等等。看得我眼花缭乱。值得肯定的是：这个项目的确让我也“眼睛一亮”。虽然我并不怎么懂互联网，但这个项目的商业模式非常简单易懂，而且市场需求量巨大。我心里惊呼：怎么我就从来没想到这个点子啊？这可是平常百姓家都会碰到的问题啊！我们家就曾经碰到过，当时我还特地上网找服务机构，但一无所获，最后还是通过线下方式解决的，十分麻烦。

“拼哥”谦虚地告诉我这个主意实际上也不是他想出来的，他也是接手了别人没去执行的商业计划，前期已经做了大量的可行性研究。但这个点子最终也不一定可以变成一个成功的商业模式，不然这个点子的“原创者”为何自己不去做呢？还是因为人家觉得这个商业模式存在一些问题。但在“拼哥”看来，这些问题是可以通过一些手段去解决的。

望着他向我展示的一张又一张 Excel，PPT，我突然意识到 MBA 创业和普通人创业的差别。我之前自己办“补习班”的时候，压根儿就没做过那么系统化的调研、分析。虽说“创业”是门需要“接地气”的活儿，很多实干家恐怕根本也不屑于这样算来算去的，感觉“纸上谈兵”一样。但作为一个小有经验的“过来人”，我还是不得不承认：“创业”非常需要系统化的管理思维！我当时办那个“补习班”，因为前期很多问题没考虑清楚，脑袋一拍就风风火火地开张了。能赚钱基本是因为运气好，但开到后来问题就一点点暴露了，经营管理上的问题层出不穷，让我每天都招架不过来。

“拼哥”之所以找到我，是因为他看中：① 我为人还挺可靠，即便不加入，也可以替他保守商业秘密；② 我有过创业经验，这样合作起来会好很多很多；③ 我的人际沟通能力较强，他希望我主要负责线下渠道开发，女孩子谈判会有优势。④ 他是典型的理工科男，思维理性严谨。而我，思维比较发散，有一定的想象力和创造力，正好和他互补。

我听下来，“拼哥”总结得还算在理。看得出，他该是“观察”我有一段时间了。我不禁一阵感慨，回想起之前教“公司金融学”的教授语重心长地跟我们说过：商学院的一年半是一场“集体面试”的过程，你们每一个人都在“面试”别人，同时也接受着同学对你的“面试”。你毕业后的第一份工作是学校给的，而第二份，第三份工作，极有可能是同学给的。但同学能给你的远远不止工作……

最终我还是谢绝了他的邀请。其实，面对这么一个我还挺感兴趣的项目，和一个颇有经验的合伙人，我也是有所心动的。我很清楚自己很可能放弃了一次创业的好机会。但我也有我的考量：如果和“拼哥”一起创业，我就必须放弃在中欧正常的MBA生活，甚至中途退学也不是没可能。不像他，已经三十多岁的年纪，有个“才貌双全”的清华老婆，和一个刚出生的可爱女儿。接下来的人生正可谓一心拼事业的“黄金时期”。对他而言，中欧不过是锦上添花罢了，因为他之前的学历、工作经验已经都很漂亮了！但对我而言，中欧是一次难能可贵的学习机会，我可不想轻易放弃掉的。

“拼哥”听了，表示完全可以理解，就也没再劝我。只是跟我说了句“随时欢迎加入，哪怕毕业后。”我虽然没加入他的创业团队，但总是时不时地追踪他的最新进展，贡献我所能想到的一切点子。

其实对于“创业”，已经“小试牛刀”过的我远没有中欧很多人那么狂热。在我看来，创业并不稀奇，如果为了创业而创业，我明天就可以注册一家公司。但从我之前的经验来看：创业成功的人一般都是会有点直觉的。这种直觉是建立在你对你所做的事比任何人都知道该怎么做，也比任何人都爱得痴迷的基础上。是的，只有你发自内心很想去干一件事的时候，你才会感到全世界都在帮你，也会拥有无穷无尽的智慧去克服各种困难。正因为如此，我们每个人也不可能遇到个项目都是机会。毕竟，人的生命是很有限的，我宁可多花点时间去挑选最值得做的事。另外，我有时会觉得人生有远比创业、赚钱更精彩的事去做。但至于究竟是什么，我也说不清楚，但一直在寻觅。时常感到内心深处有一股热情，与“钱途”无关。

那段时间，我好运连连，机会不断，感觉自己在中欧的MBA生涯总算完全步入了正轨。一天，我正和一个学姐聊得如火如荼，手机突然收到一条短信，是清华哥发来的，就两个字：“恭喜”。我有点懵，恭喜什么呀？以为他发错了，就没理会。但过了没多久，又收到Joy发来的短信，也是“恭喜”两字。我就告诉对面的学姐说自己也搞不清到底发生了啥好事。那学姐也很好奇，叫我打个电话问问看。于是我就拨通了 Joy 的电话，才知道，原来是交换的名单下来了，我中了第二志愿：北卡罗来纳大学。

也许是因为我们那年找实习景气实在太好了，所以大家根本不担心日后找工作的事，都很想交换出去见识一下——尤其像我这种从来没在国外读过书的。那时中欧还没和 Insead 签每年 10 个名额的交换协议，牛人们就统统盯着凯洛格、沃顿、伦敦商学院这些了。美国向来都是最热门的首选，毕竟那里是世界头号强国嘛！不过幸亏欧洲对不少人来说也有很大的吸引力——可以周游列国，而且还有"欧盟交换奖学金"帮我们"消化"掉一批竞争者，否则美国就更难啦。香港新加坡则是很现实的选择，基本交换到那里的都是想"捞"两个 offer 回来的。当然，也有一些重口味的，会想到巴西或者印度。至于那些个跑去"早稻田"或者"首尔大学"的男生，我们会默默祝福他们"泡妞愉快"。

我喜欢"北卡"完全是因为和上一届从"北卡"交换回来的学长有好好聊过。他是个地道的上海男，喜欢吃红烧肉。但一说起自己在"北卡"交换的经历，那表情简直比吃肉还爽！我听过他们上一届举办的"交换经验分享会"，其他学校回来的人都很平静，唯有那个"北卡兄"异常兴奋。但没什么人理他，因为"北卡"不算最一流的学校。所以那天，他有足够的时间给我进行"一对一"的分享：他在"北卡"过得过多么逍遥，那里的生活如何美好，再给他一次机会去交换他立马拎包就去，等等。看得出，他是发自内心地喜欢那里，我也被深深感染到了，于是就决定填那所学校。在我看来，交换嘛——还是开心最重要！

能顺利申请到北卡主要还是归功于我那篇申请短文。因为知道自己成绩没什么优势——尽管比我刚进校时要好很多，但离中欧的平均分还是有点差距的。于是，我就花了不少时间在那篇短文上，讲述自己去“北卡”交换的诚意。还请了“考拉哥”Nathan帮我“把关”。

Nathan待我就像一个自己也还没长大的小哥哥带着个更小的妹妹一样，成天嘻嘻哈哈，很能疯到一块。我们总是“臭味相投”而又互相赏识。在我看来，他就像个神奇的魔法师，拥有三头六臂，神通广大得很。而我在他眼里呢，也很聪明鬼点子多多。他教我把交换的申请短文写得极具个人特色，而且又真切自然。我就知道这事儿找对人了——Nathan是个很厉害的沟通天才，而且世界各地的人都是他的菜！更重要的是：他不仅仅厉害在与人交谈，更懂得如何把握人心：怎么抓住雇主的心理去写简历跟求职信；如何有针对性地呈现商业计划书；怎样设计出“投其所好”的产品或是解决方案去令客户满意……

我应该在Joy面前夸赞过Nathan，结果被Joy这家伙听进去了。那时她老追问我和Shawn进展如何。我就很坦白地告诉她我们很久都没联系过了。她叹了一口气，开始说要帮我物色新方向。

我发现人与人之间真的差别好大。虽然都是女人，但我明显感到我不像Joy那样“非爱不可”。我也非常渴望有一份能让我全心投入的爱情。但如果没遇到能让我全心投入的人，我宁可单身。一个人的生活也很精彩啊，自由自在、无拘无束。男人并不像空气、食物那样在生活里必不可缺，如果和一个人在一起令我惶恐、不自在、患得患失，那我宁可选择做回我的“单身贵族”，一边享受生活，一边继续等待“对的人”出现。

但Joy这家伙真的比我还急。那时我已深知她对待朋友是何等真心付出的了，尽管方式有点那个。后来8月份我过生日的时候，她颇为仗义地说：“Cindy，我还记得去年刚认识你的时候对你的承诺：今年一定要帮你办个风风光光的生日派对。”那时，我没过几天就要飞赴美国去交换了，回来就面临着毕业，所以大家难免有些伤感。Joy就借此机会，颇费心思地帮我策划了一场别开生面的生日会。从预定场地，到购买道具，还设计了许多好玩搞笑的游戏，令我终生难忘。

那次生日派对上，她故意设计了一个环节，让Nathan“抽中”她事先安排好的“任务纸条”，上面写着：向“寿星”求婚。结果害人家真的单膝跪地，拿了个“钥匙圈”充当钻戒，上演了一出巨搞笑的“求婚仪式”。

12

Karen的生日会

但我的生日会还不算最“出挑”的。

Karen 没能去到心仪的沃顿商学院交换，令她十分沮丧。那些天，她心情格外低落，郁郁寡欢。我们都很是为她惋惜。Joy 就私下对我说：“Karen 生日快到了，我们给她办一个‘惊喜’派对吧，让她高兴起来！”我问她怎么办？她拍拍胸脯说一切包在她身上，只要我配合她，并严格保守秘密就可以了。

Joy 这家伙行动力一向可以。也不知怎么居然给她找到长乐路开在老式洋房里的一家西餐厅，里头全都是三十年代老上海的摆设，很有格调。我早就说过：Joy 这家伙很会享乐，才来上海不到一年，那些高档的、好吃的、好玩的，知道得比我这个地道的上海人还多。她根据预计出席人数算了下成本，然后去跟老板谈包场价格。当然，这种事最终还得我操着口地地道道的上海话出马，不然她那一口台湾腔保准被“斩”得连家都不认识了。

订完场地，Joy 开始忙着邀约同学了，基本上都是 Karen 平时最要好的一群人，大约在 30 个左右。但既然要搞成“惊喜派对”，Joy 就私底下跟所有人都打了招呼，要他们严格保守秘密，不准让 Karen 知道。Joy 的想法很简单，就是假装若无其事的样子，似乎根本不记得 Karen 要过生日这回事。到生日那天，她再假装不经意地和 Karen 一起逛街，最终把她带到提前布置好的场地——这时突然一屋子的人跳出来，给她一个大大的惊喜！然后 Karen 瞬间泪如泉涌，感动得几乎快晕倒——没错，Joy 要的就是这种效果！

我听下来，觉得虽然挺有创意，但不知道实施起来会怎样。另外，“生日邀约”在中欧可是一件马虎不得的事。因为每个人都会有自己的朋友圈子，大家有时会非常敏感彼此圈子的划分。如果生日派对漏约了谁，很有可能会对彼此的关系造成很不好的影响。但Joy完全听不进我的顾虑，一个劲地说：“小姐，你别管了！只要照我说的做就OK了！”好吧，我看她那执着劲，感觉九头牛都拉不回来了。就只好“舍命陪君子”，走一步看一步了。

眼看Karen的生日一天天临近，她终于跟我们提起她的生日计划了，说是准备喊两个平时玩得来的死党一起K个歌就可以了。果真，Joy故意转移话题，乱打岔，我也只好默默配合。弄得Karen好不尴尬。

Joy这家伙是典型的金牛座，拗劲上来了，谁都劝说不了。她不顾一切地按照原计划执行，并再三告诫所有的“邀约嘉宾”管好自己的嘴巴，要是Karen邀请他们，一概推说那天没空。

眼看“局势”愈来愈紧张，Karen真的自己开始邀同学了。自然，我们都逃不掉。我真服了Joy那家伙，不但自己冷冷地说“没空”，还把我也一起“拖下水”，自作主张地告诉Karen：“Cindy那天没时间过来。”搞得Karen莫名其妙：你怎么那么清楚Cindy的日程安排啊？

就这样，事态终于发展到“不可开交”的地步。Joy还在那边强硬地“封锁消息”，她以为只要再熬两天就可以了。但事实上，我发现：这两天是根本熬不过去的。因为 Karen 自己约的人当中，有些根本不在我们的“邀请范围”之列，所以这些人是不知道“惊喜派对”这回事的。而他们一旦答应了 Karen 唱 K 的邀请，就会影响到那些本该“坚决拒绝”的同学去加入，最终变成 Karen 和我们“争夺”她自己生日会的“人力资源”。

那天晚上，我和 Joy 都在寝室。她正和 Karen 在 QQ 上展开“拉锯战”，还不时地“警告”其他同学“不许跟 Karen 去唱歌”。当时我也在 QQ 上，感觉 Karen 快疯了，她一定很纳闷：不过一个普普通通的生日，为何大家都这个没空，那个有事，情况如此反常呢?

最后我实在看不下去了，感到再这样下去，Joy 又要“好心办坏事”了，想来想去，还是决定找 Karen 好好聊一下。但一旁“激战正酣”的 Joy，却还时不时提醒我“不许告诉她。”我顿时觉得连个抽身离开的机会都没，因为那时候已经很晚了，要出去的话肯定会被怀疑。没办法，我只好急中生智，开始在 QQ 上求助自己的组员，请人家打个电话给我叫我去“讨论”公司运营学的作业。那组员觉得很好生奇怪到底发生什么事了？我只好叫他先打，来龙去脉改天慢慢解释。

果然，数秒钟后我的手机响起……为了装得像一点，我还特意背了电脑，拿了本像砖头一样厚的《公司运营》出门。Joy 见我那么晚还要去“小组学习”，不禁嘀咕道：“你们那组真是不会安排时间哦，那么晚了还开会，白天都干嘛去了？”

我心骂道：还不是你这个死东西惹出的麻烦？嘴上却不得不虚伪地应道，“是啊，累都快累死了。”果然，她没怀疑！这才总算得以成功“脱逃”！

2分钟后，我来到Karen的房间，心里好不得意：这可是凭借高超智慧“金蝉脱壳”出来的哟！她好奇地打量着我身背电脑，手捧《公司运营》的模样。我赶忙放下重重的电脑，把整件事的来龙去脉跟Karen全都坦白开来。她听了后，觉得又好气又好笑：一方面感动于Joy的用心良苦，一方面也忍不住吐槽：“我被你们整得够呛好不好？”

但Karen这边搞定了，Joy那边也要想办法摆平，否则……如果她知道我泄露秘密，让她的“惊喜派对”前功尽弃的话，非杀了我不可！！和Karen商量了一番，我们最终决定干脆就让Karen将计就计，一切“听从”Joy的安排。

很快，生日那天到了。白天，大家照常上课，像什么事都没有。下午放学的时候，Joy突然找到Karen，可怜兮兮地说道：“我胃好痛哦，你能不能陪我去趟静安中心医院？那里有个大夫医术很好，上次我也是去他那看的。Cindy也会陪我一起。”Karen自然一口答应下来。

Joy之前颇为得意地跟我介绍过她精心策划的“剧本”：她叫我们陪她到静安区“看胃病”（我看分明是脑子“有病”）消磨掉一点时光，这样就可以让“大部队”先到。然后她胃又不痛了（真是比上海女人还“作”）这时我们突然意识到这天是Karen生日，于是由我提议去吃长乐路上的某家“弄堂夜排挡”……Karen 一定气炸了——自己生日被朋友请去吃大排档……（没错，Joy 要的就是这种效果）最后在我的一再坚持下，Karen 只好屈从（可怜的娃）我们穿过窄小蜿蜒的石库门弄堂，就在快到达“目的地”的时候，我又不小心“摔”了一跤（妈呀！看来我还得演“动作戏”）然后 Karen 负责“照顾”我，而 Joy 跑去找人帮忙（看起来我还必须跌得不轻）最后她跑回来说前面有家人家愿意借我们红药水擦，于是我一瘸一拐地被扶过去……敲门，门虚掩着，屋内一片漆黑（是准备开始演鬼片吗？）大家正纳闷嘀咕“这是怎么回事”，这时——灯突然亮了，有人跳出来，带领全体同学齐欢呼道：“Karen，生日快乐！”（好有爱的结局）

当 Joy 跟我眉飞色舞地讲解她的“脑残”剧本的时候，我心里直发毛，心想反正 Karen 也已经知道整件事情地来龙去脉了，我到时候只要随机应变就好。但一看见 Joy 那副陶醉在“剧本”里的白痴样，我就担心 Karen 最后那一刹那是否能如 Joy 所愿地泪如雨下？

管不了那么多了。那天，我们仨虽坐在同一辆出租车上一起去浦西，心里则怀揣着各自不同的“剧本”。反正不管最后 Joy 的“剧本”被演成喜剧闹剧还是“脑残”剧，我感觉自己演的是《无间道》。

车开到一半的时候，Joy 果真“入戏”了，开始时不时地喊痛。看着她那副装腔作势的模样，我心里偷笑：终于知道了什么叫“无病呻吟”。Karen 好可怜，明知道是假，还要更假地去安慰她“你要不要紧？我们一会儿就到了”。路途中，好不容易趁着 Joy 去了趟洗手间的机会，Karen 和我这才有机会可以哈哈大笑放松一下，但等她一回来，就又要立刻转换表情，害得脸都要抽筋了。同样地，只要 Karen 走开，Joy 也会冲我咯咯傻笑，一副没心没肺的样子。我也只好默默配合。

只是后来的“摔跤”戏份，我真的无法那么“敬业”。三人走在石库门弄堂里的时候，各自的心都吊到了嗓子眼，眼看着就要到那家餐厅门口了。只听见 Joy 在我耳边小声呵道：“Cindy，摔啊！快摔啊！”只是我们走的路实在是一条平坦的康庄大道，地上干净得连一颗小石子都没。姐姐，你要我摔，好歹也给我个“跌倒”的理由啊！我又没“脑瘫”……正在我左右为难，不知如何是好之时，Joy 突然冷不防用膝盖从身后顶了下我的关节，害我一个踉跄差点真的摔倒。但白痴的是我人还没完全摔出去，Joy 就已经尖叫起来：“啊呀，Cindy，你怎么啦？”我再也忍不住了，蹲在地上捂着肚子憋着笑，直想说：姐姐你别抢戏啊！就听见一边 Joy 的声音：“哎 Cindy 你要不要紧？Karen 你照顾一下她，我去喊人来帮忙。”我真的彻底无语了……后来，我感到 Karen 也蹲下来和我一起笑。

一阵手忙脚乱之后，Joy 回来了，像背台词一样地说道：“谢天谢地，前面有户好心的人家，愿意借我们一些跌打止痛膏”。什么东西？我心里嘀咕道：你以为我们在演古装戏啊？我一边站起来，一边被她俩搀扶着，慢慢一同朝前走去。一路上，“导演”又开始在我耳边“说戏”了：“Cindy，一瘸一拐！一瘸一拐！”害得Karen在另一旁欲笑不能，憋得手都发抖了。

最后我们终于来到了那家餐厅门口——从外面看去，的确像是一户私家住宅，敲完门之后，我开始紧张起来：不知Karen如何反应？姐姐即便你哭不出来，也要装出一副惊喜万分的表情啊！否则我就惨啦……灯终于亮起，所有人如期出现在我们面前。只见Karen一脸平静——她解释说其实她已经提前知道这样的安排了，是下午在学校的时候无意中听两个同学在走廊里说起的……我这才松了口气，心里直夸这小妮子高明。

Joy不愧是“活动策划专家”。她精心设计的这场生日会不仅让“寿星”，也让所有人都玩得酣畅淋漓。一会儿给“寿星”献歌，一会儿让“寿星”表演，还有各种饶有创意的游戏环节，时而搞笑，时而煽情。最后大家还分别用普通话、闽南话、粤语、英语、德语、法语、意大利、西班牙语语唱了“生日快乐”歌，气氛温馨又热闹。那晚，大家玩到凌晨还意犹未尽，最后恋恋不舍地归去。

13

上海情结

我很欣赏Joy和Karen的交友心态：她们总是希望朋友愈多愈好，也总是喜欢大大方方地把自己的朋友介绍给别人，并乐于接纳朋友的朋友，这样一来圈子就会愈来愈大。我们这一届的台湾同学都这样团结，再看看另外几个比较大的群体：韩国同学、西班牙同学、北京同学、四川同学，都时常聚会，还搞过各种文化交流活动，比方“韩国之夜”、“四川之夜”、“西班牙之夜”……想到这里，我心里就痒痒的：为何上海同学不聚一下呢？上海人可是中欧最大的一个群体啊！算上那些已经移民的，我们这一届上海人的总数在32个，占到整体比例将近20%。那么庞大的一个群落，居然没有人牵头搞活动，真是可惜了。

说干就干！但这事我一个人恐怕也搞不动，于是趁着下午课间休息，同学都在教室外面闲聊的机会，我找了几个上海人开始说这件事。没想到那几个人的热情大大超乎我的想象——

“上海人早该聚一聚了！”我有点激动地说道，“人家台湾人、四川人、韩国人隔三岔五出来聚的好哇？团结得不得了呢！”

“是的！上海人也应该团结起来！”不知哪冒出来一个高高瘦瘦皮肤像刷了墙粉一样雪白的上海男生接应道。

“之前人家那个‘台湾之夜’、‘韩国之夜’、‘四川之夜’搞得多赞啊，我们呢？到现在人都认不全吧？”我愈说愈激动。

“是啊！太不像话了！我们好歹还是‘主场’咧！”那个

“小白脸”一脸义愤填膺的样子。

接下来，话就被他接过去了：“我的意思呢，大家先搞一次聚餐。吃饭呢，总是最容易搞起来的，也蛮实惠的。大家可以先认识一下，热络热络。等熟了之后，再考虑推陈出新！然后再争取愈办愈好，每次都更上一层楼！”只见他说起话来的模样一字一顿的，像领导发言，再加上一口浓重的上海口音，不禁让人联想起居委会开弄堂会议，或是爸妈那个年代厂里工会搞活动的场景。我愈想愈好笑，只见他一个人站在那里比手画脚，神采飞扬，像是“妇女之友”在向全体女同胞发出呐喊：“姐妹们，让我们团结起来！”

这时果真又有两个上海同学响应了，一个说帮忙整理名单，到时候群发邮件，另一个说负责找饭店。我听了顿时心花怒放，这才发现大厅里只剩下我们几个，大家讨论得太过投入，居然没发现大部队早已回教室去上课了。

就这样，我们的“海派同学会”风风火火地搞起来了。我们把这一届全部的上海同学总共32人全部邀请了一遍，最后除了一个39度高烧不能来，还有一个人在外地赶不回，一共到了30人，相当给力！地点订在碧云国际社区的一家潮汕餐厅，环境谈不上高雅，但令人感到很惬意很温馨，店里放的都是耳熟能详的港台老歌。菜肴酒水也是价廉物美，分量十足。大家直夸订得有水平。呵呵，上海人嘛，大家都懂的。对待外人，面子上的工夫总是要做足的，宛如上海女人身上的旗袍，不能不一针一线地讲究。但关起门来，跟自己人就没必要装腔作势了，实惠顶要紧。

我和“小白脸”站在门口，热情招呼着每一个前来赴宴的同学。大家叽叽喳喳讲着上海话，热闹得像农历初一拜大年。我还是头一回在中欧有这样连珠炮似的讲上海话的机会，嘴里像装了弹簧一样。讲上海话时由于口腔幅度小，所以语速可以飞快，身边的同学又都是上海人，说什么都心领神会。即便那些在国外待了很多年的同学，一头扎进上海人堆里，就休想再爬出来了。整个说话的腔调、动作、神态，都带有着挥之不去的“上海烙印”——不管在国外多少年。但也有例外的——

我们班有个上海男生，10岁跟爸妈移民去的法国，之后在巴黎长大。有趣的是他普通话已经完全不会说了，唯独上海话还能与人交流，但就是一口“洋泾浜”（形容上海话不纯正），怪腔怪调的，好像吃饱老酒一样。每次我们说完一个笑话，他都没反应，等到大家都笑完了，他才开始哈哈大笑——傻得可爱。整场饭局高潮迭起，各种搞笑、无厘头……好几次都有令人想要“喷饭”的冲动。但没想到的是，不知谁提了一句：怎么感觉今天像新娘子新郎官办酒水啊?

这时所有人都停下碗筷环顾周围，的确——这家店的装修风格很有上世纪90年代的气息，桌布是大红色的，窗帘是大红色的，地上铺的地毯还是大红色的。配上深漆的圆台面，中式的靠背椅——真很像父母那个年代上海人办喜酒的样子哎！再看看身边的“小白脸”，穿了件紫酱红的羊毛衫……我突然意识到情况不妙——

“来来来，新郎官新娘子敬老酒，点香烟！”哇——该死！那帮男生居然起哄我们！天呐！我顿时急得六神无主：怎么办？怎么办！我跟他根本不熟，怎么可以乱开这种玩笑啊？

周围一片哄笑，更糟的是，居然有人拿起照相机拍我们了，一帮人全体在那边吆喝，什么“你一口，我一口，恩恩爱爱小两口。”我急得一时不知如何是好，就只好看看桌对面的Lucy，向她求救，但这家伙完全无动于衷。天呐！也没个人来帮我解围。要是Joy和Karen在场，一定早就挺身相助了。

“新娘子，来，吃一根香烟！”这群上海男生坏透了，居然弄了包红双喜，拿了一支递到我面前。

“Andy，快来点香烟呀，新郎官怎么一点也不主动的啦？”

“小白脸”Andy也被他们搞得束手无策。估计他也没想到，自己好心牵头搞个上海同学聚会，居然惹出这种麻烦。

后来，香烟是没点，但大家一定要我们拍一张“结婚照”。我真恨不得钻到地缝里去，几次企图逃跑，却都被硬拉回来，最后只好乖乖地束手就擒，尴尬地朝着镜头笑。分明看见饭店的服务员都躲在一旁捂着嘴笑我们。

这就是我们“海派同学会”第一次聚餐的记忆，照片为证——当时我笑得比哭还难看。Andy也差不多的表情。更疯的是，我们身边还坐着“伴郎”跟“伴娘”，不知谁又在我头发边举了朵小红花，他的手却藏起来了……后来这张照片传到网上，引起众多同学围观，评论火爆。Joy 也看到了，问我怎么回事，我就跟她说："你还记得之前你问我什么叫'十三点'吗？这就是了。"她除了笑我头上"戴"了朵"三八花"之外，其余也没觉得有多好笑。但所有上海人只要一谈及此事，都会像被呵了痒痒一样"咯咯"笑个不停。

我想：这大概就是所谓的"文化差异"吧，每个地方都会有其独特的文化，或许有些深层次的东西，也只有土生土长的人方能明白。上海自开埠以来，就是官僚、名士、商人、买办、妓女、流氓云集的乐园，张爱玲曾用"光怪陆离"来形容上海滩这片十里洋场。曾有一位外地同学在我面前毫不客气地说："我对你们上海人的总体印象就是：精明、势利。"我听了并不生气——

来这座城市的人，都不会是安于现状的，骨子里充满了向上攀爬的勃勃野心。我的爷爷和外公祖籍分别来自江浙两省，他们都是在解放前就跑来上海闯荡的。一个是粮食行的小开，家境颇为殷实，又受过很好的教育。书读得一多眼界自然开阔了，便不再甘心留在旧式的封建家庭，于是一个人跑来上海追求崭新的人生。还有一个出身贫寒，为改变命运加入共产党，干革命，参加解放战争，跟随部队南征北战后落户在上海的。他们都生逢乱世，但却不屈服命运，渴望在时代的夹缝中抓住机遇，改变人生。就像今天无数怀揣着野心跟梦想来到上海打拼的年轻人一样，他们都是冒险家，血液里满是出人头地的渴望。

但到了父亲那一辈，上海开始没落。曾经叱咤风云的大资本家，官僚、买办，能逃的几乎都逃了。繁华落尽是凄凉。那些人带走的，不仅仅是真金白银，还卷走了这座城市昔日所有的辉煌。这一切，无异于一场可怕的“灭顶之灾”。被抽空了的城市，连同那些留下来的人，空守着一场破碎了的海上遗梦。

之后的“文革”，又使得这场灾难雪上加霜。我所听到过见到过的所有“留下来”的人，以及他们的家人、亲戚，无一例外地在那场浩劫中被抄家、批斗、凌辱，最后不是被活活整死，就是含冤自尽。而他们的子女，也会因为“出身”、“成分”等问题被限制甚至剥夺受教育、找工作的机会。在那样一个黑白颠倒，人心险恶的年代里，谁还敢说真话，讲正义呢?中国人现今的冷漠、世故，和那场“十年浩劫”有很大的关系。而上海，作为处在风口浪尖的“重灾区”，这里的人冷漠无情起来自然是变本加厉的了。

上海人基因里并不缺乏野心，但历史的机遇并非永远垂青这座城市。改革开放的前几年，深圳、海南这些地方得益于政策上的率先突破，经济迅速腾飞。而上海，像是个受委屈的小媳妇，被迟迟“雪藏”在政策的阴凉带，不见阳光。那个时代的上海，破旧而闭塞，一家三代挤在10平方米的亭子间，倒马桶、生煤球炉的情形比比皆是。

然而上海人骨子里追求享乐与物质化的那一面从来都不会被消灭，像是从上个世纪30年代继承下来的一样。即便在条件最艰苦的年代里，也要吃力地保持着一副“老克勒”的体面。（沪语，英语 class 音译而来，意为上流阶层）所以西装衬衫的“假领子”只有上海人发明得出来；生煤球炉还要做西点烤面包，这种事也只有上海人会去干……

上海人是小气的，精打细算的，一分一厘都要算计到淋漓尽致的地步。一方面是那段艰苦岁月所逼，另一方面这座城市的人也受过最早的资本主义的启蒙，懂得每一分钱都来之不易，既然花出去就必然要追求利益最大化。

要想在这种环境里长期生存，通晓人情世故是“基本功”。倘若再想混出名堂来，没有一番心机跟手腕是万万不行的。这两年，无论是在中欧，还是外头，我接触过的生意人无数，从没有觉得“外地人”就比上海人淳朴。相反，那些身价过亿的大老板几乎个个精到令你厌恶。奸诈、自私、计较，是商业社会的本质，跟上海人非上海人无关。

来到中欧以后，我每天都睁大眼睛，张开每一寸毛孔，去观察，去感受周围的一切。我发现：没有比在上海这座城市更适合建商学院的了！一个突飞猛进的经济体，一座底蕴深厚的大商都，一群野心勃勃的“淘金客”……令人感到仿佛有一股肆虐的，势不可挡的力量正推动着上海迅速恢复其旧时“十里洋场”、“冒险家乐园”的地位：各家跨国集团的“跑马圈地”，各大风险资本的攻城略地，各种背景势力的风起云涌……像是黄浦江的混浊波涛一样，化作这个时代的滚滚洪流。如今的上海，像座休眠了半个世纪的火山，正将它前生今世的所有能量统统释放——权力、金钱、欲望在这里肆无忌惮地遍地流淌。

我不知道出生在这样的城市，这样的年代，究竟是幸，还是不幸。偶尔激扬一下文字似乎很爽，乘风破浪的气概真的很豪迈。但人生也难免此一时、彼一时，并不是每个人生来都想征服世界，更何况一个女人。

说到上海女人，大概潜意识里都有当“少奶奶”的欲念：精致的妆容、合身的礼服、高档的香水，再配一只名牌包包。出入豪华的餐厅，坐乘名贵的轿车……然而，想过“少奶奶”那种高端洋气的生活，并不妨碍上海女人骨子里的独立精神。张爱玲的母亲，堪称这座城市乃至整个中国独立女性的先驱。她不满于丈夫那副旧社会“遗少”的习气，便潇洒地办了离婚，和爱玲的姑姑一起去欧洲留学。回国后，她在洋行谋得一份高薪职位，租高级公寓，时不时把小爱玲接过来玩。在张爱玲童年的记忆里，父亲那边是乌烟瘴气的旧世界，母亲这里则是光明美好的新时代。从母亲那里，她认识到：一个人女人即使单身也可以过得很好。比起那些一结了婚便整天围着丈夫孩子转的“黄脸婆”，爱玲的母亲要优雅得多。后来中学毕业的时候，张爱玲在毕业生调查“最恨”一栏填道：一个“天才”少女早早地嫁了人。

我老是觉得：在这个时代，在这座城市，读这样的学校，学商业管理，实在是一桩“妙不可言”的事。张爱玲那个时代有那个时代的“妙”，而这个年代的中国、上海、中欧、

MBA——单单停下来观察一下四周来来往往的人，感受一下瞬息万变的世界，体会一下各种文化冲撞，也不枉费我这 18 个月走一遭啊！

如果张爱玲还活着，不管她住在纽约，还是香港，我一定会不远万里地去找到她，邀请她来中欧，跟大家讲述有关这座城市前世今生的记忆。可惜她早已不在人世。我像寻找江湖中失传了的武功秘笈一样，最后发现这门海派“独门秘笈”至今掌握在武林中两个人的手里：王安忆和陈丹燕。

说到陈丹燕，我倒是和她有过一面之缘的，但那已经是十年前的事了。那时我还在念高中，她也不像今天这么出名，有一回学校请她来给我们作演讲。她说你们都是重点中学的小孩，功课一定都比她小时候好。她说她读中学的时候偏科太严重，数学老不及格。后来我就举手问她：“我数学也不好，将来能成为大作家吗？”当时全场听了哈哈大笑。没想到她酷酷地丢出来句：“作家好像小时候数学都不好的。”引得我们全体鼓掌。然后她又故意很紧张的样子问我们：“这里有数学老师吗？”我顿时觉得这女的很搞笑，所以那天讲座结束后特意买了本她亲笔签名的书。名字叫什么我给忘了，买回去以后也是一页都没翻过。那时每天功课多到连睡觉都没时间，哪还有工夫来看这种闲书？直到上大学后，同寝室的女孩有一回借给我一本《上海的风花雪月》，一看作者叫陈丹燕，我才想起来就是到我们学校来过的那个阿姨。

14

陈丹燕的中欧演讲

我认为陈丹燕是来中欧讲“海派文化”的最佳人选，好让同学们放眼世界的同时，也注重本土文化。正如中欧的定位：全球广度、中国深度。但怎么才能联系到陈丹燕呢？我在微博上发了帖问同学谁有这位大作家的联系方式，结果一无所获。倒是有两个跟我一样喜欢她的女生留了言，说将来若请到她搞活动记得叫上她们。这事就一直搁下了，毕竟也不那么要紧，我就没多花心思在上头。直到有一天——

我去上海图书馆还书，发现“上图讲座”信息栏里有一场陈丹燕的演讲。我顿时心花怒放！终于有机会“逮”到她了！我之前完全苦于没有任何联系到她的方式，但只要能接触到她，我还是很有信心请得动她的。

回到学校后我立刻把这个好消息分享给另外两位陈丹燕粉丝。其中有一个激动地告诉我：她在16岁的时候读过陈丹燕的一本书《于是有了一朵玫瑰》，对她人生起到过很大影响。不需作过多解释，作为同龄人，我完全理解她的感情：在那个苦兮兮的读书岁月，我们的世界荒芜得只剩下分数、考试，突然出现这么一个人，帮你打开“天窗”，带你放眼看世界，那是一种怎样的心情？那个同学后来自己也十分争气：高二那年拿到了新加坡政府给的全额奖学金，考入著名的新加坡国立大学，这下总算实现了她读那本书时的梦想：去远方，看那繁华世界。

但陈丹燕讲座那天她却因为有一个重要的面试而不能随我一同去上海图书馆。但她让我记得要替她转达对陈丹燕的感激之情，并给我打气一定要把陈丹燕请到中欧来。

讲座当天，我提前半小时就来到了上图报告厅。本以为来那么早，可以挑一个靠前的座位，占据有利地形。但没想到的是：一群“丹燕迷”还是比我更早地来到现场，霸占了几乎所有的座位。像我这种提前半小时的只能到工作人员处去领个小板凳，然后见缝插针地找地方坐。再晚一些的，就只能站着了。而那些准时到的，就直接请回吧。

天呐！我完全没想到陈丹燕的人气居然那么高！环顾一下整场，她的粉丝人群也实在跨度辽阔——从 40 后到 90 后应有尽有。真是男女通吃、老少皆宜。我拖着小板凳挪来挪去，一会儿后面有个阿婆叫我让道，一会儿左边那个大叔差点踩到我脚，前面还有个大胖子挡住我视线……我屁股根本坐不下来，还不如直接站到后面去观摩。但我想了想：这板凳是万万不能丢的，即使坐着它异常难受，但它至少帮我争取到靠前坐的机会。这世上很多事不都如此？

讲座开始了。我挺起身子，吃力地看着台上的陈丹燕，仔细辨认着。十年了，陈阿姨的年龄就跟我的母亲一样，当年那个风华正茂的妇人，如今也渐渐苍老。而当年那群懵懵懂懂的花季少年，如今也已“奔三”。十年前的她，在我印象中是何等亲切，像个友好的大朋友，俯下身子来给一群半大不小的中学生分享人生经历。而今的她，面对一群热情洋溢的粉丝，却显得有几分疲惫。看来这十年大家活得都不轻松。然而不变的是她的语调，依然那样娓娓道来、朴实动人。

漫长的讲座终于接近尾声了。她讲得还是相当不错的，只是那小板凳实在又矮又硬，再坐下去我的屁股恐怕要脱臼了。图书馆的工作人员走上台寒暄了几句后，说：“接下来把话筒交给底下的读者。”我一听来劲了。

我之前完全没有预料到跑来请陈丹燕会如此吃力，本以为该是可以趁她演讲间隙自己大大方方走上前去，跟她交流几句，然后再递一张名片，要一个联系方式的。但估摸着眼下这种“盛况”，我是休想有机会接近她了。但对付这种场面，我一点也没慌，因为我是有经验的！这得感谢我一骨灰级“追星族”发小，我见证了她从“小燕子”追到 F4，再到“超女”的疯狂历程。有回陪她去见 F4，那场面可不知恐怖多少倍哩：无数着了魔一样的粉丝推搡着哭着喊着尖叫着场面一度失控，最后居然还被我们机智地要到了仔仔和阿旭的亲笔签名……总之这事儿得审时度势，反应快，豁得出，当然还得有良好的心理素质。

凭经验：看来唯有抢到话筒，先通过读者互动的机会和她交流起来，至于之后怎么要到联系方式，也只好走一步看一步了。我心里揣摩着。

话筒宛如长了双俏皮翅膀的天使，在我头顶上空“飞”来“飞”去，教人怎么也抓不住。终于，我身边的大叔幸运地得到了工作人员的垂青，话筒开始朝我们这个方向传。我生怕错过了这个机会，话筒就再也“一去不复返了”。只好恳求大叔：“阿叔，能不能让我先讲，讲完了再给你。”他大方地作了个“请”的手势，貌似也有刚才踩到我脚的补偿。我一阵感动：到底是上海男人，终归是会让让女孩子的。

我一边飞快地打腹稿，一边站起身来接话筒，同时心知肚明：成败在此一举。

话筒几经转手，终于递到了我手上。我先调试了一下音量：“你好，陈老师……”嗯，听起来还不错，便接着大声往下说：“我们终于又见面啦！”此言一出，她原本微低的头突然完全抬了起来，目光马上聚焦到我的脸上，估计在打量：这个人是谁?

见她开始注意起我来，我立刻抓紧时间说道：“上一次见到您还是十年前，那时您来我的高中作过一次讲座，我当时对你印象非常深刻。一晃十年过去了，当年的那个小女生现已大学毕业，参加了工作，又在去年夏天，成功进入到中国最顶尖的商学院——中欧国际工商学院攻读 MBA。这其中的成长，离不开您当年的启蒙。”

“祝贺你。”她只是淡淡地说了这三个字。看得出，之前的悬念已经完全被打消。也许她见过太多像我这样头脑发热的粉丝——你当她是自己“辉煌人生”的见证者。而她，却每天都要面对千千万万像你这样平白无奇的普通人，实在忙都忙不过来了。但从她惜字如金的嘴里吐出的“祝贺你”这三个字当中，我微微可以感觉得出：她是了解中欧的。

于是我乘胜追击：“其实今天，我是代替我的一个中欧同学来的。因为她要参加一场重要的面试，无法来到现场，所以拜托我无论如何也要替她对您说声‘谢谢’。”

一方面那同学的确拜托过我说“谢谢”。另一方面，她的经历说出来很漂亮，比我的不知道强多少倍哩！于是，我接着说道：“那位同学在高中的时候，曾读了您的一本书《于是有了一朵玫瑰》，当时她只有16岁，正是做梦的年纪。是您的书启蒙了她想去闯荡世界的梦想。于是，为了这个梦想她不断地努力着。终于，在高二那年，她获得了新加坡政府的全额奖学金，一个人远渡重洋，在异国他乡开始了求学生涯，之后成功考入著名的新加坡国立大学。

四年后，她带着‘一等荣誉’的身份从大学毕业，开始了在东南亚金融界的职场人生。又一个四年后——去年，她开始申请商学院，当她同时被全球数家顶级名校录取之后，毅然选择了中欧，选择了上海——这座在您笔下无比婉约动人的城市。她告诉我：她曾痴迷于您在《上海三部曲》里描绘的那些关于旧上海的陈年往事，希望有朝一日能亲自找寻这些藏匿于石库门、洋房里弄深处的记忆。正是这种割舍不掉的‘上海情结’，让她回归祖国的怀抱，成为中欧的一员。今天，在这里，她想让我替她对您真诚地说声‘谢谢’，感谢您曾在她人生的道路上给到的启蒙和影响。”

我庆幸自己能够一气呵成，得以完整地说下来。四周顿时发出一片“啧啧啧啧”的声音，我心里好不得意：这是对我发言的最佳反馈——那是一群典型的中国式家长，听了我同学的故事后既羡慕又佩服的反应。

提问环节结束后。工作人员又宣布接下来有一个签名售书的活动。只见他话音刚落，人群立刻骚动起来。我庆幸自己坐在第二排——多亏了小板凳帮我抢占了有利地形，这时候坐再久再累都值了！只见台前站出四个保安，用隔离胶带先将粉丝和陈丹燕隔开。待新书全都一摞摞送运完毕后，保安瞬时松掉胶带。刹那间，所有人像潮水放闸一般涌向陈丹燕。我这人 100 米的起跑速度向来可以，所以在这关键时刻总算派到了点用场，甩掉了大多数第二排的粉丝，成功跻身“第一梯队”！

然而，强中自有强中手，终究还是有那么五六个人跑得比我更快，迅速筑起一座“人肉碉堡”，将陈丹燕包围得严严实实。我急得团团转，瞬间连个大作家的影子都瞅不见了。而且后面的粉丝又不断疯狂扑来，眼看着我就要变成“夹心饼干”了。我本能地侧过身子去“撬”“人墙”——总算松动了。当我像只老鼠一样从空隙中钻进“人肉碉堡”时，就听见保安在外面大吼：“不要挤！排队！”

我迅速掏出口袋里事先准备好的 N 次贴，语气急促地对陈丹燕说：“陈老师，想请你去中欧演讲，能否留个邮箱地址？”她正忙着给一本又一本的书签名，听到声音，看了我一眼。我赶紧把 N 次贴递到她跟前。她大约犹豫了 0.5 秒，便流畅地在小贴上写下了一个邮箱地址。

只是还没等我来得及说声“谢谢”……没想到，一只“魔爪”突然从正前方伸来——不好！有人要抢我的小贴纸！我急了，一个巴掌猛扑过去——亏得我眼明手快，像苍蝇拍一样“啪”地一下，将那本N次贴牢牢摁在手掌下面。也就半秒钟的工夫，又有五六只“黑手”同时从四面八方伸过来抢，就那么一瞬间，一只只像叠罗汉似的“啪啪啪啪”盖在我的手背上面——一时间我那只手被压在了最底下，怎么也动弹不得。

我眼巴巴地望了望陈丹燕，向她求救。可她倒好，若无其事地在一旁签她的书，我眼巴巴地望了望陈丹燕，向她求救。可她倒好，若无其事地在一旁签她的书，瞅也不瞅我一眼。好吧，看来我只能自救了。

“你们先放开，让我手伸出来。”我大声嚷道，急得满脸通红。看了下身边这几只“魔爪”的主人，居然都是五十几岁的上海阿姨。真是瞎起哄！我觉得她们完全就是“人来疯”，那玩意儿她们抢去了能干嘛呀？这些阿姨顿时也意识到自己刚才的行为有点“非理智”，便一一松开了手。我刚将小贴装进口袋——突然，其中一个又叫了起来“东西拿出来啊！”我生气地白了她一眼，便推开人群转身离去。

我快步匆匆地离开演讲厅，左手插在口袋里，右手紧紧攥着那本小贴纸，就惟恐又有头脑发热的人跑过来跟我抢。直到安全抵达电梯里头，我这才小心翼翼地掏出那本被“蹂躏”过的N次贴，看着陈丹燕亲手写下的邮箱地址，就像见到自己的“心肝宝贝”一样，我忍不住咧开嘴欣慰地笑了。

“咦？这位不是刚才向陈丹燕提问的小姐吗？”电梯里突然有人对我说话。

我吓了一大跳，赶紧把那本小贴纸迅速藏进兜里，惊恐万分地看着眼前说话的这个人——原来是个闲话很多的上海老男人，只见他一个人在那边自说自话："我觉得你刚才的提问是今天最有水平的！以后应该搞一个'最佳读者互动奖'，我第一个颁给你！"排除了他抢我小贴纸的可能性，我这才放下心来，任他一个人在那里摇头晃脑自言自语。电梯一到底楼，我便头也不回地逃离了上图。

一直跑了老长一段距离，确信已经到达"安全区域"，我才激动地拿起手机，给同学一一"报喜"。先是告诉了那两个"丹燕迷"，再告诉了Lucy，还有妈妈。听得出，她们都觉得不可思议。

那天晚上，我跑到那个去新加坡留学的"丹燕迷"房中，掏出那本满是抢夺痕迹的N次贴，跟她讲述我白天的"上图的历险记"。听得她嘴巴张成一个"O"型，想必这就是香港人平时讲的"O嘴"吧。

历尽艰辛总算搞来了联系方式，我决定趁热打铁，于是立刻写了一封真挚的邀请信。果然不出我所料，陈丹燕很快回复了我，爽快答应了这个请求。

既然大作家那么配合，再加上我本身对这件事兴致盎然，所以我打算在演讲之外再延伸一下，搞成一场"海派之夜"。但不管怎么搞，没钱一切都免谈！创过业做过营销的我，深知钱的份量。所以我并没有急着策划活动，心想还是先拉笔赞助吧！有了钱一切都好办，华丽精彩都是靠钱砸出来的。

但这赞助去哪里找呢？听起来很难的样子。让别人掏钱的事向来都是商业领域中最重要的一环，难怪销售部门在大部分公司都很受重视，众多大企业的CEO都是从销售升上去的。但我早就说过，这世上没有绝对的事，我向来不迷信那些“至理名言”，任何事情都要看实际情况的。

其实仔细想想这场在中欧举办的陈丹燕讲座，我一点也不觉得赞助有什么难拉的。相反，合适的利益相关者应该是争先恐后为讲座“买单”的。没错，是应该抢着给我钱的！因为受众群体都是中欧的校友。但前提是讲座也能给人家创造出价值。什么价值呢？最容易实现的莫过于品牌推广的机会。那什么样的商家需要这种品牌推广机会呢？当然是和陈丹燕，和中欧有关系的生意。

好了，我就不绕来绕去了。事实上，我这人考虑问题一般也不习惯这么层层推进，通常直接跳到答案。我脑海中立刻蹦出来的赞助商是一家在中欧校园里有分店的图书公司：天翼图书。卖书的赞助作家演讲，天经地义。而且中欧人都知道，这家书店的老板曾是中欧的“初创元老”，现在公司的主要客户群就是国内的一些高校。中欧作为其最早的市场，他们应该会对赞助有兴趣。另外，我又抱着试试看的心态在网站上搜了一下公司创始人的背景，发现他也是上海人。哈哈，那就又给我说服他赞助增加可能性啦！我稍微想了一下，就打开电脑给他写信。又得益于他的中欧背景，我很方便地在校友系统中找到了他的联系方式。

信的内容主要从两方面着手，一是告诉他我请的是海派文学代表人物陈丹燕来中欧，给来自世界各地的同学讲述海派文化的精髓。这点我很有信心，作为一个上海人，他应该是会为此感到自豪并支持的。但光光在感情上打动人家可不行，要想让别人肯掏出真金白银来支持，还是得有些更实在的东西的。于是，我又帮他分析了天翼图书在这次活动中能获得怎样的品牌传播机会，也就是所谓的客户需求挖掘。我跟他简单介绍了下活动大概会办成什么样子，预计邀请到多少中欧校友。简而言之：花三万块钱赞助我们，贵公司就可以有哪些好处。

当然，还有最重要的一部分不能少，也就是三万元怎么花？这可是一定要写清楚的。好让赞助商放心：我们拿钱是去办实事的，不是乱挥霍的。虽然我会计学得不好，但编写这种“怎么花钱”的表格可难不倒我。不需要把各项挪到杂七杂八的科目中去，更不需要左边右边移来移去。只要直白地把各项费用写清楚，让对方看得懂，并且合情合理就可以了。

三下五除二，我就把邮件写好了。自己又检查了一遍，觉得很有把握，就“咻”地发出去了。没想到只过了五分钟，我就收到了回复。他爽气地答应了赞助我们三万元办活动，同时还告诉了我个令我颇感意外的小秘密：原来他的太太和陈丹燕的先生是中学同学！

有了这层“亲上加亲”的关系，整个过程显得十分漂亮。

但终究能否实现“皆大欢喜”的多赢格局，就要看后期的执行了。我开始感到压力：陈丹燕不是好请的，天翼图书的赞助也不是好拿的。

在中欧搞活动，从来就没有谁是“单千匹马”的。经受过良好商业训练的同学，几乎个个都是很好的团队合作者。于是我约了那两个陈丹燕粉丝，请她们一起出谋划策整场活动。最终我们三个达成一致：在讲座开始前1小时安排一场高级冷餐会。通常只要有得吃，食物丰盛，活动人气总不会差。地点放在学生中心的大厅里，空间大小正好。场地好好布置一番，设计成30年代旧上海的风情。再请十个俊男靓女穿上洋装旗袍，弄点周璇胡蝶的老歌放放。天翼图书正好可以在现场摆个摊位卖卖书宣传一下自己。等大家“吃饱喝足”之后，再开始请陈丹燕演讲。

说起来简单，但执行起来才发现一大堆杂七杂八的事情，三个人根本就忙不过来——商学院里的每一个人都很忙，谁有那么多时间整天扑在上头啊？于是我们又群发了邮件给一些同学寻求帮助。结果有五六个人站出来说愿意加入我们的团队。果然人多好办事，但我体会更深的则是团队合作好办事。

于是我们进行了细致的分工，基本上每个人只负责做好一件事。有的设计海报，有的负责订餐，有的负责采购道具，还有的要通过各种渠道“广而告之”校友。别看这群同学之前都有着很好的背景，几乎个个比我牛。可人家一旦进入工作状态，就把你当成个领导者了，令我实在有些“受宠若惊”。虽然之前的我也带过团队，但手下的员工基本都是一群刚工作不久的“小朋友”，况且我是付他们工资的。而今，突然有一群高学历的商业精英来帮我做事，而且纯粹是出于朋友之间的帮忙，反倒让我感到有些忐忑不安，就怕一个不留神怠慢了人家。但那些同学良好的职业素养跟专业的做事方式让我真的从他们身上学到很多，也通过办这样的活动使我对团队合作、领导力有了切身的体会。

活动当天，一切工作准备就绪。Karen和Joy纷纷穿上旗袍为我助阵。Lucy则被我“派”去陈丹燕家接她来学校。

那晚的我，神情恍然，整个人都沉浸在一片睡梦成真的内心小世界里。眼前的旧海报、留声机、马克笔、还有穿着旗袍的自己……多年来萦绕在心头的“海上绮梦”终于变成现实。耳边传来了白光的《如果没有你》，只可惜身边缺少一位舞伴。

七点半演讲准时开始了。我们把演讲厅的灯全部关掉，全场漆黑一片，悬念顿起。这时，一位身着华丽旗袍，气质优雅的女生手提一盏昏暗的马灯翩然入场，身后被引领着的，则是所有人翘首以盼的人物。我们想通过这种出场方式制造一点神秘感。Joy坐在后台的调音房里帮忙调试音响：一曲蔡琴的《被遗忘的时光》响起——然后渐轻，渐轻……最后悄然而止。灯光突然亮起，此时大作家已经光彩照人地站在了所有人的面前——两秒钟之后，大家才反应过来，全场顿时报以热烈的掌声。陈丹燕见到此副情景，依旧保持了她特有的幽默，笑着说："我参加过大大小小的演讲不下上百场，但今天还是头一回感到演讲像是在演戏。"

那晚的演讲格外精彩，陈丹燕的状态要比上回在图书馆见到她时好很多。她还在演讲中即兴穿插了一个段子，说她一台湾小姐妹跟她哭诉："你们上海女人太厉害了，把我老公勾引走了！"那时我和 Joy，Karen，还有 Lucy 一并坐在边上的工作席，面朝观众，让人不免联想到台湾女人 VS 上海女人大PK，煞是"应景"。陈丹燕偷偷瞄了我们一眼，又朝观众席"三八"地笑了笑，接着讲下去：她后来理直气壮地——不是打抱不平，而是责问那女人："你干嘛不去抢回来啊？"全场顿时哄堂大笑。我发现这个陈丹燕真的很有搞笑细胞，虽然都五十好几了，还是很调皮。到底是大作家，创造力就是非凡出众。

活动结束后，我用剩余的赞助款请所有参与活动组织的同学美美吃了一顿"生滚粥"。那是一家在学校附近的广东粥店，门面毫不起眼，装修也十分简单。但生意异常火爆，中欧人很喜欢光顾。因为他家卖的不是普通的粥，而是把粥当成汤底，像吃火锅一样把各种各样的食材丢进去涮，既健康又有创意。买单的时候，我简直有种当"包工头"的成就感哩！

吃完粥，赞助款还剩下八千多，我就写了封邮件附了一张"花钱明细"，然后把那八千多块连同所有的发票统统返还给了赞助商。可以这么说，此举对于赞助商而言，并不见得会“记功”到我个人名下。但人家一定会记住：中欧这个学校的人是讲诚信的。同样地，倘若谁在外面干了一些有损学校声誉的事，别人归咎的也不会是个人，而是中欧。

15

给 500 强做咨询

陈丹燕演演讲的事就这么告一段落了。我的生活又恢复到了中欧 MBA 典型的模式：每天上下课、读案例、小组讨论、做 PPT。那时我已经完全适应中欧的 MBA 生活了，每天忙得不亦乐乎，我喜欢这样的日子：充实、精彩、有盼头。那时已经是四月底了，找实习已经到了“如日中天”的时候，身边逐渐有人开始签约，譬如一些顶级投行、咨询公司、500 强领导力培训生等。我和不少同学一样，每天西装笔挺，穿梭于校园各个面试点，就像个未婚女青年一样，为“相亲”忙得不亦乐乎。

从二月底开始的第一场面试开始，我就一直在苦苦找寻自己合适的工作，就跟寻觅自己的“白马王子”一样。群面、单面、笔试、电话、视频，几乎什么样的形式我都经历过了。金融、化工、快消、医药，各种各样的行业也都走马观花了一遍，但就是没有“情投意合”的。“条件”太好的吧，我“高攀”不起；普普通通的吧，我又“看不上”；那些个喜欢“车轮面”的叫人大为光火；轻易就发你 offer 的又感觉“太随便”；来得太早吧，你想再看看，生怕后面错过了更好的，其实天晓得后面还会不会有更好的出现……我的确是比较挑剔，毕竟这是未来职业发展的第一步，我想跨得准一些。

我的职业顾问也很负责，每次都在关键时刻给我重要提醒。之前 ISP 组队，我对选公司跟项目完全没有方向。ISP (Intergrated Strategy Project)是中欧另一大校外实践项目，学生每 7 个人组成一个小组，被派到各大公司去完成一个个管理咨询项目。合作公司基本都是一些有头有脸的大企业，跟学校也长期保持着良好的合作关系。

我看着华丽丽的公司名称跟琳琅满目的项目描述，感觉身边的同学都在很积极地组队。那些个什么“帮助一家世界500强汽车企业定义中国地区的新产品”、“一家德国制药公司在大中华地区的并购战略”……我看得晕头转向，感觉自己一片茫然。除了一家民营企业的项目听起来还有点感觉。那是一家快速扩张的食品公司，正要进军蛋糕市场，所以需要做一个中国蛋糕市场的研究。这个我倒是有点兴趣，是不是做项目的时候可以品尝很多甜点蛋糕呢?

我正想选这个，却被我的职业顾问苦口婆心地教育了一番。她很中肯地告诉了我，我的简历真的不怎么好看——而两个月前她却是另一番说辞，我这才意识到那是当时她为了给我信心。ISP虽然只是一门课，目的是为了让学生把MBA所学到的东西综合运用到实践中，但也是一次给自己简历“添色”的机会啊！是啊，我为何不好好利用一下这样的机会呢?

最后，在她的建议下，我放弃了“做蛋糕”的想法，把选择范围缩小到了三家快消龙头企业的项目上。她告诉我她的想法是：快消龙头公司都是鼎鼎有名的大品牌，而且个个都有很强的营销实力。如果我能在简历上拥有这样一条“大牌公司”营销方面的经历，几乎一通百通。对我今后找正式工作一定会有所帮助。我不住地点头：实在太有道理了。

但光光我定下来是没用的。这个ISP是一个自由组队，自由竞标的模式。也就是说我必须先找到和我一样对那仨公司感兴趣的人马，再和这些人组队，然后以团队的名义竞标，最终能否拿到自己感兴趣的项目要靠一点策略，也要靠一部分运气。

说到组队，我是心虚的。第一学期因为功课不会做被组员“讨伐”，RLP 和 Joy 大吵的事估计已经传得满城风雨了。我真受不了这个学校：一有点芝麻绿豆大的事就会被传得沸沸扬扬，通常还会被添油加醋得厉害。没办法，一群高智商且又敏感好胜的动物聚集在一块就会如此。有时候你还真没法不在乎世俗的眼光。这不？我尝到苦果了——

这所学校的人一工作起来，那是丝毫不含糊的。那骨子认真劲儿，有时真叫我敬畏三分呢。不过，人还是要有点骨气的。所以呢，求别人“带我一个”的事我是做不出来的，更不好意思跟朋友开这个口。ISP 组队是在三月初，那时我还没请陈丹燕来学校，电影俱乐部也没搞过啥像样的活动，再加上年龄偏小，之前没受过正规的商业训练……虽说平日里吃喝玩乐我还能和大伙儿打成一片，但一干起正事来，同学们还是“公私分明”的。这也很正常——MBA 学习本来就是有相当一部分来自同学之间的相互交流，在一起做项目是绝好的学习机会。同那些背景强，经验丰富的人组一队自然可以学到更多。

相比我的无人问津，一些背景好能力强的同学自然要炙手可热得多，Karen 和 Lucy 像大明星一样被各组盛情邀请。但她们也有自己的烦恼，那就是既要选择自己喜欢的公司跟项目，又要权衡同学之间的“人情”，免得选了这组，那伙人不开心之类的。

Joy 虽不如那俩妞那么受欢迎，但起码她在组队方面是永远不会“落单”的。她时刻关心着我的组队情况，为我担心，却又不知道怎么帮我。她很早就提醒我快点把 ISP 组员先定下来，至于做什么组内可以慢慢讨论，但我真的很没底气去主动开口问别人。哎，在中欧好不容易刚刚建立起来的一点点自信，又一次在现实面前遭受打击。这一窘境，不由令我想起读小学的时候，班里搞活动也总会有那么两个“没人要”的同学，那时老师总会让我这个中队长去“帮帮”他们，真没想到长大以后自己竟也会有这一天……

这时我突然想到了一个人——“拼哥”。创业的他应该会比较懂我，也应该不太容易受偏见的影响。那时他的互联网项目已经投入运营，每天忙得分身乏术，不见个人影。所以我还是打了个电话给他，告诉他我的状况。没想到他那组也是想做快消项目，就是具体哪一个还没定下来。我小心翼翼地问他那组是否已经“满员”？他听了，特够哥们儿地反问道：“你到底是不是想真心加入？要真心的话大家就这么说定了。”

我心里一阵感动。就这样，多亏“拼哥”的“好心收留”，让我得以加入了一个创业背景很强的组。“拼哥”担任那组的组长，最终大家顺利拿到了一个全球知名消费品牌的项目——帮助该公司建立电子客户关系管理体系。

快消行业向来都是“品牌为王”的阵地。像可口可乐跟百事可乐，其实最终拼的是品牌号召力，与产品本身关系不大。所以这些大公司都会不惜血本地使用各种营销手段去提高品牌认知度，最终让客户成为自己品牌的忠诚拥护者。

然而，随着移动互联网时代的来临，传统的营销手段已经hold不住新兴消费群体的行为习惯了。单靠请两个大明星代代言，或拍几则创意十足的广告，早已不能满足这个社交媒体大行其道的时代。像前几年红极一时的开心网，有段时间很流行“偷菜”的游戏。我记得那是在2009年初，我像上了瘾一样每过一小会儿就要去菜园里看一下，有那么几天竟疯狂到半夜爬起来去“收菜”。

那这些“收来偷来”的菜都干嘛呢？我记得当时开心网和“悦活果汁”联手推出“榨汁抽奖”的游戏。你可以用自己的虚拟水果在系统里“榨汁”，据说弄不好还会“榨出”一盒真实的“悦活果汁”。除了当年的开心网，后来微博上也有许多线上线下互动的活动，譬如之前看到过的明星粉丝团搞的“网络音乐节”，还有一些网游赢实物等等……

简而言之，跟我们合作的那家快消巨头就是想借助这两年方兴未艾的移动互联网浪潮将自己的品牌传播出去，通过线上与线下相结合的模式，最终目的是要影响消费者的行为习惯，保住并扩大自己在中国的市场占有份额。

我们的大老板是这家公司的一名全球副总裁，英国人。第一次会议他就开门见山地告诉我们：这两年因为竞争对手收购了国内的一些小品牌，整合得还不错。所以导致他们品牌的市场占有率受挤压，2年内已经下滑了5%。公司希望能制定出全新的客户关系管理战略，夺回那失去的5%。

我记得那天是在浦东的一栋地标建筑内，落地的大玻璃窗，可以俯瞰浦江两岸。堂堂全球副总裁亲自给我们口述该公司宏伟的商业计划，仿佛让人有种临危受命的使命感。

然而，后来我发现：商界的很多事情都普遍被世人想象得很宏伟，譬如两家跨国公司签约；某家上市公司的挂牌；商业计划书在董事会的一致通过等会频繁地被导演拿去成为电影里熟悉的镜头。可在现实中，这些宏伟瞬间的背后，往往是无数汗水跟折磨浇铸而成的。那时的我们，整天7台电脑围坐在一起没日没夜地讨论；每周至少三次赶去陆家嘴和公司各部门开会；PPT和可行性报告最后改了几十次；当中还时不时穿插着进度无法完成的焦头烂额……期间会遇到各种各样令人意想不到的状况，大家也难免会因意见不合而发生争执。

顶着“中欧MBA”的招牌，人家没把我们当学生。相反，他们以为自己等同于请了咨询公司来接手这个项目。我们7个人，虽然都很想把项目做好，但现实却阻力重重。

我们这组人几乎都是“实干家”！除了“拼哥”这样的人之外，还有很会带团队“打仗”的民营企业老总，在中国创业了有些年的老外，包括两位既有丰富工作经验又很会打理自己生意的女生。

这样的组跟我之前待过的任何组都不同，我也不会再因为思维跟不上而犯愁。但问题又来了，组里没有谁做过管理咨询方面的工作，所以缺乏一个纲领性的思维框架，导致大家不知怎么将各自的想法有机整合在一起。这原先是我一个人的问题，现在变成一个组的了。在亲历了做项目的种种纠结和挑战之后，我才意识到逻辑思维和分析能力是商界人士的必备，而我恰恰这方面很弱，所以将来的工作最好避开这个劣势。

另外，经过那段时间深入的体验，我发现自己也不太习惯大公司的工作氛围。偌大一片工作区域坐着上百号人。随处可见的白板，上头布满了各种各样的月度、季度指标。每天要回无数的邮件，还有大大小小的会议……

当年大学毕业的时候，我就极力想逃避这种刻板程式化的“办公室生涯”，没想到后来反而会去念 MBA，到头来依旧要面对这样的人生。

所以今天，我还是要好好感谢当年的 ISP 咨询项目。我曾很坦率地告诉负责我们组的指导教授：“我 ISP 最大的收获就是——更坚定了自己不要什么，所以将来会尽量避免类似的工作。”没想到他竟然挺欣赏我的回答，但给出的评价更令我欣赏：“这种收获很有价值，但不要停留在嘴上，而要长期付诸行动。”

之后的我，对那些 500 强的领导力项目兴趣大减。但这一块的确是 MBA 毕业后的一大就业方向，之前的学历、工作经验都没什么优势的我，放弃了它，还有什么更好的机会呢？但我告诉自己：还是要多看、多问，别给自己上枷锁。

Victor 的哥哥要到上海来了。Joy 早就跟我说过 Victor 家里还有个比他大三岁的哥，在建筑公司上班。我说这个机会很不错啊，你可以一起去见一下嘛，也算是跟他家人初步认识一下喽！

那天，Joy 刻意穿了条很素雅很纯情的长裙，还刻意把头发散开披在肩上，化了点淡淡的妆，香水改喷为香氛——薰衣草味的那种。

“怎么样？我这样去见 Victor 家人该可以吧？”

“嗯，不错不错。”我忍不住赞道。

这家伙真的为 Victor 改变了许多。而 Victor，也被她改变了许多。

一年以前，刚进校那会儿，你看见 Victor 没准儿会当他是一个青涩的大学生。朴素的外表、高大的身材、腼腆的表情，不那么物质化的女孩子一定会觉得他是个帅哥——不带杂质的那种帅，且浑身上下透着股男子汉的气概。一年以后，在 Joy 的悉心调教下，他的形象有了 180 度的改变：从发型，到穿衣，再到整体搭配，都时髦了好几倍。整个人的气质也跃上了好几层台阶。这里头 Joy 功不可没哩！大家似乎也觉得：这两个人愈来愈般配了，将来该是可以走到一块的。

但没想到那晚 Joy 回来的时候，脸臭得要死。我问她怎么了？她大呼小叫道：“今晚算是开了眼界了。你知道他那哥哥有多奇怪吗？”她开始忍不住跟我吐嘈刚才发生的一切。我听出来了：Victor 的哥哥应该是个包工头，长年驻扎在建筑工地上的那种。

“他自己奇怪不说，还带了两个更奇怪的人过来。带我们吃一间邋里邋遢的餐厅，装菜的盘子有脸盆那么大！”Joy 手势夸张地比画给我看，愈说愈激动，“讲的一口方言，我听都听不懂。对了，他们居然还在我面前吸烟，讨厌死了，害我身上到现在还一股烟味……”

我基本知道啥情况了。Victor 的哥哥带了两个工友兼同乡来上海，找弟弟吃顿饭。哥俩很久没见面了，相当随意。我当时想：也许 Victor 没关照好他哥自己要带女朋友，或许说了但没讲清楚女朋友是个颇为考究的台湾人……但过了很久以后，当我完全了解了 Victor 这个人，回过头来再看这件事时，才发现这种假设不太可能。一定是 Victor 讲了但他哥压根儿没放在心上，更有可能放在心上的却又不知道怎么做……

“我饭吃了一半就提前回来了。”Joy 理直气壮地说道。

“那 Victor 呢？他没陪你一起吗？”

“哎呀，他陪他哥还来不及呢！居然当我的面陪那群人一起抽烟，真气死我了！”

难怪 Joy 回来的时候脸色那么难看。我早就有所耳闻：

东北男人是很大男子主义的，他们在台面上很要面子，是由不得娘们想干嘛就干嘛的，早些年听说东北有些地方男人打老婆也是天经地义的事呢！后来的事果真被我料到七分。当然了，Victor 动手打人是不可能的，但他却用另外一种方式去折磨 Joy——冷战。

我突然发现：这个男人一狠起心来是可以做到很绝情很冷酷的。我开始劝 Joy 别太傻了，适可而止吧，陷得太深伤得也愈惨。

但她哪里听得进去？你去劝一个为爱痴狂的人冷静理智些，根本就是做无用功。

16

全球商业谈判竞赛

一天中午，我正在餐厅吃饭的时候，突然收到一封令我倍感惊喜的邮件，标题是：全球商业谈判竞赛邀请函。我打开一看，第一句话就是：恭喜你们，你们队被筹委会选中并邀请参加在波兰华沙举行的全球商业谈判竞赛。我高兴地跳了起来，立刻打电话给另外两名队员：Lucy 和 Nathan。

这事还要从年初说起。那时我收到学生会发出的一封邮件说是有个“商业谈判竞赛”，有兴趣的可以自行组队参加。

说到 MBA 的学习，各种各样的商业竞赛不能不算一大特色。从刚入学开始，我就时不时地收到各种各样的竞赛信息，不少都是真实的案例。记得 Joy 和 Karen 就参加过一个奢侈品牌进入中国的品牌策划竞赛；Lucy 也参加过一个金融建模大赛；而创业方面的竞赛，永远都是最热门的主题。中欧就有一个属于自己的品牌——“创意中国”全球商学院商业挑战赛，每年 6 月在中欧校园举行。邀请 10 所左右来自全球各地的顶尖商学院参加。大致因为案例都是关于中国的缘故，每次冠军总是中欧自己的队伍，搞得我们都有些不好意思了。

另外，全世界 MBA 界最具盛名的要数有一个“小菲尔德工厂”运营管理的竞赛，其实就是一个“主题工厂”单机游戏全球大 PK。但我感觉比起游戏可要枯燥许多，毕竟它不是给你玩的，而是要没日没夜地计算这家虚拟工厂的原料采购、生产进度、出货量等等。据说每年全球有 130 多个商学院参加。我记得当时我们班也有一支队伍参加，几个人守着电脑好几天不睡觉哩！之后无论我到美国交换，还是毕业后遇到其他学校的MBA，好几个人都跟我提到过“小菲尔德工厂”的事。

但我之前从来没参加过任何商业竞赛。一是因为最初连基本功课都应付不过来；二是我对以上的那些竞赛也毫无兴趣。

直到有一天，当我看到了这个波兰华沙经济学院举办的“谈判竞赛”，顿时眼睛一亮！

于是二话不说，立刻抄起电话想问问看我那群死党谁有兴趣。但刚翻开通讯录，我又突然意识到了什么，缓缓放下了手机。

平心而论，这样的比赛，对我来说，最有诱惑力的地方还是在于能和同学一起去体验一把。至于是否获奖，我真心不那么在乎。但人家会和我是同样的想法吗？我首先想到的是Karen，这丫头伶牙俐齿，英语又好，自然是参加“谈判竞赛”的最佳人选。但我又有点担心她太优秀，会不会到时候大家合作起来发生不愉快呢？Joy就算了，之前写RLP作业的“旧伤”才刚复原，我就不想给彼此再添麻烦了。

Lucy人倒是不错，但是她实在太不像个“谈判专家”了。别说谈判了，她平时出去连讨价还价都不会，对人慷慨包容极了。

但思来想去，最后我还是觉得找Lucy最靠谱。首先，她对人的包容度是我那几个朋友里最高的。另外，我们之前一起去过北京，相处得也都不错。没错，我更看重的是和朋友一同游历欧洲的经历，而不是获奖。

那天，我去找Lucy跟她讲一起去波兰参加比赛的事。没想到她听了有些为难，告诉我她马上就要去西藏，时间算下来波兰比赛和她的西藏之旅挨得太近，怕身体吃不消。我听了，脸上立刻流露出失望的表情，嘟囔道："唉，真好想跟你一起去东欧玩一圈呐。"

我早就说过，Lucy向来"其责己也重以周，其待人也宽以约"，最最不好意思拒绝别人了。她一见我这副反应，顿时慌了神，咬咬牙说："好，我们争取一起去！"我听了一蹦三尺高。因为我知道：她这个人既然答应的事就不会轻易反悔，什么叫"一言既出，驷马难追"嘛！我们那么多同学里，最有君子风度的就是她了。

一枚Lucy已经纳入囊中，接下来我打算再找一个英语是母语的人，这样在赛场上就不至于太吃亏了。我首当其冲想到的当然是Issa。

说到Issa，你们大概已经把这个人忘了吧？呵呵，我可没忘。刚开学的时候，得益于她的跨文化背景以及常青藤校友身份，这厮异常受欢迎。但很快地，她身边的人又像潮水一样退去。她自己也很郁闷，跟我说很难融入中国同学的圈子。我帮她分析过原因，还给过不少建议。不管她爱不爱听，其中最中肯的一条建议莫过于"谨言慎行"。我也拿同样的话劝诫过Joy，有时看她俩那副没心没肺的样子，实在为她们捏一把汗。

这两个人都没半点坏心眼，直爽而又坦率。但在中国这样的社会里，恐怕是要吃不少亏的。虽然我根本也不是一个擅长中庸之道的人，但好歹我在这个环境里生长了二十几年，游戏规则起码还是看得懂的。

那天我从儒家思想开始说起，又拿日韩两国文化作对比，这样纵过去横过来洋洋洒洒了一个多小时，无非就是想给 Issa 多灌输一点中国式思维。这家伙听得倒是挺认真，就是不知道接纳多少。她才不会吃你“说教”那一套哩！任何观点一定要 make sense(有道理)，才行得通。这大概就是亚里士多德和孔子的区别吧。

她对“君子食无求饱，居无求安。敏于事而慎于言”异议颇大呢！没错，根据西方人本主义心理学的代表人物马斯洛的需求理论，人首先要追求的是温饱的需要，其次是安全的需要，至于要修身、治国、平天下，首先得建立在前两者的基础上。孔子的主张怎么那么缺乏人性化呢？另外，什么叫“敏于事而慎于言”？你事做得再好，别人不知道也是白搭。所以美国人从小就懂得“自我营销”，无论竞选什么，小到街坊芝麻官，大到总统，都需要演讲。总之不管你做得好不好，说得一定要好。

我不得不承认，西方人的思维方式是非常思辨并充满着求证精神的。Issa 这个人就是这样，处处都体现着一种穷天究地的较真劲儿。而一般中国人，乃至东方人都不会这样。

我最早接触东西方文化差异是从《比较文学》这门课开始的。大学里我时常翘掉计算机、英语这些浪费时间的公共课，跑去中文系旁听。那时我最喜欢的一门课是《比较文学》。

中文系的同学都好生奇怪，为什么我会喜欢这门晦涩难懂的课？它不比《儿童文学》来得生动有趣，也没有《中国文学史》来得具体丰富。我自己也说不清道不明，或许骨子里就是对文化差异这码子事感兴趣吧。

现在想来很庆幸当年在大学里自己“翘掉”诸多无聊的公共课跑去中文系旁听的“英明”举措。我念的那所大学中文系师资阵容很强大。有语言文学界非常德高望重的学者，还有儿童文学领域颇有名望的作家。那么好的资源，若是闲置着，实在太可惜了。我至今还记得《比较文学》的课上，大家曾探讨过东西方文化形态的差异：

西方文化形态是科学型文化。西方人是比较彻底地摧垮了氏族血缘关系的纽带而走进奴隶社会的。人与人之间的关系由每一个公民的财产多少来决定，是一种政治法律关系，而不是靠血缘的纽带来维系的伦理关系。古希腊的商业经济和民主政治使西方人崇尚自由平等和个人主义，所以西方人的个性显得较为敢于冒险，乐于进取。而东方的文化形态是伦理型文化。我们的祖先是带着原始民族社会血缘关系的纽带走进奴隶社会的，人与人之间的关系是一种以血缘关系为基础的上下尊卑的伦理关系。中国社会又是一种农业性社会。这种封闭、保守的宗法制度反对个人自由，强调天子的尊严、国家的统一、血亲家族的融合、尊卑等级的神圣。主张“乐而不淫，哀而不伤”，要“发乎情，止乎礼”。

除了文化形态上的差异。东西方人思维方式也不一样。

西方思维趋向思辨与实证，而东方的思维则更倾向于直觉与顿悟。所以有时老外做事那番一丝不苟的较真劲儿会让中国人不太习惯。而中国人游戏规则像橡皮筋的那种弹性也让老外捉摸不透。

就像每次找 Issa 一样，我们在神吹胡侃了好一阵后，才进入到正题。我问她想不想和我一起去波兰参加商业谈判竞赛。她说那个比赛她也很感兴趣。我想也是，这家伙平时那么能说，反应又快，英语又是母语，这种比赛简直就是为她度身定做的嘛！

但没想到——不过也在情理之中，这家伙后来说出来的话就让我彻底无语了。她说波兰这个国家她已经去过了，所以她这次再要去的话不像我是去玩的。她的目的还是想去好好比赛，既然比赛当然是想夺个大奖回来喽！所以呢，她想了解清楚比赛的时候到底是每个人都必须讲，还是一组只要派一个人就可以了。如果是后者，她说她无所谓，带我一起玩趟东欧玩就玩呗。但如果每个人都要讲，那 Cindy 你一定会拖后腿的。

可想而知，我当时听了她这番话脸都气歪了！忍不住骂道："Issa，你真的太讨厌了！我刚才跟你讲的那些都白说了咯？"她也很无辜，摊开手跟我解释道："我没说不跟你一起啊，只是我也要把我的想法跟你分享一下吧？到底有什么好生气的？"

后来，我气鼓鼓地离开了她的房间。不过想想她的这番考量其实很正常，只是换作中国同学，恐怕没人会像她那么直白地说出口，大家通常会换一种比较委婉的方式让你听得舒服一些。但最后做出来的事，却未必会让你真的舒服。而 Issa 则把丑话先说在前头，为的是想避免日后的不愉快。

后来我就没再找她谈过比赛的事，倒是她，时不时发短信问我到底要不要和她一组。我想这就是东西方文化的差异吧！中国人是很注重人情的，做事反而放在第二位。如果彼此之间的和谐被破坏了，心里就会有个疙瘩。而西方人则比较“对事不对人”，而且他们喜欢公开、公平的做事方式，就比方 Issa，之所以后来又发短信给我，也是为了向我显示她是一个大度且光明磊落的人。

但我后来还是放弃了和 Issa 一组，因为还有个 Lucy 呢。我很难想象我们三个要是组成一支队去参赛会是什么情形。Issa 要比，我要玩，Lucy 左右为难。最后比起来心猿意马，玩起来三心二意……算了，还是找个“志同道合”的人吧。

我一下子就想到了“考拉兄”Nathan！真的哎，没有比他更适合的了！首先，英语是他的母语，赛场上再怎么都会占点便宜。其次，他对欧洲已经熟悉得了如指掌了，可以带我们一起玩。最后，他还是中欧旅游俱乐部主席，从小到大去过 50 多个国家 140 多座城市，应该很会淘打折机票吧？当然，最最重要的还是他这个人实在太好相处了，有这样的队友兼玩伴实在三生有幸！

但就是不知道人家是否乐意，不管了，先打个电话问问看咯。没想到他非常爽快地答应了，说很乐意跟我们一起去波兰——玩！我一听顿时心花怒放，太好了，组员凑齐了，而且志趣相投！接下来就要写信给组委会了。

我们知道那封“意愿书”实际就是他们筛选队伍的依据，但我们的陈述并没有过多地围绕竞赛本身展开，因为我们仨实际也没多少谈判的经验。但我们提到自己想来波兰参赛实际是想多多进行文化之间的交流，好好了解一下东欧，也让东欧更了解中国。这里我不得不小小地自夸一下，那封“意愿书”基本上是我写的。简简单单的一页A4纸，除了文字部分，我还贴了一些大熊猫、李小龙、万里长城的图标在上面，花花绿绿的，很像小学生出的墙报。

Nathan看了我的“杰作”，发出不可思议的赞叹声。哈，我说过，这个“小哥哥”本来就童心未泯，自然懂得欣赏我的作品。Lucy也没啥意见，因为她是一个非常懂得尊重的人，而且似乎也觉得这样很有创意。可如果换作其他同学当组员，恐怕未必会允许我拿这么幼稚的玩意发出去，但他俩都没这些意见。不过最后还是请Nathan帮忙修改了一下语法。

没想到最后组委会偏偏挑中的就是我们这组！几乎让所有人都跌破眼镜，包括我们自己。中欧一共有五六支队同时报名，其中不乏一些实力很强的“谈判专家”组成的“梦之队”，譬如律师和银行家的强强联手，而且又都是英语为母语者……Issa那组也没被选中，当她知道我们组意外出线时，脸上露出匪夷所思的表情，直夸我“厉害”，然后又带我到她房里给我波兰的旅游攻略，却丝毫没有计较谁胜出谁落选这回事。这大概就是我和 Issa 没法真正闹翻的原因吧。

有了参赛资格，我们又开始讨论能否拉到赞助。因为我之前有成功拉到“陈丹燕演讲”赞助的经验，所以这次我也打算为我们队再试一把。

我仔细想了下：谁会对赞助我们去波兰参加谈判竞赛感兴趣呢？应该是那些做中波之间跨国生意的公司！于是，我就在中欧校友搜索引擎分别设置了“波兰”和“Poland”两个关键词，一搜，总共弹出来 5 个校友的信息——三个中国人，两个波兰人。

我稍稍打了个腹稿，便开始用中文和英文分别写了邮件发给他们——基本没抱什么希望。但没想到的是：第二天，在我课间休息的时候，居然收到了一封邮件回复！是其中的一位中国校友说愿意以个人的名义赞助我们！也就是说，他不求我们给他的公司带去任何商业上的回报，纯粹出于个人资助！有没有搞错？天底下居然还有这等好事？！我赶快把邮件给 Lucy 和 Nathan 看，他们也觉得不可思议极了。

更让我们受宠若惊的是，那位校友居然第二天就从北京飞来上海出差了。他准备了一个朴素的牛皮纸信封，里头装了一沓厚厚的现钞，请我们在学校的西餐厅吃了一顿饭，便把钱亲手交给了我们。

记得那天，这个校友打电话给我说他在图书馆门口等。我见到他的时候，只见他一袭黑色的风衣，一个人孤零零地站在空旷的走廊上，样子有点酷。他看起来四十多岁，有着一张沧桑的面孔，但棱角依旧分明。目光炯炯有神，个子中等，身上散发出一股男人的阳刚之气。

对于这所学校的EMBA，我经历了从最初的惊羡，到后来的好奇，再后来就见怪不怪了。当你第一次碰见一个上市公司的老总，那心情仿佛就跟见到明星一样激动。但久而久之，这份感觉就会趋于平淡，因为生意人基本大同小异。

但眼前这位似乎和我之前认识的所有EMBA都不太一样，但我也说不上来哪里不同。他告诉我们他姓杨，喊他杨大哥就是了。我顿觉亲切，好像在哪里听见过，仔细一想，对了：是杨过。他身上的确有股大侠的气概，还有清高。

他是用英文跟我们三个交谈的，因为Nathan不太会说中文。令我相当惊讶的是：这个已经四十多岁的中欧EMBA，英文居然比我和Lucy都要好！不过后来了解到他在欧洲定居多年，早年在剑桥念过书，后来又花了5年时间拿到了香港大学商科博士的学位，我们就觉得情有可原，但依然对他的背景充满了好奇。

他话不多，但每一句都切中要害。不知是他思维太跳跃还是我太肤浅，刚开始会觉得他讲话令人摸不透，有点神秘。后来又见了几次面，我终于渐渐习惯了他的风格。他是真的不喜欢说废话，更不喜欢来虚的那套，再加上人生阅历极为丰富，所以讲出来的话早已脱离了就事论事的层面。

但最让你折服的还要数他身上那股子超然脱俗的情怀，这是在当今这个时代，这个物欲横流的社会里快要绝迹了的东西。看得出，他是一个依旧有灵魂的人。他在中欧那群EMBA中未必很有钱，但却是真心的富有。一个四十好几的中年男人，依旧对人充满了信任，对未来充满了信心，对世界充满了好奇。并且付出不求回报，重情义胜过金钱——我欣赏这种随着时光的流逝，没有被岁月改变的人格。

记得学校有位教人力资源的教授曾在EMBA的课上对那群已经功成名就的中年人说："你们中的大部分人，在35岁左右的时候，就已经'死'了。"据说很多人上完那节课都哭了。是啊！人都已经变成了行尸走肉，赚那么多钱，爬到那么高的位置，还有什么意义?

但我很欣慰地从杨大哥身上看到了希望，他慷慨给予我们的，远远超过那点赞助款。

至于赞助数额，我们起初信里提的是2万元，但后来订到了6 000块的往返机票，所以我们坚持只要了1.8万元！或许你会问：为什么不多多益善呢? OK，我们也有自己的原则：赞助款是用来支持我们比赛的，吃喝玩乐的开销坚决不能与之混淆。既然人家那么慷慨地赞助我们，我们更要好自为之。虽然《成本会计》我只拿了个B－，但这笔账我还是算得来的：只有飞机票是我们这趟旅行的"固定成本"(fixed cost)，也就是说，不管我们在外头待多少天，只要去参赛，这笔成本是不变的。而之后旅行的花费是和我们在欧洲逗留的时间成正比的，那是"可变成本"(variable cost)，这笔钱不应记入赞助的名下。所以，为了对得起赞助商对我们的信任，也为了捍卫自己的名誉，我们只能要往返飞机票的钱！多一分也不行！

参赛资格是有了，机票的钱也有人帮我们出了。但还有一桩事情我们必须解决，那就是去欧洲待上十多天势必会造成缺课。其实我们已经充分利用了“五一”三天的假期和一个双休日，而且又尽最大限度调了课，但还是会落下两三节，其中最令人遗憾的要数著名经济学家吴敬琏教授的《中国经济改革》了。

吴老已经八十多岁的高龄，却还坚持给 MBA 学生亲自授课。每个同学都非常珍惜这门课，这也是中欧 MBA 唯一用中文上的课。一些中文不太过关的华裔同学甚至老外明明可以去修与之对应的另一门英文课，这样可以轻松许多，但大多数人还是咬咬牙坚持来吴老的课堂。不光光学生，这不，那个长着一张娃娃脸，被同学们戏称为“芝加哥男孩”的年轻华裔教授也背着书包认认真真地坐在教室最后一排蹭课呢！我实在觉得缺吴老的课无异于暴殄天物。Lucy 就更不用说了，像她这种“万般皆下品，唯有读书高”的人，不让她上吴老的课，简直比饿她三天还过份！

我们犹豫纠结了很久，最终还是认为：鱼和熊掌不可兼得。波兰的比赛机会实在难得，所以对于吴老的课只好忍痛割爱了。但中欧对学生请假、缺课管得很严。如果超过一定比例，就会毕不了业。幸好我们之前都基本保持着全勤，所以自以为很有把握去和学校交涉申请请两节课的“事假”。没想到助教告诉我们，两节课正好是这门课最高的缺课限度，但如果动用这个“权力”，考勤分则一律为零——这要占到一门课20%的比例呢！后来助教又帮我们算了一下，如果考勤是零分，按我们两个之前写小论文的得分——Lucy A－，我B的情况来计算，期末考试她至少要拿到B＋，而我则至少要拿到A－，这门课才能通过。我一想到这个分数，心也凉了半截……Lucy要拿个B＋真是闭着眼睛都没问题。而我，要考A－，应该是小概率事件吧？“没关系，到时候我帮你补就是了。”Lucy在一旁轻声说道。

最后，这门课的期末大考我拿了A，考得比Lucy还要高。一方面，是因为我怕挂科，所以复习得很卖力。另一方面，考的内容不少都跟中学里背过的政治有关。十一届三中全会、改革开放、国有企业改革……这些我们都已经背过几百遍的常识，对于那些香港台湾人来说完全是“火星文明”，就像我当初学会计一样。其实每个人都如此，对于自己一窍不通的领域，起步阶段都不容易。我还记得当初我看了Joy写的论文笑得肚子都要痛了，什么“我以为：仁、义、理、智、信，乃治国的根本良方。”难怪内地同学纷纷窃喜：这门课该可以拿高分了，因为有那些港台同胞垫底。

之后在东欧的10多天，我曾一度以为是我在整个MBA生涯的最开心的时光，直到后来去了美国交换，才发现这两段经历实在也难分伯仲。它们都有一些共同的特点：自由奔放、大开眼界、一群好朋友。

17

东欧之旅

我们从华沙搭“欧洲之星”一路流浪，经过克拉科夫、布拉格、维也纳，还有两个很小很温馨的捷克小镇。其实布拉格没有周杰伦跟蔡依林唱得那样神秘，我们也压根儿没找到一个叫做“布拉格广场”的地方，因为那儿到处都是广场。维也纳也不是想象中那样充满艺术气息，她就像广州跟杭州那样需要透过繁华大都市的外表，用心体会才能感受到她的人文底蕴。作为心理系的学生，弗洛伊德的故居是无论如何也要“朝圣”一下的，只是他那张标志性的自由联想椅看起来已是锈迹斑斑。华沙则几乎全部是二战以后从废墟上重建起来的，从糟糕的酒吧氛围看，那城市的经济还有待进一步发展。

相比这些大都市，我明显更青睐小地方。我记得自己前两年曾在《旅游卫视》中看到一个叫做卡洛维维列的捷克温泉小镇，镇上的人拿着各种各样的杯子、水壶盛温泉水喝，雾气腾腾的样子。一看到温泉，我就想到洗澡，很舒适很放松的感觉，令人心驰神往。当时我就想自己什么时候能去到那个地方就好了。没想到不久以后，美梦居然成真了！

我们还在温泉小镇上目睹了一场欧洲贵族的“春天舞会”。起初只是听到有乐队的奏鸣声，走近一看，真是令人大饱眼福！居然是一座城堡。那些从来只有在电影、童话书里才看到过的公爵、骑士、贵妇人们全都从城堡里跑出来啦！他们的穿着完全是中世纪的模样。身边和我一样看热闹的平民百姓很多，我就赶紧拉住其中一个问这是怎么回事。人家跟我说欧洲至今还保留着爵位，这种身份是可以世袭下去的。整个欧洲目前尚存的城堡基本也都归这些贵族家族的子孙所有，但他们不会住里头，而是租给各种机构，有的当博物馆，有的被改造成酒店。贵族的后代们平日里就跟普通人没啥两样，他们可能是你的大学同学，也可能跟你在一个公司上班，像平常百姓一样生活。但这种舞会是他们的传统，每年都要在不同的国家举行。往往整个欧洲的贵族都有着千丝万缕的联姻关系，所以这种舞会上来自各国的公、侯、伯、子、男都是沾亲带故的。

我听得津津有味，神游了一阵之后便转身去找 Lucy 和 Nathan，发现这俩人也都在发呆。我问他们在想什么。一个告诉我捷克的货币面额很大，想必这个国家经历过严重的通货膨胀。另一个则跟我说上一次他来东欧的时候，吃过一种味道很好的肉卷，不知捷克是否能找到。

所以嘛！有句话叫："一花一世界，一叶一菩提。"更何况人了。

那些天，我们坐着玩具一样的小火车，欢乐地驰骋在欧洲的乡间田园。五月的天空风轻云淡，整个世界一片生机，叫人的心情也春意盎然。旅途中遇见无数亲切友好的人们，每个人的面孔上都透露着阳光般的色泽。我们一路上欢声笑语，步伐活泼轻快。美好的世界美好的人儿，给生命注满了无限正能量！即便抑郁症患者随我们一起，也该喜笑颜开了吧？

吃，自然是美好旅行必不可少的良伴。我们几乎一天要吃五顿，吃够了油腻的波兰大餐，就转而扑向清淡的意式沙拉。维也纳餐餐都有啤酒，有时泡沫占到三分之一那么多。捷克吃过一种浓稠细滑的黑巧克力浆，不赶快入口即刻就会凝固。有时见到中餐馆，也会情不自禁地走进去，边吃边听老板娘跟我们叙述浓浓的乡愁……

当然，一次完美的旅行除了沿途美不胜收的风景，令人大饱口福的美食之外，与谁同行更重要。我大为庆幸这两个伙伴算是找对了！人生最快乐的事莫过于此：年轻的时候，和最要好的朋友，青春作伴，浪迹天涯，一同去远方，看那世界的繁华。每个人都应该拥有一段这样的年华——有梦，有朋友，这样的青春才不算虚度。

平时在学校里虽然大家也朝夕相处，但心与心的距离，不会像出来旅行拉得那么近。Nathan 告诉我们他从小在 4 个不同国家的成长经历，还有在学校待那么久以来的一些感悟，包括那些天朝夕相处下来对我的深入观察和评价，给了我很多掏心掏肺的建议。我欣喜地发现：这个曾经与我会计一起不及格的“患难之交”真是懂我，因为他自己也是这样类型的人。这是我第一次，用英文，和老外非常深入地谈心。语言完全没有障碍，只要大家都有一颗真诚的心。

Lucy 像一本耐读的书，交往愈深你便发觉她愈精彩。博览群书、淡泊明志——跟她相处久了，你会惭愧自己在读书与做人方面的修养太欠缺。也喜欢听她谈政治、经济，能感受到这个外表冷静，言语不多的大才女内心火热的一面。听得出来，她为自己出生在这么一个充满机遇和挑战的年代感到兴奋不已，总渴望用自己的聪明才智为这个时代带来点什么。《麦田里的守望者》从十几岁影响她至今，因为她也像书中的主人公一样，对永无止境的追名逐利追求感到厌倦。

我们三个看起来风格迥异。当初组队的时候也有人好奇地问我：“你们三个怎么会走到一块的？”其实我也很难说清。很多时候，人都喜欢自己的同类。那是因为每个人都疯狂地爱自己。但也有些时候，人会厌恶自己的同类，那是因为他们暴露了自己身上的某些缺陷。而人与人之间的这种相吸或相斥，是可以盖过利益瓜葛的，因为它们藏在人的潜意识当中。我希望有朝一日自己能拥有完善的人格，强大的自我，坦然接受自己的全部，包括缺点。

我们三个有着各自明显的优势和劣势，但没人介意暴露出自己的缺点。譬如我和 Nathan 对数字不敏感，而 Lucy 这方面很强。我和 Lucy 都是土生土长的中国人，缺乏国际化经验，而 Nathan 英语是母语，又是欧洲通。Lucy 性格比较内敛，不擅长和陌生人打交道，而我和 Nathan 都很外向，有点“自来熟”……这种互相依赖的感觉真是棒极了！也在日后的旅行和比赛中成为我们强大的团队精神。

四天的比赛，是我 MBA 生涯中浓墨重彩的一笔！当全世界 12 支参赛队伍齐聚华沙的时候，那架势有点奥林匹克的味道。我发现组委会还真会挑。这不，参赛队的多样性光从肤色、人种上就足见一斑。但整体而言，还是西方人占的比例最大，毕竟这是欧洲商学院发起的比赛。剩下的，除了印度、南美、中东地区以外，黄种人就寥寥无几了。我怀疑我们组之所以被挑中，就是因为我们三个清一色全都是亚裔！这个世界真是奇妙，有时你一个劲地在那儿瞎努力，自以为在努力争取成功的筹码时，实际游戏规则可能完全是另一回事。

同样捡了个黄种人“物以稀为贵”的便宜，中欧另一支队伍后来也拿到了参赛资格。从谈判实力的角度看，他们组的阵容要比我们强大很多，单律师就有两个——而且都有着顶级律所的工作经验。但可能是因为他们组只有两个是中国人，还有一个是英国人老外，所以一开始反而作为“候补”。

比起常规的商业竞赛，这个谈判竞赛显得创意十足，单从比赛的地点上就足见一斑：从被二战轰炸过的古城堡地下室，到现代感十足的华沙经济学院，再到见证东欧经济崛起的波兰证券交易所，乃至庄严气派的波兰国会……谈判的内容也令人耳目一新：航海世纪地中海各大势力争夺海上霸权，封建时代欧洲庄园主大兴发展葡萄园经济，涵盖19世纪的巴黎世博会前夕法国工程师们为埃菲尔铁塔的设计展开的激烈群辩，以及当今国际社会中口蹄疫影响进出口的形势下两国政府如何通过外交手段维护各自的商业利益等多个领域和方面……

虽然我们出发前在学校接受过一个教谈判学教授的点拨和指导，但到了实际赛场上还是觉得游戏挺复杂。前两场扮演扮演公爵海盗庄园主，跟对手讨价还价领地、财产、子女联姻的话题还可以应付，但一到第三场，埃菲尔铁塔那个案例一出来，我和Nathan就有点招架不住了。为什么呢？因为那个是要算的！

它讲的是法国埃菲尔铁塔招标初期，一群工程师和一群经济学家就铁塔的设计方案展开辩论。工程师那组认为铁塔将来应该向社会大众开放，瞄准的是低端消费群体。而经济学家组认为铁塔应该造成举世瞩目的标志性建筑，必然要走高端路线。所以这两组人在门票定价、铁塔高度、材料成本、各种配套设施、宣传预算等诸多方面都有各自的立场。我们抽到的是经济学家那一方。我抓过案例一看，我们的目标是：门票尽可能贵一些，铁塔也最好建得高一点，设施当然要“高大上”，至于成本嘛，当然有一个预算范围，但也不是愈便宜愈好。很快，我就意识到这事儿挺复杂！这几个变量之间本身都有着千丝万缕的牵制关系，权重也不一样。我们的谈判对手则是从工程师的角度出发，考量的和我们完全不同。但谈判目标无异于双方各自的底牌，都是不能让对方知道的。

我已经隐约感觉到这是一道应该也不算太难的数学题。首先要在自己的利益和那五个变量之间建立起一个函数式。但我的毛病就在于——不知道怎么建。从小到大一向如此，而且我敢保证这次还是建不出来。所以，这个神圣的任务还是交给另外两位组员吧！我看了下 Nathan，也在那里抓耳挠腮，见我正在看他，他尴尬地笑了。

我们都把目光转向了 Lucy，就指望她了。只见她正全神贯注地读案例，完全没理会到我们的注目礼。她题目读得有些慢，对方三个匈牙利男人已经开始用他们的语言讨论起来了。我有点着急，就打断了 Lucy，告诉她这个案例讲的是什么，我们接下来要干嘛。她不理我，继续在纸上边读边画，很专注很投入。我不好意思再打扰她，就只好跟Nathan面面相觑了。

又过了一会儿，Lucy终于吭声了，没想到第一句话便是："电脑！哎呀，电脑忘带了！"我顿时傻了眼，眼看着对方三个匈牙利人围着台电脑在那里叽叽咕咕的……我脑子"轰"地一下……电脑是有的，但忘在酒店里了。因为头两场都没用得着电脑，所以第三场居然脑子发昏就这么空手过来了。一时间我方寸大乱，像是受到了重大挫折，连连责怪自己粗心大意。Lucy头也不抬一下，淡淡地说了句："算了，手机给我。"

什么？这家伙该不是要摁计算器一个一个手工列式吧？我急得面红耳赤。果真，她接过手机调到了计算器功能，开始手工演算。

"这要算到猴年马月啊？这道题可是要用到Excel统计功能的！"我都急得有些语无伦次了……哎，还是老样子，我这人面对数学，心理素质一向差得可以。

"Cindy，让她试试吧，她可是这方面的专家。"Nathan在一旁小声提醒我。我这才意识到自己刚才的反应有点过激，便不好意思地静了下来。悄悄望了眼身旁的Lucy，只见她镇定自若，满脸思索状，白皙的肤色中透出智慧的光泽。她不紧不慢地摁着计算器，在草稿纸上飞快地演算，一串串公式就像行云流水般地从她笔尖优美地淌出。

这感觉似曾相识。我想起来了！那是高中的时候，年级里那几个理科尖子，无论多难的考卷都可以考到近乎满分。

Lucy的实力绝不会逊色于他们，因为她念的学校比我的还要高一档，是上海一所鼎鼎大名的老牌市重点。高考的时候她的数学和物理都考到140分以上呢！念了中欧以后，我终于认识到：那些能够考上清华、北大、复旦、交大的人，读书基本都是靠脑子而不怎么用功的。小时候，老师常说勤能补拙，你功课不好是因为你不够努力。长大以后，我才发现：老师都是骗人的。

不一会儿，她便把函数式给列出来了。真是谢天谢地！之后谈的所有内容，都是基于她所列的这个关系式，很方便也很精准，只要把几个数字代进去就可以马上知道我们到底划不划算。基本上之后也都是Lucy代表我们组和那三个匈牙利人在谈，完全不需要我和Nathan帮忙，因为我们摁计算器的速度还不及她心算来得快。结果那一轮，我们小组拿到了十二支队里名列第二的好成绩。

之后的比赛愈来愈复杂，内容也愈来愈接近现代商业社会的真实案例。最后一轮，我们居然被邀请到波兰国会。那地方看起来庄严肃穆，就是不够气派。门口站岗的警察一点也不威严，居然主动走上前来问我们是否需要帮忙拍照？我有点“得寸进尺”，拍完照后问那警察：总理是在几零几办公？他幽默地耸耸肩，两手一摊，笑着说：“总理这两天不在，他出差去了。”

因为地盘实在太小——还不及中国一个县政府宏伟，我们很快就参观完了国会。组织方把我们带到一间可以容纳上百人的参议厅——乖乖！那可是波兰共和国议员们开会的地方啊！有没有搞错？我们居然在波兰国会最高级别的参议厅——人家商议国事的地方，进行最后的决赛！

对于比赛名次，我的心情很复杂。倒不是对赢有着多么强烈的欲望。只是拿了别人的赞助，倘若交不出像样的名次，实在说不过去啊。另外，中欧另一支队也的确实力非凡，之前几轮的得分都是名列前茅。倘若最后我们这组获得赞助的反而还不及他们，回到学校后会是多么丢脸的一件事啊！

当比赛筹委会主席最后宣布名次的那一刻，我的心都提到嗓子眼了。但不幸应验了该死的“墨菲法则”，最后的冠军居然真的是中欧另一支参赛队——我们的同班同学。当主席念出“中欧国际工商学院”的一刹那，坐在我前面的 Lucy 立刻从座椅上雀跃而起，激动万分的样子——跟她平日里冷静、沉着的女科学家形象大相径庭。我估摸了下，她弹起足足有 8 公分之高哩！哪有那么夸张？我心里“哼”道：难不成屁股上长了弹簧？只恐怕那 4 公分是献给中欧，其余的 4 公分是做给我看的吧？

其实之前我就跟她有吐露过自己那点小小的心思，却被她数落了一顿：“不管怎样，只要为中欧争光都是件好事啊！”反正她和 Nathan 真的不会介意另一组夺冠，我想那是因为赞助不是他们拉来的关系。

但不久以后，我便开始讨厌自己那点私心杂念了，而且时间愈久愈觉得小儿科。事实上，夺冠的那组也没有任何奖金，除了一尊超级重的奖杯和三块奖牌——最后也统统献给了中欧，成为学校的荣誉。随着时间的流逝，我终于能愈加体会到当初Lucy那雀跃而起8公分的心情了。名校之所以是名校，它的声誉是靠每一个校友用心维护出来的。

返程的前夜，我们去到当地一家颇有名气的酒吧狂欢，品尝地道的伏特加。回想起十多天的东欧之旅，我禁不住感叹：美好的时光总是那样稍纵即逝，人生倘若每天都能这般淋漓尽致地度过，那即便用生命的长度来交换，也值了。那晚，我们喝了很多酒，每个人都有点醉意朦胧才恋恋不舍地离去。

第二天飞回国，途经莫斯科机场等待转机，该死的航班延误，滞留的旅客，让整个机场陷入混乱。我们仨也终于抵不住长途跋涉的疲劳，坐在地上背靠着背睡着了。

"东西被偷怎么办？"我嘟囔了句。

"没关系，反正我们也没什么贵重物品。"Lucy迷迷糊糊地回答。

"你们安心睡吧，我会照看着的。"Nathan突然提起神来。

长途旅行中还是需要一个男生的。我们在布拉格的时候，曾遇到过惊险的一幕。那时，我们三个住在当地的一家青年旅馆里——六人间男女混住的那种。Nathan好心把两张下铺的空床让给了我跟Lucy。我们白天入住的时候整间屋几乎是空的，除了另一张下铺的床上堆了点东西——看来那是除我们之外唯一的房客了。这种情况再正常不过了，青年旅社嘛，本来就是人来人往的。

那晚我们回来直到入睡的时候，房间里还是空无一人。真不错，我乐滋滋的，心想：花一倍的钱却享受到了两倍的空间。但没想到第二天一早天还没亮的时候，我被一阵刺耳的噪声吵醒。艰难地睁开惺忪的睡眼一看，吓了我一大跳！居然有个男的，在离我不远的窗台边对着垃圾筒撒尿。哦老天呐！我顿时睡意全无，吓得连气都不敢出。只见那家伙完事之后居然摇摇晃晃地朝我跟 Lucy 的方向走来……而且样子看起来像个阿拉伯大叔！

愈来愈近了，我的心都提到了嗓子眼，心想待会是不是干脆大大方方地爬起来跟他亲切说声“早上好”……但没想到，这家伙居然朝 Lucy 床的方向走去了。糟了！我急得不知如何是好，真想叫醒 Lucy，但又怕惊动这家伙。

就在这千钧一发之际，Nathan 突然“嗖”地一下“从天而降”——原来警觉的他早就发现这一危情，但他并没有立刻采取行动，先是冷静地观察了一阵子，看看这家伙到底想要干什么。突然发现 Lucy 有危险，他便毫不犹豫立刻从上铺跳了下来。

几乎与此同时，那个人一个踉跄摔在了地上。我简直不敢相信自己的眼睛，紧张地问道：“什么状况？”Nathan 蹲下去观察了好一会儿，才松了口气，对我说：“没事，他只是喝醉了。”大家虚惊一场。

后来 Nathan 的英勇事迹在同学里传开了。每每说到这段经历，我便会绘声绘色地边说边比画一个“奥特曼”的姿势——的确，他从上铺跳下来的那一刹那，简直就像个宇宙超人，伟岸极了！

18

金融，就从它了

回到学校，一打开房门，Joy 就给了我个大大的热烈的拥抱。我真是庆幸当初找到了这么个好室友，她为我的中欧生活增色很多。刚开始时的摩擦、隔阂早已是八百年前的事了，但每每想起来，都令人忍俊不禁。她热情地招呼 Karen，Issa 也上来串门，我拿出一大瓶波兰带回的伏特加，给每个人都倒了很多，然后边喝边给她们绘声绘色地讲述我在欧洲比赛的经历。

喝着喝着，大家开始放肆起来，各种劲爆……什么疯话都说得出口。后来仿佛像是在比赛谁疯得过谁似的，愈演愈烈，房间里顿时吵作一团。最后竟然把住楼下的同学也给引上来了。

Joy 还在为 Victor 的事烦恼不已，看来这两个人依旧没和好。所以有的时候，我宁可选择单身，一个人自在、省事。不像她，每天的情绪都要被爱情左右，白白受很多折磨。果然，我没说错，后来她为了发泄一下，干脆打开音响大放摇滚。那情形有多恐怖？好吧，你若不亲临现场，我是很难形容得清那振聋发聩、余音绕梁的效果的。

后来疯得有点累了，大家的话题终于转移到找工作上。那仨丫头兴奋地告诉我她们的实习已经都敲定了，Karen 去了一家业内知名的风险投资公司，Joy 则弄到了渣打银行私人银行部的实习机会，Issa 的更酷，CCTV9 居然请她去试播英语节目。她们又告诉了我很多同学的实习去向。哇，没想到我出去了短短两星期，这边已是气象万千！的确，中欧这 18 个月里的机会，就像一条汹涌湍急的河流，多到你根本不需要去主动出击，只要守在那里逮住自己最中意的那一个就行了。

上一届的学长学姐毕业了。我报名当了他们毕业典礼的志愿者。第一次见到各种肤色，不同国籍的爸爸妈妈，从全世界各地飞来中欧，那种场面令人震撼。

Shawn 告诉我他最终准备回台湾去接手家里的“牛轧糖”生意。听到这个消息，我愣了一下，但也就在那一刹那，心里久久不得其解的困惑似乎豁然开朗。

所谓的“一见钟情”，多半是带有很大幻想的成份。我们互相把对方臆想成自己理想中的伴侣，希望彼此恰好就是心目中的那个人，然后疯狂入戏。倘若在头脑发热的阶段屡屡发现对方不是自己想的那样，却又没在真实的彼此身上找到新的闪光点，那么，等梦醒来，就是一切结束的时候了。

所以，除了替他感到略有惋惜——因为他一口气把微软、谷歌、英特尔的三个 offer 全都拿下了，我倒也没有什么其他太过强烈的情绪。毕竟，台南是他的家，他的家人，他的根都在那儿。即使暂时不回去，将来迟早还是要回去的。

他是个大孝子，纵使再想留在内地工作，但考虑到父亲身体不好，自己又是家里的长男，最终还是忍痛割爱了。好在家里本身就长期经营着食品生意，他正好可以接手去做。又一次望着他那张帅到无可挑剔的面孔，却不见了初见时的“少年气”。这回我感到更多的是无奈：帅哥也有帅哥的烦恼。帅哥长大了，要赚钱养家，要承担责任，终有一天我们都会老去。

他离开的那一天，我去学校门口送他。当把他送上出租车，目送他离去的那一刻，我还是感到一阵惘然若失。对于一份还没有开始就这样结束了的感情，我还能多说什么呢？

不过话说这些 MBA 毕业后选择直接自己创业的同学，我很佩服他们。因为中欧出来好的工作机会多到眼花缭乱，又是在中国这么一个火爆的就业市场，不好好利用一下实在太可惜了。但站在创业者的角度：念完中欧，倘若手头有好的项目，又拉到风投，找到志同道合的伙伴，为什么不直接启动呢？机遇不等人啊！

尽管我在申请的时候是说自己毕业后准备再度创业的，但进来了之后决定毕业后却还是想先找份工作。我说过，我骨子里并非是一个“金钱至上”的人，除非让我找到自己极有热情的项目，我可对那些纯粹追求利益最大化的创业没多大兴趣。

但找工作也必须想清楚，究竟做什么呢？这个问题已经困扰了我好几个月了，迟迟没有方向。眼看着 Karen 和 Joy 实习都已经尘埃落定，身边有些同学都准备要上班了，我却连做什么都没想好。

总算，也是在上一届学长学姐们的毕业典礼上，我遇到了一起去过北京的哈工哥，这家伙臭屁依旧，跟我炫耀他拿到了国内一家知名公募基金的机构销售一职，很合他胃口。那时我连公募和私募的区别都搞不清，反正听他吹得出神入化，感觉快登天了一样。当然，我是不会理会他那些海吹胡诌的部分的。过滤掉众多不靠谱的信息之后，我逐渐还原出了那份工作的原貌。听起来还是挺有兴趣的。因为它更多的是跟人打交道，而且是跟大企业的高管。那家基金公司本身又是知名大品牌。况且金融业么，无论如何在中国都是很有前景的——当然，我持这种观点还是在2011年7月以前，那时欧债危机还没爆发，公募基金平均亏损25%还没发生。

但那样的公司我应该很难进吧？听他吹上天的感觉。不过，任凭他再怎么乱吹，我还是可以判断得出：要进这种公司对一个中欧MBA而言其实并不是什么难事，只是对我来说可能有点小小的难度，主要因为我没金融背景。

同学们都陆陆续续上班去了。Joy每天穿得衣冠楚楚，一身私人银行家的范儿。Karen则忙着马不停蹄地看项目、写尽职调查。Lucy去了一家咨询公司，每天工作12个小时以上。和我一起要交换到北卡的Amy去了一家医药公司做战略，她开始善意地提醒我必须要定下来了，因为北卡那学校开学很早，八月中旬我们就要飞去报到了。这么算下来实习的日子本身就比别人少了大半个月。

那时已经是六月份了，我手上有两个看起来还不错的机会，都是很有名的外企。一个是快消领域品牌策划方面的项目，还有一个是某家工业品龙头公司的市场调研课题。但我总觉得那不是我想去的地方，即使做了恐怕也是白白浪费了实习的宝贵机会——我又不是冲那一个月万把块的实习工资去的。

直到有一天——我在走廊里遇到了我的职业顾问，她告诉我第二天会有一家基金公司来学校跟学生聊聊——她知道我想进金融行业。我一听就是哈工哥那家公司。但求职系统里我没看见它家招聘啊！后来才意识到：系统里除了一个个招聘职位外，还有一些公司宣讲或圆桌会议之类的活动，这些其实统统都是企业和学生相互了解的方式，往往一个不留神就被忽略了。校园里、系统里、邮件里，每天都充斥着海量工作信息。一方面是好事，让每个学生都有充分选择的空间，而另一方面，也会让人眼花缭乱，或许一个闪失就遗漏了改变人生命运的重要机会。

后来，我去参加了那家基金公司的宣讲——很小范围的面对面分享，我很喜欢这种沟通方式。公司的人事经理直接从北京飞来，是个40来岁的北京人，说话非常实在。我很坦诚地告诉了他我想进这家公司的意愿，他觉得我态度不错，就把我的简历推荐给了华东区老总。

后来经过了两轮面试，一次是这个人事经理在电话里面我，毕竟之前面对面都聊过了，他一点都没有为难我。第二次是在陆家嘴华东区老总直接面我，他就比较犀利，主要是公募基金这两年业绩都不怎么好，他自己也感到压力巨大，让我想清楚再作决定。其实，无非还是想看看我的反应——想干这行的决心到底有多大。

人就是这样，凡事不经历一遍很难改变固有的认知。所以我完全没有受他那番严峻话语的影响而打消进军金融圈的念头。另外，实习本身也就是给人尝试的嘛！

他见我意志坚定，就让我回家等通知。没想到这一等又是两个星期，都快接近六月底了。我终于有点急了，就打电话问他。他说正在开会，让我回头等他秘书电话。果然，十分钟后，我接到了他秘书打来的电话，跟我说公司内部每招一个人都要经过再上一级总经理批准的，即便是个实习。现在他们觉得我别的条件都不错，毕竟中欧的嘛，但有一点，就是简历上没什么大公司的背景，显得有些弱，问我能不能再改进一下再发他们看看。

我听了这番话语，心里顿时有了几分底，于是我二话不说，打开电脑把简历又好好修改了一遍，顺着“增加大公司背景”的思路，这回我大大突出了做 ISP 项目时那家快消龙头公司的经历，心里暗暗庆幸 3 个月前职业顾问给我的忠告：放弃民营小公司的项目，补充简历上 500 强企业的工作背景。

最后我终于如愿以偿去到了那家基金公司实习，但那已经是七月份的事了。所以我整个实习差不多也就一个月的时间。但那又何妨？实习的价值更多是“定性”而非“定量”的，它是 MBA 生涯中一次绝好的机会，让你近距离了解你想去的行业，即使发现与想象有差距也没关系，反而会成为日后找正式工作的指南。

实习对许多人来说应该都是一段值得回忆的美好经历。和毕业后散落到世界各地不同，实习的日子里，好多人都留在中国。那时的我们，盘踞在上海各大地标性的建筑物内，主要可分为陆家嘴帮，南京路帮和张江帮，每天中午都有各自帮派的聚餐。大家在忙完一个上午后像麻雀一样涌进餐厅叽叽喳喳地边吃边聊。

每天下班后我还是喜欢跟同学混在一起，要么回学校，要么泡吧。我那时已经搬回家住，但到头来一个星期至少有一半时间还是会住回寝室。Joy每天都会榨各种好喝的果汁，我们再去买来零食、冷饮，招呼几个要好的同学一起跑去Karen房间看小众文艺片——她的房间总是收拾得井井有条，是三五好友聚会闲聊的理想场所。

有时候大家也会把桌子椅子搬到草坪上去，在皎洁的明月下，享受着夏夜的习习凉风，边喝啤酒边开怀畅谈：聊工作、谈人生，每个人都是那样的踌躇满志，对自己的未来充满了信心。那年夏天，在我记忆里格外闪亮，因为那里有我人生中关于暑假的记忆最最美好的珍藏。

在大部队出去交换之前，大伙儿又搞了一场集体泡吧活动。那晚，上海顶级的夜店里全是中欧的MBA，我们从一家club换到另一家，每个地方都可以看到同学。

Victor和班上那几个美籍华裔男打得火热。他的形象气质已经丝毫不亚于那些“高帅富”们了：手里潇洒地拿一支“科罗纳”啤酒，浅蓝色的衬衫很随意地松开几颗钮子，像是从顶级投行或是咨询公司刚下班的样子。再加上身材高大挺拔，在整个场子里占尽了风头，不时地有美女前去搭讪。

他时而开英文，时而一口台湾腔普通话，时而彬彬有礼，时而谈笑风生……身边的几个美女被他逗得开怀大笑，另外几个“高帅富”们也仿佛成了他的陪衬……他的进步是惊人的，这才短短不到一年的工夫，他已经从当初那个“连件像样的衣服都没有”的 IT 屌丝，摇身一变，开始让上海顶级夜店里的美女竞相投怀送抱……不过我还是能从他的表现中隐隐感觉到：这一切，对他而言，该只是浮云。

一旁的 Joy 气到跺脚。他们自从上回见了 Victor 的哥哥以后就一直“冷战”，Joy 曾好几次主动求和，但这家伙似乎特别记仇，始终不肯化解。

玩了一会儿，我和 Karen 准备回去了。Joy 不肯走，她要盯住她的 Victor。我们就只好叫 Issa 照顾她了，并一再叮嘱 Issa 不要光顾着自己玩。

但还是没有想到：半夜里，已经酣然熟睡的我突然被一阵嘈杂声吵醒。睁眼一看，是 Joy——被 Victor 双手抱着从门外进来，嘴里满是胡话。

“她喝醉了，Cindy，能不能帮我倒杯热水？”Victor 语气里很是焦急。

我赶紧我赶紧爬下床，拿起杯子去门外倒水。

走进门的时候，我惊呆了：只见 Joy 紧紧依偎在 Victor 怀里，哭着一遍又一遍地说：“不要离开我……不要离开我……”语气里满是哀求，可怜极了。

Victor 再也无法控制自己压抑已久的感情，他一把将 Joy 紧紧抱住，瞬间泪如泉涌。我被这突如其来的一幕彻底震撼，望着两人深情相拥，Victor 心也要碎了的表情，我赶紧把门虚掩上，端着本来要给 Joy 喝的水，匆匆下楼去找 Karen 借宿。

这两个人终于重归于好了。Joy 像是心爱的东西失而复得，整个人都沉醉在无比的幸福当中。不过这回，她的情绪相比之前要平和了许多，也许经历了大喜大悲之后人都会变得淡定。

她告诉我，Victor 那晚跟她说了很多肺腑之言，也终于放下内心所有的负担跟她表白。但他也坦言：本来根本没打算在 MBA 期间谈恋爱，因为人生很多大的方向还未确定，基础也还不牢固，所以自己还是想以事业为重……接下来要去美国的康奈尔大学交换，需要四个月的时间。之后回国找工作，等一切定下来之后，他才可以有能力给到心爱的人真正的幸福。

“哇，真看不出来，他原来是一个对感情那么负责的好男人啊！”我不由惊叹道。

“那是！他其实一直很爱我的，但就是嘴上一直不肯说而已。”Joy 脸上流露出一种前所未有的幸福。

19

野在美国的日子

终于到了赴美临行的日子，我和一同去北卡的 Amy 订的是上午的飞机，所以一大清早我就起床了，推了推还在呼呼大睡的 Joy，跟她道别。这家伙睡得像死猪一样，完全不省人事。只见她翻了个身，面对墙壁去了——应该是烦别人打扰她睡觉作出的本能反应。但有趣的是嘴里居然嘟囔了句："再见 Cindy，Joy 爱你。"哈哈！看来这家伙做梦也都是在和别人爱来爱去的。

我和 Amy 到达美国的第一站是洛杉矶。因为之后转机足足要等 7 个小时，我们决定不妨先去洛杉矶城里逛逛。本来是想要去海滩，但下了地铁问了好几个人，都指着同一个方向跟我们说："这儿过去两英里。"捉弄人的是，我们走了很久，永远两英里的距离，最后不得不放弃去海边的计划。转而发现远处有一大片绿地，里面人头攒动，还有隐隐约约的音乐声。于是我们走过去看个究竟：哇！原来是个露天音乐会！

那天正好是周末，绿地上人山人海，基本都是一家几口开车赶来凑热闹的。我感觉美国人很重视家庭生活，会为一场野餐或郊游配齐各种装备，还会准备大量食物，像色拉、烤鸡、水果、饮料……应有尽有，而且不怕麻烦，有的干脆把房车也开来了。我和 Amy 挑了个有棵大树的地方坐下来休息。本想听一会儿音乐会的，没想到一坐下我就累得靠着大树睡着了。

之后我们又坐了五六个小时的飞机，从西海岸一路辗转到纽约，再次转机终于飞到北卡罗来纳州的罗利市。飞机愈换愈小，地方也愈来愈偏僻。不晓得穿越了多少个昼夜，到后来完全分不清窗外到底是白天还是黑夜了……我第一次飞机乘到如此昏天黑地的地步，直感到时空错乱，身体疲惫至极。总算在一阵人仰马翻的折腾后抵达了离学校最近的机场——北卡罗来纳州罗利机场。幸亏 Amy 的北卡朋友提前跟她约好开车专程来接我们。那是北卡商学院提前发给我们的一个“交换生结对子”项目，中欧也有，为的是促进本校学生和交换学生之间的文化交流。

Amy 比较幸运，她结的对子是一个地道的美国白人男生，已经二年级了，暑假实习后早早拿到了投行的全职工作机会，所以比较空，有的是时间来接机，开车带我们去沃尔玛，还请我们吃饭。而我的对子，是一个白人女孩，人其实也是极其热情友好的，后来到上海来找我玩过。可惜当初她刚上一年级，功课忙到实在应付不过来。我在交换的四个月里一直跟她邮件联系，几次她想约我出来见面，最后都因学业过重而“夭折”。如果我自己不曾经历过在中欧那样昏天黑地的第一学期，恐怕会误以为她在撒谎。但事实上，商学院读书是极其累人的，而且愈是好的学校愈是如此。作为一个过来人，我完全可以理解。

之后多亏 Amy 的对子，我们才得以迅速安顿下来。搬进了离商学院只有 5 分钟之遥的学生公寓——据说那是整个北卡教堂山最好的公寓了，学校居然留给交换学生？但仔细想想，估计是价格昂贵，只适合短期出租的缘故吧？一间两房一厅两卫每月要 2200 美金呢！这个价格或许在纽约芝加哥都不算什么，但在教堂山这样的小地方就是天价了。

北卡州的物价在全美都属于低廉的水平，税收也很便宜。跑进沃尔玛，看着货架上琳琅满目的商品，经常价廉物美到令人大呼过瘾。

但很快你就会发现，那些价廉物美的商品几乎90%以上都是“中国制造”，但无论从设计，还是材质上，都明显好于中国人自己用的国货。我顿时一阵心酸：当我们举国都在为美国人打工，累死累活才挣回一点可怜巴巴的血汗钱时，只要人家一个量化宽松，美元贬值，你一年的活就等于白干了。所以有的时候，我觉得中国老百姓要承受的东西实在太多，除了自己国家的那点，美国人也要我们来养的感觉。

我和Amy成了室友，住进了一套非常宽敞舒适的豪华公寓。我们都拥有自己独立的卧室跟卫生间，共享一间大客厅和开放式的厨房，烤箱、洗碗机、电磁煤气、无线宽带一应俱全。而且房租已经把所有的水费、电费、煤气全都涵盖了。但我绝不会浪费，因为我知道，这个世界上20%的强国消耗了75%的能源。

尽管长途跋涉了近30个小时才得以安顿下来，但初来乍到的新鲜感迅速将疲劳与时差一扫而空，我和Amy兴奋得溢于言表，没错，我们在美国的好日子正式开始啦！

北卡商学院为了让交换生迅速进入状态，动脑筋组织了一系列有趣的活动，比方说寻宝探险。我们这年一共有30个交换生，被分为3组，分别拿到了各自的任务地图，要在一个上午的时间内完成诸如：在“飞人”乔丹雕像旁找到 U 路公交，并拍张照片作为证明；去校医院办理好疫苗接种证书，领一份纪念品；去小镇最热闹的弗兰克林大街买一份当地报纸等。这些任务可以帮助我们极其有效率地熟悉学校环境，把该办的事办完，又不会感到乏味。

我们那组有两个男生起了很好的领导作用。一个叫 Deepak，是个印度帅哥，还有一个叫 Max，是个不太像德国人的德国男人。这俩人都绝顶聪明，年纪也偏大，所以不仅带领整个组极其出色地完成了任务，而且令整个过程也充满了欢乐。以色列女孩 Gal 热烈奔放，有点自来熟，我们还没说过几句话，她就冷不防把我推进一间正在上课的教室，叫我去跟教授拍照——好吧，这也是任务之一：找到正在上全球金融学 B 班的教室，和教授合影作为证据。

那些天，我们整天沉静在无限的兴奋新鲜喜悦当中，每天都有各种聚餐、派对，有的是和交换生一起，有的是商学院的，还有的，则是整个北卡大学的。那种心情，仿佛回到了一年前我刚进中欧时的状态，但绝对比一年前更激动，因为这回人在他乡。我也终于可以理解 Joy 当初逛南京路为什么那么亢奋了。

不久，北卡整座大学城迎来了新生开学。我们参加了它规模壮观的“新生市集”，差不多就是各种社团组织集体招新的日子。那晚真是令我大开眼界，品尝了各种全世界不同风味的小吃，领到了无数社团的宣传单页跟小礼品，还有许多别出心裁的表演跟体验，譬如：美式乐队的演奏，日本人的空手道，古巴“大力金刚指”按摩……所有社团，基本上都是由学生自己管理运作，这种形式的招新活动，不过是人家运营当中的一个小小环节而已。

后来，我去参加了一个诗社的活动。地点在整个大学城较为偏僻的一片小洋房区域内。北卡像很多典型的美国大学一样，一个学校就是一座小城市，人口 10 万左右。我找到了诗社所在的那栋楼，外表看上去像一户普通人家。摁了下门铃，不一会儿就有人来开门了，是一个充满青春活力的白人女孩。她热情地招呼我进门，带我从底楼穿过房子，来到了后花园，这才发现里头别有洞天啊：所有人都聚在那儿吃烧烤、聊天、打门球、逗小狗玩……

女孩大声向那群人介绍道：“大家快欢迎一下 Cindy，她来自中国。”那群人立刻欢呼起来，很质朴很友好，像是北卡乡村特有的待客方式。我放眼望去，那群人清一色的不是白人，就是黑人，看起来都很本土，而且基本都是本科生。有个白人男孩问我来自中国哪里，我说上海。他说他今年大三，从没离开过美洲，目前正在申请一个暑假去上海、香港做商业项目的实习机会，知道我在商学院读 MBA，所以想请我帮忙看看他的计划书。好家伙！还没认识几分钟就开口叫我帮忙了。不过我倒还真挺乐意。

有个黑人小男孩刚高中毕业考上大学，就跟中国大多数大学新生一样，他看起来满脸喜悦跟新鲜。毕竟北卡的排名也在全美前 30 之列，无论如何也是一所有着上百年历史的名校了。我问他来北卡读书满意吗？有没有申请过更好地学校？他腼腆但又掩饰不住激动地说：“当然满意了，我为了申请北卡 SAT 考了三回呢！”他告诉我他念的高中很不错，他功课也一直名列前茅。

“但在美国申请大学不是靠你个人努力就能决定的。”他像个过来人，用颇为老道的口吻跟我说。

“那还要靠什么来决定呢？”我问道。

“像哈佛啊，耶鲁啊，还有北卡隔壁的杜克，都得看你的家庭背景。有时候你老爸是谁倒也未必可以直接让招生委员会录取你，但来自上流社会家庭的孩子从小一定会受更好的家庭教育，有更丰富的课外实践机会。”他讲这番话的时候感觉老练多了，完全不像个 18 岁的大一新生。这话也令我感到就像出自一个中国人之口。但仔细想了想，其实中国人的这种思维该是从美国拷贝过来的，只不过今天终于给我找到原版的罢了。

原来刚才给我开门的那个女孩就是诗社的社长，她已经升入大四了，正准备将手头的工作移交给新一任的社长——就是那个叫我帮忙修改商业计划书的男孩。他主修音乐，辅修经济，能吹很棒的萨克斯。其实我有点好奇的是：美国的音乐专业毕业出来能找什么样的工作呢？我记得上海音乐学院的毕业生出来要么进乐团，要么当老师，除非你有廖昌永魏松那样的天才，当然还得有运气，才能继续在这条路上走下去。他跟我解释道："在美国，大学里念音乐，就相当于修一个文科学士学位，不必太过注重专业对口，出来找工作的范围也很广。但既然选这一科的，一定是非常热爱音乐才会来念的。"

这不？人家也正花心思加强自己商业方面的背景，除了暑期争取到去亚洲做实习，经营俱乐部本身就是一项极锻炼人的机会。他接任社长一职之后，要带领好团队管理好诗社一整年的运营，就像经营一个公司一样：向学校申请拨款，以社团名义向外界拉赞助，作好全年财务预算，制定活动计划并大力执行：招募新成员，做市场推广，培养下属，等等……

后来，我在北卡大学里接触过好几个像他这样的本科生。不管是白人，黑人，还是后来认识的一个中国90后，都是一群非常聪明优秀且有上进心的年轻人。但相比本土的美国孩子，这里的中国学生的家庭背景明显要优越得多。毕竟，作为一个中国高中生，想申请到美国前30名的学校念本科，没有良好的家庭教育和财力支持，光靠自己的努力，恐怕是难于上青天的。

刚开学的那段日子，整座学校像是在又一个炽热的盛夏后渐渐复苏。年轻的生命总是给这座古老的校园源源不断地增添新的活力。一百多年来，无数年轻人在这里度过了自己一生中最美好的青春岁月，其中最出名的当数"篮球飞人"迈克尔乔丹。北卡是一个可以让人相亲相爱的地方。那地方海阔天空、宁静简单，充满着田园牧歌般的诗情画意。每天无论走到哪里，你都可以见到人们发自内心的灿烂笑容。甚至有一个专门的词汇："卡罗莱纳式的友好"来形容北卡人。

商学院的课终于开始了。我早就想过：来美国交换不是要把分数考得有多高，而是要充分融入当地文化，尽可能多地体验生活。所以我选课的原则是拿自己的兴趣和容易度作为优先考虑。其余时间，一律用来交朋友、旅行、干自己喜欢的事。

很快我就融入了一个交换生的圈子。他们和我一样，都是从全世界各地的商学院交换到北卡来念书的，而且大家住在同一栋楼里，想不打成一片都难。我发现：交换学生似乎比他们本校学生还要活跃。

平时，只要我们一有空就轮流做各国美食，请大家到自己房间去喝酒、聊天，而且天马行空，无所不谈。有时八卦地比较哪国女孩最开放，有时则严肃地争辩意识形态差异……几乎每天，我都感受着来自不同文化和思想的撞击。每当和这群朋友在一起，我的思维仿佛插上了翅膀一样海阔天空、无拘无束……

周末大家一起去乡间田野徒步；租一辆越野车去乱世佳人的橡树园旅行；到大西洋的海边戏水踏浪；去山上吃烧烤；还在深更半夜跑到荒郊野岭看恐怖电影，讲鬼故事……清晨带着微笑生机勃勃地从睡梦中醒来，每晚又在狂欢后的意犹未尽中酣畅睡去，我的日子像沉浸在童话世界里。

这些人当中，有一个男生引起了我的注意。他是一个英俊的瑞典大男孩，名叫 Peter。为什么会注意到他呢？倒也不是因为他又高又帅，而是这家伙有时讲话实在很欠揍。他曾自以为是地跟我还有 Amy 说："你们既然能来美国这所学校，应该是中国的精英阶层了。要多了解一下过去在中国所不知晓的东西，打开思路。"

Amy 当时一听就很反感，我悄悄推了下她，示意让 Peter 说下去。这家伙就开始跟我们大谈特谈他在西方的某些媒体上读到过的关于中国的评论。看得出，他是一个受西方主流价值观影响长大的人，对东方世界，尤其是中国了解相当有限，却又怀揣着极强的西方文明优越感，傲慢而又无礼。

他的室友，就是我刚才提到过的那个德国人 Max，对我说 Peter 人太幼稚，所以讲话没分寸。的确，Peter 才 24 岁，在斯德哥尔摩最好的商学院念硕士。他曾沾沾自喜地告诉我他念的学校是全瑞典乃至整个北欧年轻人最渴望去到的高等学府。而他，不仅可以轻松被录取，学校还给了他全额奖学金。

Max 明显很不喜欢 Peter 这副夸夸其谈的嘴脸，经常会在背地里讲一些 Peter 的坏话。我初步判断这两人是"杠"上了。一个年轻、英俊、聪明，就自以为是，惹恼了那个年长，身材长相都不及自己的德国男人。

说到 Max，第一眼你通常不会对他有多深的印象。因为他个子不高，体格瘦小，跟印象中德国男人的形象似乎有些出入。但只要你跟他聊过，或者一起做过作业，就会刮目相看：之前工程师背景的他，脑子绝顶聪明，见多识广，而且深谙人的心理，看人一针见血。若不是拥有一定的人生阅历，恐怕很难拥有这双“毒辣”的火眼金睛。但他拒绝跟任何人透露他的“芳龄”。我觉得这个人也真是奇怪，看起来又不算很老，况且还是个大男人，为何那么介意自己的年龄让别人知道呢？但不管怎样，大家还是很能玩在一起的。只是他和 Peter 这对“现世冤家”我们也不知道如何劝解。

就像每一个圈子都会有一个领袖一样，刚开始还不明显，但时间久了，我们渐渐发现大家都比较买那个印度帅哥 Deepak 的账。他也不是普通的印度人，很早就离开印度出来读书，之后在欧洲的罗兰贝格咨询公司上班，MBA 读的是西班牙那家颇有名气的 IESE 商学院。他告诉我他来北卡交换的目的就是为了找工作，他太太在纽约上班，所以他也一定要留在美国！我问他那为何当初不直接申美国的学校呢？他无奈地告诉我当初是公司赞助了他去西班牙念 MBA 的，要他自己掏那么一大笔钱来美国读书，还真读不起。

说到去美国读 MBA 的花销，像北卡这样的学校，大概学费连同生活费全部加起来在 100 万人民币左右。名次再靠前些的学校花费就更高了。哈佛斯坦福读下来，至少 150 万打底。很多外国人问过我“在北卡念书的中国人是不是家里都很有钱？”我说也不尽然吧。老外现在动不动就以为能去美国念书的中国人个个家产万贯，有这样那样的背景。其实，在北卡念书的不少中国人也是来自普通的家庭，靠着自己的努力，一步一步奋斗出来的。但跟老外不同的是：中国家庭一般比较舍得在子女教育上投资，读书改变命运的想法深入人心。能把孩子送到美国，读个名校，好歹也算是镀了层金。 而老外的想法则比较现实，基本是出于找工作，或换份更好的工作的目的，不太会把读 MBA 当作人生一大梦想来对待。 不过这些年出国来读 MBA 的中国人也愈来愈现实，他们基本都会算一笔投入产出比的账。 过去那种纯粹出来镀金的愈来愈少。

我能明显感到这所学校念 MBA 的中国人压力不小。 毕竟，花了那么大一笔钱来美国读书，毕业后如果找不到像样的工作，那就是严重的投资失败！ 除了浪费 100 万，还损失两年工作经验，毕业后很可能连之前的工作都未必能找到。

北卡这样的学校，说实话，在美国算不上第一梯队。 比它好的还有十几所呢！ 都各自蹲踞在美国东西海岸上向无数中国精英释放出致命的吸引力！ 但凭心而论，北卡这样的学校也是非常难申请的。 我了解到的身边的中国人大部分都是来自国内一流的大学，像清华、北大、复旦、交大、同济……也有一些普通院校的毕业生能申上的，但这种人往往工作经验很突出，要么之前就在美国已经读过一个名校硕士，留美工作过一段时间，等等……

这个世界是很不公平的。 美国学校对于中国人录取要求那么严苛，而对于他们本国人来说，尺度则要放宽很多。 很多时候学校拒你不是因为你不够优秀，而是因为跟你一样条件的中国申请者实在太多。 录取资格就跟被哄抬了的房价一样，满是泡沫。 然而，被抬高的何止是录取资格，外国学生的学费也要比本国学生更高，还申请不到贷款，奖学金比例微乎其微，最后找工作更加不是站在一条起跑线上的了。所以那些能够克服掉层层阻碍，在美国成功生存下来的中国同胞们，都是了不起的。

而中国人想在美国找份像样的工作，或者说在商界谋得一席之地，谈何容易？出国念商科，和整天待在图书馆实验室写论文搞学术研究可绝对不是一码子事。如果我是个纯搞学术研究的，那我可能会考虑去美国，毕竟那里各方面的环境、条件都要比国内好很多。但念商科不单单是读书，商科培养的方向是综合管理类人才，中国人跑去国外不太会有什么优势，因为商业领军人才基本不太可能出自没有语言文化优势的外国留学生人群中，尤其在美国这种世界头号强国。

但人各有志，去美国念书的中国人估计或多或少都有过留美工作，然后再拿到绿卡的想法。这就要看就业市场的景气了，当然还要看一部分运气。

北卡商学院的求职系统对交换生是开放的。我曾经也想好好利用一番这笔宝贵的资源，但到头来发现大多数职位都要求有美国绿卡，否则公司就要资助你申请工作签证（H1B visa）。而即便公司有什么非得雇你不可的理由，工作签证的额度也是有很大限制的，据说每年只批准一定的数量，而且对中国人、印度人获得的比例更是严加控制。

难怪平时在各种社交场合我都不太看见中国同学，看来他们基本上都把精力扑在读书跟找工作上了，不像我们交换生，对什么活动都兴致盎然。其实北卡商学院平时还是非常注重搞各种各样的活动来给大家提供社交机会的。而且每次搞活动学校都必备各种好吃的食物：披萨、烤鸡、墨西哥卷、色拉、红茶、柠檬汁……真是应有尽有，而且全部畅吃畅饮。

但很多中国人为了找到工作便习惯性地去拼成绩，从而割舍了留学期间众多精彩的体验。事实上，我感觉：成绩对找工作帮助真没那么大，尤其 MBA。很多公司还是看重你之前的背景和面试的表现，连成绩单都不会问你要。或许投行和咨询公司还会参考一下你的平均成绩，但那些工作，又岂是你死拼成绩就能找到的？

Deepak 老兄果然为找工作上足了发条，几乎每星期都要飞去不同的城市参加各种招聘会：纽约、波士顿、洛杉矶、亚特兰大……简直可以再拍一部《走遍美国》了。我倒是觉得他这样的努力方式比起躲在寝室里死拼成绩要有效得多。但即便这样，他每次回来也都是一脸挫败的表情，跟我们叹气道："那些和我竞争同一岗位的美国人完全不是我的对手啊！只可惜我缺一张绿卡。"虽然屡战屡败，但他从来没有放弃过。

渐渐地，我们这个圈子的领袖变成了另外一个来自土耳其的女生，名叫 Sevilay。我发现：在这种东西混杂，高度国际化的圈子当中，领袖人物往往是那种来自中间地区的人。譬如说 Sevilay，她的家乡在伊斯坦布尔。那座城市被一条河分成两半，东边属于亚洲，西边属于欧洲。所以 Sevilay 她说她自己也搞不清她到底算亚洲人还是欧洲人。而之前的 Deepak 也是，虽说印度地理上属于亚洲，但位置已经比较靠近西方了。

更重要的是，印度之前被英国殖民过，无论是语言还是意识形态上都有着西方文化的深深烙印。 所以无论是 Deepak，还是 Sevilay，他们的思维方式既有让亚洲人感到亲近的一面，又可以跟欧美人很好地沟通。

Sevilay 真的很有领导才能，交换生的圈子被她带领得颇有凝聚力！每个星期我们都会抽一天晚上，在学生中心轮流放各国电影。之前，德国、日本、印度大片都“上映”过了，大伙反响不错。终于，轮到我们放中国电影了！由于我总是以“中欧电影俱乐部主席”的头衔自居，所以选片的“美差”自然落到了我头上。为了让中国电影一炮打响，走向世界，我摩拳擦掌，足足策划了一个礼拜哩——到底放哪部片好呢?

《卧虎藏龙》本是我的首选，但一问才发现那群老外好多都已经看过了。《霸王别姬》很有京剧元素，但我一想：不行，这片里有不少戏班子里体罚学徒的戏。因为文化不同，老外恐怕很难理解中国封建社会那种“一日为师，终身为父”，“打你，是因为爱你”的观念，搞不好反而会令他们误以为中国没有人权。有人跟我建议放《无间道》，但觉得那又太不中国。思来想去，最后决定放张艺谋新拍的《山楂树之恋》，老谋子嘛！毕竟还是代表中国电影走向国际的一面旗帜。

那天来了十几个国际学生。但没想到的是，电影刚放了 10 多分钟，就有人看不下去了，后来大伙儿纷纷离场。他们一致认为电影节奏太慢，令人昏昏欲睡。恰好那晚又有个篮球赛，是北卡主场对乔治亚理工。北卡的篮球队在全美可谓所向披靡，粉丝狂热。我那可怜的《山楂树之恋》，在异国的土地上败得体无完肤！又过了十分钟，人差不多都走光了。Sevilay本想留下来陪我——我说过，她身上也有亚洲人的某些优点，比如说很会顾及别人的感受，勤俭节约、谦虚内敛等等。但她的手机不一会儿就左一个电话右一个电话打来，召唤她去看篮球赛。Sevilay有些左右为难了，我知道她是很想去看球赛的，只是我这里又有点过意不去……

终于，她还是开口了："Cindy，电影下次再放，跟我们一块儿去看球赛吧。"我明白这或许是让大家都有台阶下的一个好办法。但我不能走，因为今天既然是我组织大家看中国电影，就必须把活动搞完整。

最终，Sevilay还是走了。偌大的学生中心里只剩下我一个，空守着让我无比郁闷的《山楂树之恋》。

也不知过了多久，耳边传来一个亲切的声音："人都上哪儿去了？"我回过头一看，原来是Yuko，那个温柔爱笑的日本女生。她手上拿着一大袋吃的喝的向我走来。

"我看到你的邮件说今天在这儿放中国电影呢！"她有点疑惑的样子。

"呵呵，都去看篮球赛了。"我苦笑着解释道。

估计是看出我不开心了，Yuko立刻把那袋吃的东西打开，将一包零食塞到我手中，说："我们边吃边看吧。"

Yuko看得很投入，时不时和我讨论剧情，看得出，她非常喜欢张艺谋这部纯美的爱情片。我不解地问她："为什么大伙儿就看不下去了呢？是不是这电影太老土了？”她想了想，跟我说：“Cindy，每个人的口味不一样，大多数人还是更喜欢商业大片，文艺片毕竟是小众口味。但我个人非常喜欢这部电影，很感人的。”

其实她不知道，我沮丧的根源还在于心头的另一疙瘩：是不是因为它是中国电影，所以才不那么受欢迎？但人都是有自尊的，更何况这种话还事关国格，我当时不可能直接说出口，就跟她拐弯抹角绕了一大圈。终于，她明白了我的想法。

“不会啊！我们都对中国电影很感兴趣，所以很多人回你邮件是准备来看的。谁知道和篮球赛撞车呢？”她还不知道刚开始的确来了十多个人，就只好用邮件回复来安慰我。其实我早就料到她会这么劝我，但她的语气是那样地真诚，有一种想方设法要让我开心一点给我信心的善意，令我至今回想起来都十分感动。

那晚我们看完电影，就坐在宽敞的活动中心里谈起心来。那还是我们第一次走那么近。平时她很文静，不太喜欢在公开场合发表自己的观点，更不会谈论自己，所以令人感到有些距离。但没想到她一旦和你亲近起来居然也那么敞开心扉！她告诉我她的家在北海道，那里空气很好，人也很淳朴。她最得意的事莫过于从小功课就超级棒，考试从来都是第一名。18岁那年，她轻松被早稻田录取，并拿到全额奖学金，念的是自己喜欢的国际关系学。

“哇！你还真不谦虚呢！”我故意调皮地说道。但那是善意的调侃，反而更拉近彼此的距离了。

“那是因为我一想到这些就很快乐啊，Cindy，我感觉你也是个很快乐的人，所以才会跟你说这些的。”她接着跟我说，她大学里就已经来美国交换过了。在加州伯克利大学一年的经历，打开了她的眼界，让她看到了这个世界原来那么精彩。大学快毕业的时候，她早早获得了日本微软的工作机会，但她向公司提出申请先去印度支教了半年。在日本，很多大企业都会有自己非常成熟的“企业社会责任”部门，支持整个企业承担各种社会责任，所以Yuko的申请很顺利地得到批准。

“有没有男朋友？”——突然被问到这样的问题令我有些意外，不是说日本人都很婉转很注重隐私吗？不过她这样也没让我不自在，而是感到一种恰到好处的关心。我就跟她分享了自己的一些烦恼跟困惑，感觉彼此已经像是很熟悉的老朋友一样亲近。

她也开始跟我倾吐：她在日本有个男朋友，彼此都已经到了结婚的年纪。但她去年去法国念了MBA，毕业后还打算留在欧洲工作，所以婚是暂时结不起来喽。

“那你们的关系怎么办？”我不禁为她担忧起来。

“哈，幸好我们还没结婚，如果将来大家的人生轨迹相差很远的话，恩，我得想想……”

说完她又调皮地大笑起来。看得出，她对这件事很轻松，丝毫没压力，尽管已经年近三十。

那晚我们谈到很晚，之前电影没人捧场的阴影一扫而空，我反而庆幸那天所有人都跑去看球赛，才得以有机会结识了Yuko这么个好朋友。也终于渐渐了解到缘份是多么奇妙，很多事情一时半会根本不必太计较得失，因为谁晓得最后是祸是福呢？

20

“柏林墙”依旧没倒

Max 和 Peter 这对“现世冤家”愈闹愈凶了。我都搞不清这俩人之间究竟有啥深仇大恨？每次 Max 一谈起 Peter 就恨得咬牙切齿，那样子巴不得抽他一顿呢！Peter 也不是省油的灯，他总是在人家面前趾高气扬，说些欠抽的话，分明就是挑衅。

后来，我渐渐发现这俩人之间的矛盾比我之前想象得要复杂，不仅仅停留在两个男人互相竞争好斗的层面。因为 Peter 有一回跟我透露了“Max 是东德来的，所以如何如何”的偏见。

“你们欧洲人怎么到现在还有这种偏见？柏林墙不是 1989 年就倒塌了吗？”我不解地问道。

其实这个话题我之前去华沙参加谈判竞赛的时候就已经和几个东欧人聊过。况且我也亲眼目睹过波兰这个国家的文明程度，人均 GDP 是中国的 4 倍都不止呢！反正从基建和人口素质上，我是看不出波兰和西欧国家有什么大的差距。

“他是在柏林墙倒塌之前的东德长大的。”Peter 一语中的。

我不禁一震，感受到了一种揭了 Max 全部老底的残忍，顿时觉得 Peter 好过分，也终于仿佛明白为什么 Max 拒绝透露自己年龄了，有可能是担心别人推算出他是 1989 年以前在东德长大的。

难怪，他曾跟我讲述过他少年时的一些不愉快的经历，譬如：他很喜欢在课堂上提出与众不同的想法，却总是遭老师的打压，不允许他有自己的见解。当时我就觉得很纳闷：怎么德国教育也会这样？其实柏林墙倒塌之后 Max 很早就搬到西德去发展了，如今他定居在汉堡，父母也被接了过去。他曾给到过我最叹为观止的惊喜是他那辆花了 3 年时间，完全由自己设计并成功改造的房车。那原本是辆普通的面包车，他居然能在里头开发出浴室、折叠床、书桌，甚至吧台。总共才花费了相当于人民币 60 万左右，而且还很环保哩。

他向我展示过那一页页超酷而我又完全看不懂的设计图，以及他驾驶着这辆奇车游历欧洲大陆的照片，真是叫人没有办法不佩服这个貌不惊人的德国工程师。

我终于能解开所有的疑团了。Max 每次和我谈到他的个人经历，语气里都难掩一种自豪。他总喜欢强调说他之前也不咋的，主要是不合社会主流，到头来居然能申请到他现在念的商学院，实在备感幸运。那份庆幸感我再清楚不过了——我进中欧也是这样的心情。但还是第一次见老外也会为进了所商学院如此乐翻天。我知道他读的是瑞士的一所学校，但在我印象中那似乎不在欧洲最好的学校之列。不不不，我绝对不是要质疑他学校是否优秀，只是我当时已经觉察出有些不那么寻常的地方：为什么一个如此聪明有才干的德国人，会为获得一次对于欧洲人来说并不算太奢侈的求学机会如此激动呢？有时，我甚至感到他已经不是激动了，而是一种感恩——感谢命运对他的眷顾。

想到这里，我是心酸的，作为两个曾经都受过“共产主义”教育的年轻人，跑来西方世界，就会明显感觉到别人是会用有色眼镜来看你的。虽然柏林墙倒塌已经很多年，中国改革开放也都已好几十年了，但那些人还是会记得，会记得你是和他们不同的。

所以我觉得 Peter 说出这样的话太不懂事了。不过念在他只有 24 岁的分上，我还是有耐心循循善诱的，毕竟之前是搞教育的嘛！

我想了想，说道："Peter，我觉得你太不理解 Max 了，他既然在东德长大，一路走来应该很不容易，你不能用你的标准去衡量他。"

"不不不！我不是你想的那样对待他！"Peter 突然激动起来，"我是尊重他的！是他不尊重我！"

我没想到 Peter 的反应如此强烈，然后他又跟我絮絮叨叨地讲了他们平时不愉快的一些细节。因为夹杂着情绪，又实在很琐碎，我也没听出来什么名堂。

讲着讲着，Peter 又开始忍不住向我吹嘘他的辉煌人生了。但不一会儿，他的老毛病就又犯了，从吹嘘自己开始变成了吹嘘瑞典。如果纯粹是爱国，我倒不会介意。只是这家伙，语气里到处充斥着一种盛气凌人的优越感。

他告诉我：瑞典的教育是开放式的，不像你们中国，整天逼着学生考试。他在高中毕业的时候没有马上去念大学，而是花了一年的时间先去工作——不是为了钱，而是要体验人生，当然赚得也不少，因为瑞典工资开得高嘛！

接着，他又继续说：他曾经和他父亲一起造过房子，不是为了省钱——瑞典老百姓买房很容易的，而是为了享受天伦之乐。说完这些他大概还嫌不过瘾，开始问我：“一个中国大学毕业生平均起薪是多少？”我告诉他大约一个月 600 美金——其实说得还有些多了。他立刻大呼小叫地告诉我：在瑞典，像他这样念完硕士后的第一份工作起薪至少每月 8 000 美金！

见我神情淡定，他显然很无奈，但话都已经说到这个份上了，他也没辙了，就只好拽拽地丢我话：“Cindy，仔细多想想这些吧。”言下之意就是你之前在中国根本没机会了解这些事实，完全是被蒙蔽的。现在我来告诉你真相。

我看出来了，这家伙的企图很明显：就是想刺激我，最好我听了后大受打击，彻底崩溃。

我终于理解 Max 为何对他如此厌恶了，真的欠抽到极点，这种人哪天被别人打我也不会帮他。但我并没有发火，因为我知道，这时候万万不能失态。

“其实，我也有过类似的经历啊。”我很平静地告诉他，“大学里我常常一个人背包旅行，边念书边在一家公司做兼职，后来还出了本书，教大家在大学里怎么好好玩哩！后来毕业的时候，我没想好自己到底要干什么，就先去学了点戏剧、声乐、表演。哦对了，我还创过业！眼下中国创业机会可是很多哒，或许一个不小心你就发大财了！”

听了这番话，他忍不住打断了我：“你父母很有钱吗？”我就知道这个白痴会问这种问题。

“没有啊，他们都是很普通的中国人。”我淡淡地答道，无非是想告诉他：普通中国家庭的小孩完全有可能享受年轻人该有的青春，不要以为这是你的特权。

他怔怔地望着我，沉默了很久，从来没见过这家伙那么认真地对待别人哩。也不晓得在想什么。

从那次谈话以后，Peter在我面前明显乖了许多，那一身戾气也不知道收敛了多少。我渐渐感觉到：他其实并没有我们想象得那么幼稚，倒是有点有恃无恐的无赖心理，觉得反正是交换，谁都不认识谁，所以自己即使乱说话、胡作非为，只要不犯法，想怎样都没关系。再加上他的确长得高大帅气，又自恃精英，自恋得一塌糊涂。

他开始跟我套近乎了。时不时拿两块小曲奇来敲我们房门，招呼我跟Amy，说这是他亲手做的。只是这家伙每次来送曲奇饼干都会在我们客厅里待很久，一屁股赖到底。但他倒也的确很能侃——到底念的是瑞典顶尖学府，谈吐真心好。

其实他压根儿不是不懂事，我之前的判断是对的——这家伙可不单纯哩！他可以让你非常不爽，也可以很讨你欢心，但完全是要看人的。而且进退自如，拿捏有度。

我在打量他的同时，他也在观察我。

有一回，他跟我说道："Cindy，你的思维方式跟我认识的大多数中国人都不太一样。你是那种形象思维很强的，一定要看到、经历过，才会有认知，不像大多数中国同学，他们比较擅长分析、推理。"

Max 看我们之间话多起来，就提醒我：“Peter 可不是什么好东西，你得小心他。”有意思，莫非他以为我喜欢上 Peter 了？于是我故意问道：“为什么要小心他？”

“他很会销售自己，也懂得把握女孩子的心理，是个情场老手。”Max 是在他家的客厅里说这句话的，一边说一边居然当着我的面狠狠地踩踏 Peter 上课用的姓名牌。我很无语，再有矛盾也不至于这样啊！

“你为什么这么痛恨他？”我问道。Max 就滔滔不绝地跟我数落起 Peter 平日里的种种“劣迹”。我听出来了，两个人都很好胜，互不买账，气焰一浪高过一浪。我突然想到当初在中欧刚和 Joy 成为室友，大家也有很多摩擦的，但我们彼此都想把关系经营好，并朝着这个方向共同努力，而不是互相拆台，所以最后才能成为知己的。但这两个人，我感觉没可能再复合了。之前还有点好奇，但当所有的谜底都揭开之后，我就懒得再去管这两人的闲事了，搞不好自己还会被拖下水。但 Max 没放过我。到底姜还是老的辣，他要把你惹毛起来，威力可比那个 Peter 厉害一百倍呢！

那晚大家一起去一家地中海餐厅吃饭，Peter 话很多，还开了不少我跟他之间的玩笑。大伙儿都一笑了之，我更是完全没放心上。

但事后 Max 一本正经地跟我说：“Peter 那天是在嘲笑你，你没听明白！”我当时听到“嘲笑”一词真的瞬间被激怒！因为这不仅仅在挑拨我跟 Peter 之间的关系，还分明在侮辱我的智商，质疑我的英文听力。

我试图辩解，却又不知怎么说才好。Max顿时露出狡黠的笑容，叫我息怒，但丢出来一句令我更加抓狂的话："你们中国人真是一点都不懂幽默。"我发现自己完全被他逼到一个死胡同——平静吧代表我很傻很纯朴，真没发现自己被"嘲笑"；发火吧说明我很在乎Peter；据理力争吧又说明我很较真，缺乏幽默感。

那件事过后，我就跟Max就疏远了，想想也怪可惜的。其实，本来，我们是可以成为好朋友的，因为他来自东德，我来自中国，有过某种同病相怜的经历。但一想起那件事我就不太想理这个人了，即便Peter真的有"嘲笑"的意味——但我真心希望那不是事实。

就在那件事过后没几天，Peter就突然收到了麦肯锡咨询公司的offer，要他马上飞往悉尼去开始工作。他走的时候大家一起去了镇上的一家烧烤店为他饯行。我发现Max也到场了，席间大家谈笑风生，丝毫看不出这两人之前积怨颇深。其实据我所知，他们的矛盾更多是在私底下爆发，在台面上向来都很正常。

这点老外和中国人不太一样，两个中国人之间如果有那么大矛盾，我觉得不太可能还可以这样当什么都没发生过。即便在一些场合还要不得不碰在一起，多半也很别扭。但西方人的文化中似乎鼓励这种大度、不记仇的行为——起码表面上，因为在人际相处中需要这份游戏规则，才能促成合作。没错，合作！西方人最注重这个。当一群人成为一个团队，进行合作的时候，个人的恩怨必须得全部放下。所以他们都心知肚明，个人恩怨倘若摊到台面上，只会让两个人都很丢脸，让别人觉得他们小家子气，心胸狭隘。这种“双输”的事，老外一般最忌讳。

那天我话很少，故意避免和 Peter 搭上茬，就怕又被 Max 挖到什么素材拿来大作文章。Peter 也很敏感，见我对他冷冷的，似乎有点捉摸不透到底发生了什么。Max 这只“大八卦”一边跟众人攀谈，一边还在悄悄关注着我跟 Peter，虽然不会明着朝我们看，但我可以敏锐地感觉到：这家伙至少有 50%的注意力放在我们这儿。可不是吗？英语都说不溜了——他的英语能力属于欧洲同学里比较差的了，一不集中注意力就会影响正常沟通。

饭后照常的活动依旧是泡吧，弗兰克林大街上有许多乡村风格的小酒吧，通常装修简单，却很有特色，气氛极好。那里是整个教堂山最热闹的娱乐场所了，也是我们这群人茶余饭后最爱光顾的地方。

那晚，我们玩得格外尽兴。那间酒吧有个很大的地下室，里头有桌球、飞镖、足球机。Peter 孩子气的一面又显露出来了，他吵着要我们和他玩“扔乒乓球”的游戏：就是双方站在乒乓桌两头，拿几个纸杯倒满啤酒放在自己面前，然后用乒乓球往对方杯里扔。扔进了，对方就要把这个杯子里的啤酒一口气喝完。初来美国的那几天，我们就玩过这个游戏了，大家都感到很无聊，没想到Peter偏偏对这个游戏情有独钟。但既然是为他饯行，大家还是依着他陪他玩了起来。

关于这个扔乒乓球的游戏，我也不曾料到自己居然能玩那么好，是不是因为那是我们的“国球”？所有人都对我那接近百发百中的命中率叹为观止。Peter也完全不是我的对手，被我罚了一杯又一杯。我就趁机损他：“你们瑞典男人怎么那么笨手笨脚啊！就这样还跟你爸造房子啊？”

他急得咬咬牙，但实力还真同我不在一个水平上。三大罐纯生都喝完了，他问我是否想灌醉他，我说你酒量应该不止这么一点吧？他就真的傻乎乎一杯接一杯地继续喝。我有点感动：这个人一向比较自我，那股子精明劲儿是不太容易让位于豪爽的。看得出，那晚，还是令他有些不舍，才会这么憨态可掬的。

渐渐地，他有些微醉了。我就饶过了他，带他坐到边上的沙发上，给他要了一杯冰水。他开始手舞足蹈地在那里一个劲对我大放赞词：“Cindy，你真漂亮、真可爱，而且又那么特别！你在我心中是最棒的！”

我也客气地回他道：“谢谢你Peter，你也很棒。长得那么帅，又那么聪明跟优秀。”

“你真那么认为？”他突然敏感起来。那种口气里带有一点小心翼翼的成分。

“当然啦！Peter！天呐！难道你会怀疑自己的外表跟智力？”我顿时觉得他不自信起来是那么的可爱。

“因为你上一次说过我的形象不是你欣赏的那种类型。”他又变成了小孩，嘟起嘴，有点唯我是问的味道。

我想起来了，有一回，这家伙在我面前开了点没轻重的玩笑，还带点黄。我就故意用略带一点嘲讽的口气问道：“对了，Peter，我一直很想问你，你这个长相在瑞典是不是还蛮受欢迎的？”

也不知是我装得太像，还是他太介意自己的外表，当时被我这么一说，他居然乱了阵脚，本能地“嗯？”了一下，像是找台阶下。这是我没想到的：这个看起来自信满满的大帅哥其实根本没我想得那么自信。

哈哈哈，没想到这家伙那么念念不忘！为了澄清之前的误会，我无比坦率地告诉他：“你当然是个大帅哥了，Peter！全世界女孩的眼光都一样的啊！你比贝克汉姆还帅哩！”

这回他真听进去了，顿时像吃了蜜糖一样，咧开嘴呵呵笑了。我注视着他天真无邪的面孔，几乎忘了之前所有的不快。心想：到底还是个没长大的男孩……果然，的确没长大！之后的举动就让我着实吓了一跳：他突然把我抱起来，抱着我疯狂地转啊转，一圈又一圈，害我鞋子都差点飞出去……

后来我们一群人又开始围着圈，互挽着胳膊，跳起了欢快的德国舞，那天大家疯到很晚还没有散去。这个Peter，一清早还要赶飞机哩，却完全不想回去睡觉。那晚，他一直没有离开过我，似乎还有话想跟我说。其实，我也觉得和他在一起挺开心的。哎，可那又如何？另外，我还想搞清 Max 那句“嘲笑”的真相——但如果 Max 说的是真的，就还是别告诉我吧……只可惜，一切都已经没有机会。

最终，第二天的太阳还是无情地升起来了。

21

一个人去纽约

送走了Peter，学校开始放秋假，一共8天的时间。我在公寓睡了一整天，直到傍晚的时候，才开始起床。看见夕阳洒落在我房间的壮观美景，突然想到从前大学校园里听到的一首吉他曲："我打算在黄昏出发，搭一辆车去远方……"哦，地平线的尽头，你究竟是一个怎样的繁华世界？

我买了从教堂山去纽约的车票，在太阳下山前出发。这回，我想作一次一个人的旅行，没有攻略，没有计划，只是想看看这一路到底会有什么发生。尽管这在美国，对很多人来说，无非是一种廉价的穷游方式，但我更愿意把自己想象成一个远洋的水手——去远方，奔向那浩瀚的未知世界。内心充满了紧张，但又兴奋、期盼，并且豪情万丈。

很喜欢一部台湾的青春电影——《练习曲》。那个背着吉他，踩着单车的聋哑青年明相七天的环岛之旅。整部片的风格写实却又唯美。一路上，明相所经历的除了各地美不胜收的风景，还有形形色色的人：想借助影像制造梦想的工作者，正一心一意地将太平洋的风捕捉入镜；来自立陶宛的年轻女模特，在花莲的海边告诉他她的国家没有山；即将退休的小学女教师，向他讲述自己恋恋不舍的心情；导游兼司机的陌生人一边和他分享盒饭，一边告诉他眼前这群下岗女工的生活……

最后一天刚蒙蒙亮的清晨，当明相来到湛蓝、广阔的太平洋边，整部电影最美妙的景象呈现在眼前，"台湾民谣之父"胡德夫弹着钢琴在海边忘我地放声歌唱《太平洋的风》：

最早的一件衣裳 最早的一片呼唤

最早的一个故乡 最早的一件往事

是太平洋的风徐徐吹来 吹过所有的全部

裸裎赤子 呱呱落地的披风

丝丝若息 油油然的生机

吹过了多少人的脸颊 才吹上了我的

太平洋的风一直在吹

最早世界的感觉

最早感觉的世界

舞影婆娑 在辽阔无际的海洋

攀落滑动 在千古的峰台和平野

吹上山吹落山 吹进了美丽的山谷

太平洋的风一直在吹

最早母亲的感觉

最早的一份觉醒

吹动无数的孤儿船帆 领进了宁静的港湾

穿梭著美丽的海峡上 吹上延绵无穷的海岸

吹著你 吹著我 吹生命草原的歌啊

太平洋的风一直在吹

最早和平的感觉
最早感觉的和平

吹散迷漫的帝国霸气 吹生出壮丽的椰子国度
漂夹著南岛的气息 那是自然 尊贵 而丰盛

吹落斑斑的帝国旗帜 吹生出我们的槟榔树叶
飘夹著芬芳的玉兰花香 吹进了我们的村庄

飘夹著芬芳的玉兰花香 吹进了我们的村庄
吹开我最爱的窗

当太平洋的风徐徐吹来 吹过真正的太平
当太平洋的风徐徐吹来 吹过真正的太平

最早的一片感觉
最早的一片世界

“有些事，现在不做，将来一辈子也不会做了。”当这句话吃力地从明相口中说出时，带给我的，除了赞许，还有震撼。

一到纽约，我就遇见了浩浩荡荡的“占领华尔街”大军。这是一个已经遍及全美的组织，到处集会游行，试图改变美国一些现有的制度。呼声最高的莫属金融体制的改革，因为美国人从2008年金融危机中看清了很多不公平的分配制度。

在人群中，我遇见了一个从加州过来的美国小伙Justin，他的职业是“自由记者”，每天扛着那台看起来很昂贵的单反守候在各种有新闻价值的场合抢拍照片，然后配上自己写的时评，上传到一个专门的新闻网站。斯坦福大学政治学系毕业两年的他，一直过着这种“不务正业”的生活：从华尔街的金融危机，到泰国红衫军的暴动，还有那段时间的利比亚政变，只要一有他感兴趣的事件，就立刻飞去。

“我很享受这样的生活，关键是我爱这份工作，完全没有自由限制，我只采访我感兴趣的事件，写我个人的观点。”Justin很潇洒地说，“经济来源也不是问题，只要有媒体采用我的照片或稿件，稿费就会自动打入我的账户。”

两年以前，我在上海遇到过一个情况有些类似的犹太人Adam，我们是在中欧招生咨询会上认识的。毕业于哥伦比亚大学经济系的他，华尔街的著名投行工作了三年后，在2008年的金融风暴中被裁员，便只身来到上海，在上海一所国际中学教书。后来，在他的帮助下，我顺利拿到了中欧的录取。多亏他帮我修改简历，模拟面试，教会我用西方思维去回答问题。否则，我可没那么轻易进到这所学校。

两年以后，当我写邮件告诉Adam我交换来到了美国念书，他也告诉我他已经回到了哥伦比亚大学攻读政治学博士。

自然，纽约之行少不了去拜访这位故乡遇见的他客。只是现在反过来成了“他乡遇故知”。

那天，当我穿过繁华而陈旧的曼哈顿，几经辗转，终于来到了他位于格林威治村的住所。他带我到马克吐温、海明威、爱伦坡曾居住过的“艺术家村落”闲逛。一路上，我们遇见了纽约大学电影学院的学生，夸张地在街头进行即兴表演；以前只在电影小说里看到过的嬉皮士；还有各种身着奇装异服、身份不明的人……在小剧场星罗棋布的剧院街上，一幅海报抓住了我的眼球：当晚上演海明威《太阳照常升起》的话剧。于是我们毫不犹豫地买了票。

22

我们都是迷惘的一代

我第一次念到“迷惘的一代”，还是在高中的语文课上。那时语文老师常让我们背各种拗口晦涩的文学常识，应付高考。想必当年，大伙一定都在语文书上齐刷刷地记下过诸如此类的课堂笔记：《太阳照常升起》是海明威的第一部长篇小说，体现了“迷惘的一代”文学的基本特征，谴责了帝国主义战争对一代人的摧残，反映了战后资本主义世界深刻的精神危机。

我的高中在上海一所升学压力极重的重点中学里度过。那里头的小孩大多听话而又坚忍，每天的生活，就是不言不语地忍受着日复一日的高强度训练，然后在一次次考试排名后的殚精竭虑中虔诚地期许着自己的未来。那时的我，叛逆、倔强而又敏感。不确定自己的形状，动不动就和世界发生碰撞，却又时常把自己搞得遍体鳞伤。

我的同桌本该是个非常美好的女孩——长得酷似《情深深雨蒙蒙》里的“依萍”，但她的性格却也真的像“依萍”一样令人担心。在那些我们共同拥有的青春记忆里，有多少个日子都是我看着她以泪洗面，或是消沉得一言不发……记得她曾在书本上绝望地写道：每天，都有梦想在现实中死掉。

谁说人生是公平的？它才不管我们想要怎样。

长大以后，我才知道一些同学当时的生活境遇，听完之后除了唏嘘还是唏嘘：原来大家当年都曾那样默默而坚强地活着。在我成长的那些岁月里，见过身边好多的同龄人，长大之前已是伤痕累累，还没来得及成熟，就又被这个世界打磨得混沌不堪了。

我们这群出生于80年代的中国人，在成长过程中，倘若父母没离婚也不吵架，念书没把眼睛念坏，性格没被现实击垮，长大以后没做房奴没被逼婚，那已经是个多么幸运的小孩了。

真正的迷惘始于大学年代。我一进大学便产生了深深的怀疑：到底还有没有必要好好念书？枯燥过时的教材、心不在焉的教授、僵硬落后的体制……即便你想好好学，也没几个肯好好教的。系里的教授还有讲师们，几乎个个都在外面有自己的私活，教书反倒成了他们的“副业”，反正学校也不敢拿他们怎么样。我们的作业、论文，他们也很少会亲自去批，基本都是丢给手下的研究生，而研究生更没有心思去看了，他们每天想的，只有快点完成导师布置的任务，顺利拿到学位，然后找份好工作在大城市站稳脚跟……

这一切对我产生过很大的冲击。一方面觉得很心寒：寒窗苦读那么多年，换来的竟是这样的大学生活？另一方面也很担心自己的前途：若是四年就这样过下来的话，怕是什么也学不到。但有一点我很清楚：与其自暴自弃得过且过，不如自己作一番改变。于是我开始逃课，把大量的时间腾出来阅读、旅行、做自己喜欢的事。《大学时代的N重选择》这本书的出版给了我些许慰藉。一时间，所有的荣誉、掌声将我包围，我开始深信不疑：走自己的路，放弃按部就班的人生或许更适合自己。

但临近毕业的时候，却发现这一切都是浮云。你出过书，你活得精彩，能帮你找到好工作吗？但话又说回来，什么样的工作才算好工作？进“四大”？去500强？当公务员？

其实那个时候，我已经在一家专做线上培训的公司干了两年半载了。虽说是兼职，但那段时间恰好赶上公司茁壮成长的黄金时期，公司从原先代理国外的培训课程，到成体系地开发自己的电子课件，员工人数也从最初的9个发展到60多，办公地点更是从一栋破旧的酒店式公寓搬进了气派的商务楼。而我，也从最早编写教材文案的专员，渐渐转型为电子课件的综合设计——除了文字内容之外，我还必须整合图片、动画，声音。因为最终呈现给用户的，是一款登录之后就能在线学习的多媒体网络课程。

最早，由我和一个名叫Mandy的女同事一起摸着石子过河，大家边学习国外优秀网校的课件制作经验，边琢磨自己的课件怎么做才能满足客户需求。也就是用了大二升大三那一个暑假，我跟她俩人废寝忘食、携手奋战了两个月后，公司第一款电子课件终于大功告成！

老板见了心花怒放，特地请我们俩大餐一顿，还塞了我们一人一个红包。这对于当时才刚满20岁的我而言，无疑给了我人生前所未有的自信！那老板本身就是培训师出身，特会吹捧，老是在我耳边夸赞说什么：“Cindy，你是我见过的最有悟性的员工，也是我见过的正在做着‘超龄’事情的大学生。”

不过有的时候，人的确就是需要这样的激励，其实就相当于一种心理暗示。我听进去了，果真愈发“超龄”：大三一开学回到学校，就忙着自己出书。然后又跟老板申请承包一个个新课件的开发项目。我开始在系里招兵买马，找了班上好几个同学跟我一起开发课程，最后连隔壁班那个校广播台的男播音都变成了我们公司的“御用配音”。

大学快毕业的时候，我已经成了一个小有带团队经验的课程开发项目经理。照理说，我过去可以直接从项目主管的位置开始做，公司发展又处于高速成长期，机会很不错啊！可后来和我一起开发过课程的同事 Mandy 离职了，对我影响很大。那时她不过 28 岁，却被查出得了高血压，医生说是长期加班操劳所致。

后来她离开了上海，回江西老家休养去了。临走的时候，还跟我说了一番肺腑之言：“Cindy，你现在还很年轻，一定要想清楚自己将来究竟要什么，千万不要盲目找份自己根本不喜欢的工作就开始埋头苦干，那样会很痛苦。像我这样来上海打拼的是迫不得已，有生存压力。你起点比我好多了，所以要好好珍惜。”

那段时间我正值大四，每天都饱受着深深的迷惘。大学快毕业了，自己却对未来毫无期盼，对上班充满了恐惧。当大多数同龄人正争先恐后地为找工作奔波忙碌时，我却已经陷入了职业倦怠。的确，那份开发课程的工作并不是我真心喜欢的，做到后来就跟个程序员没啥两样，纯粹是机械化的重复劳动。那时，我很想自己创业，因为亲眼目睹了老板把一个 9 人的小公司壮大到60人的全过程。但苦于手头没有好的项目，况且自己还那么年轻，谁会服我啊?

现实固然严峻，但年轻的心总不肯屈就。大四那年招聘会我是一场都没参加过，光是想想那人山人海的情形我就心里犯怵，更深层的困惑则是：不知工作是为了什么?

《创意经济》杂志上有一段话我挺欣赏："对于某些人而言，与其在大组织或信息社会中做一枚螺丝钉，倒不如把自己充满创意的想象力用来和世界一赌。"

于是，我作了一个大胆的决定——先不急着工作，而是去了上海戏剧学院学习了一段时间的戏剧、表演、声乐，算是圆我高中时代的艺术梦。那时我跟上戏播音主持系三个年级的同学都一起上过课。几年过去了，有好几个当年的青涩学生，现在都已经成了上海滩的名主持啦！那段时间我很贪婪地享受着学生时代仅剩的最后一点光阴，除了在上戏进修之外，还一个人背包旅行，去了黄山、丽江、鼓浪屿、九寨沟等很多地方。

半年以后，我也没想到自己会在一家幼教中心，以幼儿老师的身份，开始了自己人生的第一份正式工作。我非常喜欢那份工作，也觉得很有意义。每天面对的是一群纯真无瑕的孩子。我可以用自己所学的心理学专业去引导他们，为他们创造良好的学习环境，鼓励他们自己去探索去成长。

做幼儿老师非常辛苦，责任担当也很大。但每当看到那些纯真可爱的小生命在自己的培育下茁壮成长，会让很多老师甘愿把自己的一生都奉献给教育事业。可我却遇到了阻力——先是来自家庭的。其实我当初打算当一名幼教老师，父母就对这样的职业选择不怎么满意。因为他们身边的同事，还有朋友的孩子，几乎不是在银行，就是在500强、4A广告公司，非常体面。幼教老师虽然很崇高，也很适合女孩子，但讲出去似乎还缺乏一点派头。

但我也有我的打算：幼教市场那时方兴未艾，而且利润率高得吓死人。当年我所在的那家中心，每个月房租、人员这两块成本加起来不过20多万，但业绩却可以冲到至少65万以上——而且这个数字是每家中心的月最低业绩指标，一点儿也不难完成，我所在的那家中心经常可以冲到100万哩！关键是我也很适合这行，我教过的小朋友和他们的家长都很喜欢我。我想：倘若将来自己开加盟店，所有的模式都是现成的，品牌又强大，只要我把客户都服务好，我感到自己完全有能力开好一家分校。

再想想那么肥厚的利润空间——我口水都要流下来啦！那时，这个品牌已在全国各大城市逐步铺点，我看中的像大连、青岛、厦门这些经济较为发达的二线城市还没有进入，所以将来完全可以考虑去那些地方做加盟店……那些日子，我上班格外有激情，因为自己给自己画了张“巨饼”放面前，没事就拿着计算器敲敲打打——嗯，一年四五百万的纯利润该不成问题。我愈想愈激动，觉得自己眼光独到，时机又好，不久以后便可轻松成为年轻的创业赢家。

我的父母，社会经验到底比我老道。虽然他们不懂幼教行业，但他们总以过来人的身份提醒我不要想得太美，要谁都可以赚那么多钱为什么别人不去开？

也许他们这些年过来，早已看清了一些社会现实，深知像我这么一个不知天高地厚的小姑娘若单枪匹马地去出去闯，前方不知会有多少艰难险阻等着哩。也是出于爱护我，他们的意思是让我一毕业就直接去父亲的单位报到——一家很有名的上海地方性国企，在人事科谋个安稳舒服的职位的。

可那时的我正充满斗志，也心高气傲，哪里会看得上这样的工作？一想到自己每天都要坐在黑压压的办公室里，讲上海话，和一群婆婆妈妈的中年妇女作伴……就会有种人生暗不见天日，快要窒息的恐惧。

那是一腔无处安放的热情。年轻的我，满脑子都是远方和梦想，渴望去发现一切高大上的事物和人。又怎可能把自己的灵魂禁锢到一个僵化没有活力的国有体制里去呢？在我看来，一个人如果找不到点燃自己激情的火种，每天活得无精打采，那生活无异于一场残酷的慢性自杀。

另外，那些年，家里的经济状况也已脱离了为基本的物质生存而奋斗的阶段了，我又是家里的独生女——并不是我想“啃老”，而是我觉得如果没有经济上的压力，人就应当大胆地去追求物质以外的东西，包括梦想、兴趣、信仰……如果迫于生存压力而强迫自己按部就班地去生活，那是可以理解的。可如果现实已经允许你去追求更高层次的东西，而你却不好好珍惜这样的机会，岂不是白白浪费了大好资源？简直有如暴殄天物！

我就是用这套逻辑说服父母的，他们从一开始的反对、担忧，逐渐变成了全力支持我。但是没多久，我又遭到了来自别的地方的一些压力。先是大学同学，他们都在背后议论纷纷，说怎么大学里那么有个性的我，毕业后居然会去当小朋友的老师，而且还不是事业单位，连个编制都没。我听了一笑了之，心想：燕雀安知鸿鹄之志？

可又过了没多久，之前那家培训公司的老板请我出来吃饭，几句话一聊，他就表露出对我前途的担忧。他从培训行业的本质出发，告诉了我这个行业的一些潜在风险，譬如准入门槛很低，市场规则混乱等。他提醒我未来两年那家幼教公司可能变数会很大。

另外，或许你看中的城市也早有人也看中了，人家先下手为强。再说，公司干嘛选你做加盟商？你以为你懂教学就可以开得好一家培训中心？客户资源你有吗？当地工商局、税务局关系你搞得定吗？他从一个培训业创业多年的过来人角度出发，劝我：你既然想以后自己当老板开培训学校，那一定要会做市场，本身必须是个很好的销售。至于会不会教书，问题不大。况且幼教老师这个职业，做久了对你个人发展没多大好处——除非你是想一辈子教小朋友。

他的话我听进去了，而且对我触动极大，彻底动摇了我教书育人的理想。也难怪身边的人不看好幼教老师这个职业，自己亲历了一段时间之后，才深深体会到现实的无奈。这个世界上有一些很崇高的职业，譬如老师、医生，他们的职业都不该是以赚钱为目标的，他们是在创造远超越商业意义以外的价值。只是他们并不直接创造利润——所以他们更需要良好的物质基础去保障他们的生活质量，来支持他们潜心投入崇高的事业。而这一切在中国却是那么的糟糕。强度高、环境差、收入低、不受尊重、与社会脱节……最终，我还是乖乖地认清大势，识时务地去做营销了。

如果说，我之前当个幼教老师只是当得还行，那之后的营销就真的是做到出类拔萃了。无论是之后每个月的销售业绩，还是一次次市场策划、搞活动，我的表现着实让不少人赞不绝口，其中也包括公司的 CEO。我渐渐感受到了自己在商业方面的潜质，丝毫不亚于搞教育——这两者是不矛盾的。

两年以后，金融危机来袭。前老板的预言果然应验。整个幼教培训市场经历着一场“山雨欲来风满楼”的动荡。风险资本的介入，使得一些大机构野蛮扩张却在管理上陷入混乱。小机构纷纷垮台，那种卷了客户钱第二天就关门歇业的事时常发生。我的那家公司是一家业内鼎鼎有名的大品牌，却也因市场不景气遭受了不小的冲击。那段时间，大到公司高层，小到一线员工，大家日子都不好过。像我这样表现优秀的基层员工向上发展的职业通道完全受阻。

再回头想想自己两年前的规划——加盟一家二线城市的分校，已然成了“水中花，镜中月”。那时别说青岛、大连、厦门了，就连乌鲁木齐、贵阳、兰州都早已被人一抢而空。那些加盟商几乎没有一个原先就是搞教育的，但却无一例外都是在当地很有势力的富商。也有我们自己的员工投资宁波开了一家分校，照理说那么好的城市应该业绩很可观啊！况且那员工在公司已经干了好多年了，经验丰富得很。但结果就是亏得血本无归，看得我目瞪口呆。

我开始对前老板的预见力佩服得五体投地，于是找他出来吃饭，请教他自己下一步的职业规划。他神色凝重，完全找不到当年对我欣赏有加的影子。只见他又叹了口气，继续说道：“这年头，像你这样的丫头，我见得多了。与其在这儿瞎折腾，不如趁早去念个书吧……”

这样的话听了让人不会很舒服，但起码从他口中，我第一次听说了“中欧”。简单的一番描述之后，我就听出来了：这不是所普通的商学院。之后，他又给我列举了这所学校一些“重磅级”的校友，听得我嘴巴张成了“O”形。他直言不讳地告诉我，他已经连续申请了3年的EMBA，都没被录取，但他会继续申，只要能进到这所学校，绝对是人生的一大机遇。

我回去后在网上搜了一下，发现中欧的确像他说的一样，没有夸张。但那时觉得离自己好遥远。一方面自己大学毕业才两年，并不想那么早回去念书。另一方面，觉得中欧是那些很优秀的精英才能上的学校，根本轮不到我。所以很快就把“中欧”抛在了脑后，没去多想。

但更主要的原因，是那时我一心想着创业！回想起当年那股子“初生牛犊”的劲儿，自己都觉得不可思议，那是一种不大干一场誓不罢休的决心。但那时一心想着开加盟店，乃至真正创业的好机遇降临的时候，我并没有察觉，反而还很不当回事呢，以致差点错失了它。为什么？无非还是嫌弃自己开小公司没有加盟大品牌听起来响当当。呵呵，别笑话我，当年就这么点见识了。不过没办法，那时的我才 24 岁，很多想法难免幼稚。可年轻也有年轻的好处，那就是天不怕地不怕，有野心也有闯劲。

我真的要好好感谢当时找我一起创业的伙伴，他可以算是我人生中的一个贵人了——一个跟我年龄相仿的男孩子。当年跟我一样，都是大学毕业 2 年左右的时间。但人家可不像我这么喜欢整天胡思乱想，他是个实干家。人生第二个本命年的时候，他已经拥有了 3 家不同行业的公司，虽然规模都不大，但每一家都有他成立的目的和眼光。而他找到我，是想成立一家"一对一补习"的教育公司。虽说我已经在教育培训行业工作有些年了，但还是头一回听说"一对一补习"这个商业模式。他就给我解释了一遍，听起来很学术，你能感到这个人很懂教育行业，不过似乎又没在这行做过。我心生好奇：这人到底是什么来头？为何与我同龄，却如此深不可测？

后来，我才了解到，他本科念的是上海交大，但很早就出来"闯"社会了。他的爸爸 90 年代在斯坦福念过一段时间的书，类似于经理人培训的那种短期课程。虽然没有学位，可他爸爸正好赶上了两千年硅谷的那波互联网热潮，拿到风投回国创业。先后创办过好几家小型公司，最后都成功地转手卖掉，从而赚了不少钱。从小受父亲的耳濡目染，他颇具创业者的思维跟素质，大学才毕业不到两年，就已经捣鼓过三家公司了，其中有一家还做得不错。

启动资金我和他对半开了。数目不大，也就没找别的投资者。因为他很有前期启动的经验，所以我们的公司从注册登记，到选址采购装修，几乎没走什么弯路，都是他一手包办下来的。至于后期的管理运营，他说就指望我了。虽然我之前也没什么管理公司的经验，但对这种小型培训机构该怎么运营，心里还是有点谱的。于是，我就按照那个谱做开了。那段时间，很忙但不感到累，每天都斗志昂扬！尤其当你看到客户陆陆续续地上门来报名、刷卡付钱的时候。每当你听见刷卡机发出“滋滋”的声音，那简直是人间最美妙的天籁。

我渐渐感觉出来：我的合伙人相当不简单。业绩做得好绝非仅仅因为我销售做得好，或者说我的销售能力只占了20%的因素，另外20%是靠市场策划。但我们做的无非也就是所有小公司都会去做的那几招：购买数据库名单、发传单、搜索引擎优化，最奢侈的要数刊登过一次地铁报的广告，但效果不佳。

最关键的那60%的因素，我感觉——在于他挑准了行业，选对了时机。新东方也做和我们一模一样的业务，比我们早9个月的时间。而我们进入的时候，客户对这种模式的补习服务已经有了认知。换句话说，市场已经接受这样的商业模式，不需要我们再做过多的教育。但一些大的竞争对手，譬如精锐、龙文、学大，包括新东方，都还没成规模地跑马圈地。所以那个时间段，恰恰是我们这种小品牌可以赚钱的黄金时期。

人生第一次创业，就如此顺风顺水，占尽了天时、地利、人和的优势，老天也太眷顾我了吧？那时的我自信心膨胀到一发不可收拾的地步，走路、说话俨然一副“创业者”的姿态，真以为自己无所不能。

张爱玲曾说：“出名要趁早。”的确，少年得志实在是一件爽彻心扉的事，人生中倘若能有一两回这样的经历，那老去以后也不会有什么遗憾了。但回过头来细想：这种经历往往让人头脑发热、丧失清醒、心态狂妄，以为自己福星高照，永远是那个命运之神优先垂青的幸运儿。但事实并不是这样的。

公司开张半年以后，潮水褪去，谁在裸泳一览无遗。我开始感觉到：收钱收到手软的好日子到头了。大多数培训机构在新开张的时候都会沾点“新店效应”的光，率先吸引到周边刚性需求很强的那部分客户，所以往往新开张的头三个月生意会特别好。这部分客户属于“该来的总会来的”，况且我们周边暂时也没有别的竞争对手。但当这批人付了钱开了学，公司开始运营的时候，你会发现：开培训中心，后期的客户服务实在太重要了！

我当初风风火火开业的时候，因为生意好，就光顾着收钱，教务团队的招聘进程缓慢，而且比我预期得要困难很多。等学生的课表都发出去了，开学的日子临近，我才猛然发现：在教学这一块，有太多的前期工作我还没做好。合伙人见我快招架不住了，立刻火速帮我从江苏请来两个省重点中学的老师救急。一个教数学，一个教英语。这才解了公司的燃眉之急。合伙人平时不太来公司，日常管理一概由我全权负责。但我们配合得相当默契。他总是可以想尽办法尽可能地给到公司最需要的资源。我觉得，这就够了。至于平时多久来一次并不重要。

开这种公司，比我想象得更需要社会上的人脉、资源。有时会遇到来捣乱的同行，上门推销不成强行勒索的商家，还有无理取闹的客户，都需要通过一些特别的手段去维护自己的利益。公司开出来还没多久的时候，合伙人就带我去认识了一位警察，他所待的派出所就在我们公司附近。大家一起请他吃了顿饭，还塞了人家一个大红包。我当时心里还在琢磨：到底有没有必要送礼？负责管辖地的治安本身就是他的公职啊！但后来经过一系列事情，我才颇有感触：那是必须。

公司经营了一年半，我明显感到手头事务愈来愈繁杂。除了每个月要冲业绩，还要管理愈发庞大的教师队伍。招聘、培训、公开课……我每天的时间都被安排得满满当当。但业绩却愈来愈难做，人员流动也频繁得令人措手不及，市场上竞争对手开始明显增多。中国人做生意向来都很疯狂的，而且嗅觉极度敏锐，只要一闻到钱的气味，瞬间就会像饿狼一样群扑过去。

终于，附近的新东方分校也启动了跟我们一模一样的业务。合伙人找我深谈了一回，他叫我作好思想准备，后面的日子会很难过。其实我们都知道这一天迟早都会来临。他接着说准备看看有没有机会把公司转让掉，想听听我的意见。我沉默了一会儿，没有作答。

那时，我的心情是极其复杂的。一方面，我的确感到力不从心，还有点困惑，总感觉自己找不到公司的核心竞争力；另一方面，我觉得卖掉公司也挺可惜的，毕竟我已经积累了一批老客户，也建立了自己的团队……但我这个人很容易“想开”的，有些问题一想不通，就会“哗”的一个筋斗云思维翻到九霄云外去：人生还长着呢，我才25岁，未来还可以有很多选择。何必把自己的青春局限在这个小小的补习班上?

23

MBA 申请之路

正是因为这个念头，我去参加了中欧的招生咨询会——那所两年前我就关注过的商学院，希望从它那里发现一些自己未来人生新的可能性。但它的受欢迎程度大大超乎我的意料。而且那群想申请的人几乎都是“名校＋名企”的背景，光“四大”的就有好些呢！我开始感到自己和周围的人格格不入，但同时觉得自己在某些方面也有独特优势，就不知道这个学校怎么看了。

之后申请材料我准备得相当认真。请了好几个名校的MBA帮我修改简历、论文，其中也包括一个中欧在读的学生。我把我过去人生经历中可以挖掘的闪光点全部挖了个透，包括大学出书，带领学生团队超预期完成公司课程开发项目，培训行业营销策划高手，以及如何抓住市场机遇创立现有公司并创造销售佳绩等几方面。为了帮我增加录取概率，我的合伙人还找来一个中欧的EMBA帮我写推荐信。这人也是培训行业的，之前来看过我们公司。

等待面试邀请的那段时间里我格外焦虑：一方面我觉得自己申请材料写得不错，而且经历、行业都比较独特，年纪轻轻又成功创业，这些都是该让学校欣赏的地方。可GMAT分数不高，以及本科学校不好，都成了我的软肋。我很害怕中欧连我的材料看都不看，就直接因为硬性条件不过关而把我给“刷”了。之前已经听说过N多条件很不错，但莫名其妙被中欧拒掉的例子。

幸运的是，我拿到了面试邀请，估计还是因为EMBA推荐信的功劳。为了一清早的面试能够从容地发挥出最佳水平，我提前一天就住进了中欧的酒店公寓。应该说，我为了能进这所学校，把所有可以做的都做了，已经尽到了最大努力。

面试我的是网上传说的“中欧标配”：一个中国招生官＋一个外国教授，全英文进行。那天，我西装笔挺，妆容精致，无非也就是想把自己最好的一面展示出来。刚开始，中国招生官问了我一些个人经历、工作创业中遇到的挑战、未来职业规划的问题，我完全对答如流，自信健谈。整个过程显得轻松而愉快。

可后来，轮到那个外方教授提问时，我就有点招架不过来了。他是经济学教授，所以很关心企业成本、利润率、市场竞争水平、行业细分，上下游关系等。他问我这些问题，无非是想看看我究竟具不具备成为商业领袖的潜质，还是只不过是一介普普通通的“个体户”而已？我当时非常郁闷，这些问题不是我不知道，但要我系统性地，用冠冕堂皇的商业语言——而且还是英语有条有理地表达出来，相当困难。我之前几乎没怎么受过商业方面的教育和训练，所以再怎么急中生智，我的回答都显得很不专业，英语也结结巴巴。

我记得当时我是红着脸，有些狼狈地离开面试房间的，心想：这回完了。我终于体会到了什么叫做“书到用时方恨少”。其实我平时也不是不看书，但那教授的问题实在太专业……哎，面都面完了，所有的努力都已经用尽了，抱怨还有什么用呢？那天离开中欧的时候，我很沮丧，前一天还自信满满，以年轻成功的创业者自居，后一天就立刻被打回原形，意识到自己其实就是一个再普通不过的“个体户”。

之后的一个星期，我都闷闷不乐，上班提不起精神，感觉自己之前的努力全都要白费了。但万万没想到——

面试完大约两个星期后，我突然接到一个电话，是中欧招生办打来的。跟我说两位面试官给我面试打分出现了比较大的分歧。按照中欧的招生政策，邀请我参加一轮电话加面，15分钟，由MBA教务主任亲自打电话面试，24小时之后，也就是第二天下午5点进行。

听到这样的消息，我不由倒吸了一口冷气——转机出现了，但我亦心知肚明：接下来的24小时将决定我的人生！

我开始马不停蹄地打电话，给合伙人，给那个中欧EMBA，给学生大使……寻求他们的帮助。但前两个没什么用，倒是学生大使给我提供了一条有价值的信息：之前“追梦网”上似乎有个跟我一样情况的人，被要求加面，他叫我自己去翻帖子。我立刻打开电脑，翻了很久，总算找到他说的那个帖子，我赶紧给那人发了私信，说有问题请教，一边发一边求上帝保佑：希望这个人可以快点看见。

谢天谢地，不出2个小时，这人居然回复了，留给我一个他的手机。我立刻打过去，从他那得知：他比我早一轮申请，已经被拒了。一模一样的遭遇，面试完以后的两星期内，被通知加面，也是由教务长亲自电话面试，但最终中欧没录取他。我问了下这个人的背景——不差啊！复旦研究生毕业，500强企业工程师 4 年，GMAT 考分 710。他跟我说教务主任的面试非常有挑战性，问题只会更难招架，因为那已经不是问你一些 MBA 常规的面试问题了。

我不由冒了一身冷汗，但很快镇定下来。心想：还有 20 多个小时给我准备呢，与其在这儿“坐以待毙”，不如找人帮我模拟一下。

我突然想到了 Adam，这个我在中欧招生会上认识的哥伦比亚大学的高才生。倒也不是我觉得他就是辅导我面试的最佳人选，毕竟他也没念过 MBA，更不了解中欧。只是我感到：他是愿意真心帮助我的人。我们曾一起探讨过对未来职业选择的迷茫。但事实上，我后来发现：他的确也是最佳人选！中欧的面试和世界顶级的商学院是一套路子的。Adam 虽没念过 MBA，但他当年也是申请过美国大学的，最后能进入哥伦比亚大学，肯定对申请名校的游戏规则也是了如指掌了。另外，他念的又是经济，毕业后在华尔街的大投行工作，耳濡目染都该知道 MBA 这一套东西了。

后来的电话加面我表现不知比之前的要进步多少。因为我吸取了第一次面试不成功的教训，请 Adam 教我把我之前组织不起来的语言给说溜了，给了我莫大的信心。但事实上，最后电话面试的时候，教务长压根没再问我第一次面试已经提过的任何问题，而是向我“虚心请教”了一番经营小公司该怎么利用有限的营销预算去打开市场。因为她听说我刚开张的时候业绩很不错呢！正中下怀——我心里大笑三声：这可是我最得意最有成就感最渴望分享的话题啊！

于是我用颇为老到口吻跟她说：“你若想捕到鱼，首先得找到有鱼的地方。”我这么一说，她的胃口顿时被吊起来了，满是洗耳恭听的好奇。我就告诉她当初自己是怎么洞察到这块市场商机的，又是如何如何选址的。有些很小很妙很实用的细节，让她听了赞不绝口。营销学教授到底和经济学教授不一样，我想她会更容易欣赏我的一些“小聪明”，而不会太介意我是否懂经济学。本来嘛，我就觉得，不懂也没关系，反正去中欧念书不都是要学的么？

我还故意跟她调侃：“教授，你可不能把我的秘诀分享到营销学课堂上啊！如果大家都学会了，我的生意就做不下去了。”

她立刻认真地说：“放心，Cindy，我会替你保守商业秘密的。”然后又欣赏地赞道，“只有像你这样有过实战经验的人才会有这番体会。”

我就赶紧趁热打铁向她表达了自己想去中欧念书的渴望：“教授，今天由于时间有限我们只能在电话里简单聊聊，我知道您是很资深的营销学教授，而我，也恰好有一些这方面的经验。我希望未来，我们可以在中欧的课堂上继续探讨今天没聊完的话题。”

我之前就听说这个教务长是个美国人。在她面试我之前，我还特地上中欧网站查了她的简历：哥伦比亚大学市场营销学博士，在很多世界一流商学院教过书，当过教务长。据上一届的同学说，她虽然已经年过半百了，但思维反应语速快得惊人，时常让人跟不上。但我倒没有这种感觉，相反，那天我思维奔逸，语速也快得惊人，仿佛英语就是母语似的。倒不是因为我英语有多好，而是正好聊到了我最感兴趣最拿手的话题，竟可以跟中欧的资深教授谈得如此酣畅淋漓。

录取结果公布的那天，我很早就醒了。因为电话加面过，而且表现又很不错，所以我心里很笃定，觉得中欧录取我已成定局。但奇怪的是一直等到快中午了，我的邮箱还是没有动静。我“刷”啊“刷”，一上午“刷”了几十次了，都快成“喜刷刷”了，就是没有录取通知。我有些急了，因为“追梦网”上已经有不少人发帖说自己已经收到中欧录取了。我想可能是陆续发出来的吧，于是整个下午又守候在电脑前……但就是不见个录取信的影子。到了傍晚，我的脸色已经很难看了，不祥的预感愈来愈强。

那天，我的心情像“庐山瀑布”一下，经历了从上午的满腔期待，到中午的焦虑不安，再到下午的心灰意冷……飞流直下的恐怕远远不止三千尺呢！一直煎熬到了晚上7点多，我还是没收到邮件，就鼓起勇气给中欧招办打了个电话，没想到他们居然说“录取已经都发完了。”我的脑子顿时“轰”地一下，有如一个晴天霹雳。

那真是一种难以接受的挫败感。为了申到这所学校，我昏天黑地地苦战GMAT，搜肠刮肚地推敲自己的简历跟文书，到处找人帮我写推荐信，模拟面试……而今，它只要一封轻描淡写的拒信，就可以否定我之前所有的努力。我郁闷到极点，心想也许我这人就是命中注定缺乏考运，便自怨自艾道：看来今生是和名校无缘了。算了，我还是继续老老实实当我的“个体户”吧！或许这才是我的“份内事”，至于MBA，也许压根儿不该是我这种人适合选择的路。我也只好这么安慰自己了。但多么自欺欺人啊。只有自己心里知道，我是多么地想去念中欧，光是学校招生手册上那些照片，就令我对里头的精彩生活无比向往了。

之后的两天，我开始看到“追梦网”上鬼哭狼嚎的帖子——收到拒信的不幸者纷纷浮出水面。我感同身受，还时不时回帖安慰他们，一副内心很强大的样子，实际我也需要人安慰啊！只是过去的自己并不算优秀，所以落差也不会太大——我知道：对于一个从小到大一路名校过来的人而言，接受拒信并不是件容易的事。但一想到那么多精英也被拒了，我心理平衡了不少。

想清楚这些，我很快恢复了平静，一心又投入到日常工作中去了。但奇怪的是：我却迟迟没收到拒信。起初我没留意，心想拒信应该也要发一段时间吧。但又过了两三天，还是没动静。我隐约感到一丝微弱的希望。

那段时间，我整天提心吊胆，但愿不要收到中欧的邮件，心想：这段时间没有消息，就是最好的消息了。但我也不清楚它家葫芦里到底卖的是啥药。

终于，整整一个星期过去了。我依旧没收到拒信，开始有点看到希望。实在憋不住了，就往招办又打了个电话，先是小心翼翼问了句："拒信都发完了吗？"对方说："都发完了。"我的心情顿时有如死灰复燃，底气大增，就壮了壮胆跟他们说自己既没收到录取，也没收到拒信，不知是啥情况？招办的人问了我的名字，我就报给了他。他这才跟我解释道："你这属于特别案例，因为后面有加过一场面试，所以结果比一般申请人晚出来。我们会尽快给你结果的。"

挂了电话，我赶紧给妈妈打电话，开心地骂道："这个臭学校，居然让我虚惊一场。"我的信心又恢复到了二面以后的水平，甚至这次更强烈地感觉到：中欧的大门最终还是会朝自己打开的。但邮箱却依旧迟迟没有动静，那样等候的日子的确很难捱。

好消息总是在你不经意的时候来临——

我一同学刚生完孩子，拍了一堆照片，说发到我邮箱给我看看。挂完电话没多久，就听见邮箱"叮"的一声，我想她动作还真是快啊。没想到一点开新邮件，发现标题竟是"中欧申请结果通知"，我倒抽了一口凉气，心里惊呼：总算来了。又深吸了一口气，郑重地点下鼠标，打开那封邮件，网速有点慢，当缓冲格慢慢向前推进的时候，我已作好了所有的心理准备。终于，完整的邮件赫然呈现在我眼前：

"亲爱的 Cindy Zhu，我们很高兴……"看到这里，我也没激动起来，因为之前遭受了太多的大起大落，这次不到百分之一百的确定，我已经不敢轻易相信任何模棱两可的东西了。我甚至怀疑有些学校的拒信会写：“亲爱的×××，我们很高兴你今年来申请，但抱歉的是……”一直看到铮铮黑体字明明白白地写着“你已经被录取为MBA2010级的一员。”我心里的石头才彻底落下。

进了中欧以后不久，我找到当初面我的那位中国招生官，以及给我“二面”的教务长，当面谢过他们的“知遇之恩”。没想到这俩人的回答如出一辙：“Cindy，中欧每年会拒掉相当一批看起来条件很不错的申请者，但也会录取像你这种看似条件普通但却非常有潜力的人。我们相信自己是不会看走眼的。”

被中欧录取以后，我向很多人报过喜。其中也包括Adam，可惜那时他已经回国，邮件里还用中文回复我：“后会有期。”

24

五十年后的中国，让世界再看看吧

没想到，时过境迁，一年半以后，我们真的在纽约重逢了。

演出开始了，我们特地买了第三排正中央的座，这是剧场的最佳位置，既可以近距离地感受到舞台张力，也不用抬头看得太费劲。我环顾了一下四周，发现自己挤在一群银发苍苍的美国老人中间，他们都是“婴儿潮”时期出生的人，想必海明威的作品曾经深刻地影响过这代人的青春。

一开场就是杰克巴恩斯在酒吧里借酒浇愁，醉生梦死的场景。一个年轻而又有才华的年轻人，因受“爱国主义”的主流价值观鼓舞而奔赴战场，最后在战争中负伤失去了“性功能”，回到故乡后却发现战争根本不是自己原先想的那回事，有种上当受骗的感觉。而同他一样千千万万回到故乡的“爱国青年”们也同样面临着价值观崩塌，对人生失去信心的窘境，所以被称为“迷惘的一代”。

本以为自己需要竖起耳朵才能听懂舞台上的英语，其实根本多虑了。布景、灯光、音效，演员的肢体、声调、表情配合得如此浑然天成，整个舞台像被赋予了生命一样鲜活，即使不怎么懂英文，也一定能强烈感受到这群年轻人身上散发出的痛苦、迷惘，像阵阵凉风扑面袭来。

整部剧里，我最喜欢的还是一个叫佩德罗的拳击手，因为只有他没有颓废，依然朝气蓬勃，一出场便让人感到“耳目一新”。纵使生活也给过各种磨难，但他在精神上始终是强者，最后在拳击台上靠顽强的意志力击败了劲敌，体体面面地成为人生赢家。

回去的路上，我和 Adam 还在兴致勃勃地讨论着剧情。虽然文化、时代背景不同，但有些东西还是共通的。08 年金融危机的时候，华尔街一片哀鸿。当身边大多数同事都在郁闷、抱怨时，Adam 潇洒地放弃了一切，重新寻找自己的人生价值。听得出，他非常热爱自己的专业，倘若不是有这样的激情，一般美国人是很少会去读博的。

但 Adam 也跟我提到了他身边的一些中国同学，他不解的是：为什么这些中国人可以花六七年甚至更长的时间埋头苦读自己压根不喜欢的专业而纯粹就为了那一纸文凭呢？他认为：六年的青春是多么宝贵，完全可以找点自己喜欢的事干啊！我知道：像他这样出身于美国富裕犹太家庭的子弟是很难了解他所描述的那些中国学子的苦衷的，但我相信凡是在美国靠自己打拼的中国人一定都会明白其中的辛酸与无奈。我非常肯定地对 Adam 说："这种现象一定会改变，只是需要时间。"

对 Adam 说："这种现象一定会改变，只是需要时间。"

去到 Adam 家拿行李，他女朋友恰好也在。Adam 曾跟我提起过他有一个在纽约大学念设计的女友，是个地道的白人女孩。她怔怔地望着我和 Adam 一起走进屋，突然惊讶地叫了起来："Adam，这就是你说的上海女孩 Cindy 吗？哇哦，没想到长得挺漂亮的嘛！"几句寒暄之后我才发现：她对中国了解甚少。其实很多美国人对中国的了解还停留在几十年前，不排除这些被我高估了的纽约客们。因为他们觉得根本没必要去了解中国，所以丝毫没有兴趣。估计当 Adam 跟她提起要招待一位中国姑娘时，她想象中应该是个又穷又土，来自第三世界的灰姑娘，所以才很放心地答应了。

为了避免惹出不必要的麻烦，我很快就从 Adam 家走了出来，住进了格林威治村的青年旅社。之后的几天，我再也没去找过 Adam，而是自个儿买了张七天地铁通票，像忍者神龟，一个人在又脏又破的纽约地铁这张布满下水管道的地下大网中穿梭游走了七天。我酣畅淋漓地品尝了纽约——这杯成分复杂的“鸡尾酒”：时代广场、中央公园、第五大街、华尔街、苏活、唐人街、小意大利……比起上海，纽约才是座名副其实海纳百川的国际化大都市，全世界的文化在此汇合交融。即使有些地方并不是那样光鲜华丽，也足以令你感受到这座城市的高度发达和深厚底蕴。

唐人街给我的印象很糟。仿佛停留在几十年前的中国——陈旧、落后。满大街肮脏、俗气的中餐馆，和一张张麻木、穷苦的劳工脸。最让我不堪的一幕：一群华人在家倒闭了的酒楼门口手举着英文中文繁体简体混杂在一起的标语集体讨债，字字血书，看得叫人触目惊心，仿佛旧社会的冤案一般。

一位过路的华人见状停下，忍不住跟我诉说起她在美 20 年的辛酸奋斗史。我听罢开始深深同情这些讨债的同胞们，也由衷地感慨第一代侨胞的艰辛。相比之下，如今这代留美华人的生存状态要好实在太多太多了——那个怀揣着 40 美金闯天下，白天上课，晚上刷碗，半夜赶论文的时代已经离我们这一代人渐渐远去。但现在的中国人依旧普遍很难融入美国主流圈子，很多人即使名校毕业，在大公司上班，依然会被贴上“无趣”、“呆板”、“不会沟通”的标签。

七天的旅行很快结束了，谢天谢地我平安回到了北卡——这片充满田园牧歌般诗意的美丽校园，发现自己已经想它到不行，我已经把它当作我在美国的家了。我深爱着北卡，最主要还是因为有这群可爱的朋友们。但有时，我也会遇到一些过去从未有过的烦恼。

第二学期，我选了一门课，叫做《全球沟通学》，课上，教授谈到二氧化碳排放量这个老生常谈的话题。从高中时代起，我就已经反反复复被灌输“减排”、“边发展边治理”的观点，《京都协议书》也不晓得听过多少遍了。至于2009年的哥本哈根会议，对我而言，都是不痛不痒的国际新闻，中西两方各说各的理。中国的主流媒体也自有一套中国人基本都认可的说辞。但到了美国，就是那一次，我切身感受到整个舆论环境都变了。

教授在课堂上公然谴责起中国碳排放量严重超标，还列举了诸多中国因经济高速发展而导致环境遭破坏的例子。我环顾了一下四周，那是一堂小班课，身边的同学几乎个个都是金发碧眼，连亚洲人都很少，更别提中国人了。最终，我清点下来，全班只有我和Yuko两个黄种人，其他的，都是西方人。刹那间，我感受到了一种前所未有的孤独。

然而，作为班上唯一的中国人，在这种场合，我是无论如何也要发一点声的。否则，我会为自己感到羞耻。于是，我迅速清理了下思路，举手说道："那是因为中国是制造业大国，承担着为全世界制造生产的任务。今天，我们牺牲了自己的生态环境，为你们源源不断地提供廉价的商品，却还要被指责替你们承担的代价，这是不公平的！"

教授很礼貌地回答道："Cindy，你分析得很有道理。但这个问题，不是那么简单可以靠外贸出口额来裁定的。"这种式样的回答我在美国已经听得很习惯了。它会尊重你的发言权，也肯定你的逻辑，承认你说得有道理，但到头来还是会继续坚持美国人固有的那套思维。

那一刻，我心里很不是滋味，但也无力去争辩什么。如果这种问题我能和教授在课堂上争出个所以然来，那总理可以直接派我去哥本哈根谈判了。

课后，Yuko 跑来安慰我："Cindy，我很欣赏你今天的回答。你看，400 年前，西班牙人靠的是坚船利炮，满世界地强取豪夺来称霸世界。而今天呢，美国则是通过全球化的市场经济，利用外汇、股市、供应链等一系列手段来控制全球经济。日本因为实在太小，没有中国那么丰富的资源，所以我们必须靠技术不断地向价值链的上游攀登，否则日本恐怕连最起码的生存都成问题。而中国发展才没多少年，暂时处在价值链的下游是很正常的……"接着，她又给我举例，说第一次世界大战之前的日本，也像今天的中国一样，生产大量廉价商品运往欧美市场，那时的日元便宜得叫人心酸。

听了她如此善解人意的安慰，我由衷地感到：如果撇开中日之间的历史恩怨以及一系列领土纠纷，这两个国家的人是可以成为好朋友的。因为我们的文化、思维是如此的相似，就连文字都有四分之一是完全相同的。Yuko 曾在纸上默写过“国破山河在，城春草木深”的句子给我看。我见了，大为惊奇！她竟然可以把一首完整的《春望》写下来——用日文，而那些字又是如此的眼熟。

后来，我们联手做了顿丰盛的中日大餐，邀请各国同学品尝。当日本寿司、中国饺子被摆放在一起的时候，那份默契跟感动，只有我和 Yuko 才懂。

事实上，大部分西方人觉得中日两国很像，很多人并不十分清楚我们之间的历史渊源，包括七十年前的那场侵华战争。他们会像看待欧盟各国的关系一样来看待我们，以为像欧洲人一样，开几个小时的车或一两个小时的飞机，不用护照，就是另外一个国家了。所以，当寿司和饺子同时放在嘴里咀嚼的时候，他们是品尝不出我和 Yuko 才能吃出的味道的。

文化与文化之间的差别，就跟人与人的性格之差一样。有些文化天然就有着互相的吸引力，而有时，不同文化也会成为人与人之间的隔阂。

比方我和土耳其姑娘 Sevilay，我们是非常好的朋友。她常招呼我到她那里去吃东西，有时还会留宿我睡她房间，聊天聊到深更半夜。我曾以为我们已经好到亲密无间了。直到后来有一回——

我，Sevilay，以色利女孩 Gal，以及印度哥 Deepak 一起去一家印度餐厅吃饭。菜还没上，大家就先聊了一会。但后来，也不知道是谁带的头，他们仨居然拿起盘子跟勺子，在那里“叮叮咣咣”跳起舞来了。一边跳，还一边召唤我加入他们。我怎么看都有些别扭，纵使性格再活泼，我也不会拿着餐具去跳舞的。

那顿饭局，他们仨谈得热火朝天，全都是我不了解的中东话题。后来 Sevilay 总算把话题转移到她找工作的事情上了。我知道，那时的她，刚拿到波士顿咨询公司的面试邀请，并且去了亚特兰大面了第一轮。要知道，这种机会对于她而言，可是千载难逢！

Sevilay 是个绝顶优秀的女孩，她考大学的时候，以几乎全科都是满分的优异成绩，被土耳其最好的大学最牛的专业录取。这种人才倘若在中国，恐怕多半会考 GRE 跟托福，然后出国深造。但每个国家国情都不同，Sevilay 出生于很传统的穆斯林家庭，他们有种根深蒂固的观念：女人还是要以家庭为重，多子多福。但 Sevilay 的能力实在太优秀了，她大学毕业后工作的 6 年间，被公司派到过南非、德国、巴西，后来回到商学院念书，也是获得了学校的全额奖学金的。

有时，我可以感受到两种截然不同的文化在她身上的交互作用。一方面，她很有国际化视野，在不同国家工作过，人又极聪明，属于全球化人才。而另一方面，她也很保守，摆脱不了传统观念的束缚。但来了美国后，她告诉我她已下定决心抛开杂念，为自己的人生拼一回！我听了，为她鼓起了掌——真的！我一直很看好她，高智商加上高情商，做咨询再适合不过了。

她激动地跟我们分享她去波士顿咨询公司面试的经历，她还告诉我们当她妈妈听说女儿在美国面试全球顶尖的咨询公司，每天都在向真主安拉祈祷，保佑她的女儿能顺利过关。我听了很感动，心想：全世界的父母都是一样的苦心啊！但后来的状况就有点出乎我意料了。Sevilay 愈讲愈激动，她接着说：其实妈妈向真主祈祷的不只是她个人的事，还希望世界和平。话音刚落，一旁的 Gal 顿时泪如雨下，我还没反应过来，Sevilay 也刹那间眼泪夺眶而出，俩人开始抱头痛哭起来。

那一幕在我心里留下很深的印象。Sevilay 曾对我说，她的名字在土耳其语里的意思是“追逐月亮”。当时我和 Yuko 听了，都以为是“花好月圆人祥和”的美意。在中国和日本文化里头，月亮都象征着团圆、幸福。但 Sevilay 告诉我们，月亮在土耳其乃至整个中东地区的文化里，象征着一种血性与气节。他们的祖先曾在月亮的见证下为自由而战，为真理流血，几千年下来，亘古不变。

我听了，大为感慨：每个民族，每种文化都是一本丰富的书。就像每个人都在寻觅自己的知音一样，每种文化也渴望被其他文化所理解所认同。有的时候，我会羡慕 Gal 和 Sevilay 有着一见如故的亲切，当她们滔滔不绝地讲述中东各国奇闻趣事的时候，我完全插不上嘴。而当我和 Yuko 一聊起宫崎骏就停不下来，兴致勃勃地哼唱《天空之城》的时候，Sevilay 的眼睛里也难掩一丝嫉妒。

渐渐地，我再也不会为别人问我“日本人说中文吗？”感到无语，也不会再为二氧化碳排放量的问题感到苦恼。因为我知道，我们每个人，甚至每个民族，都只是生活在这个世界上的小小一隅而已。有时候，你说别人不理解你，其实你也不理解别人，而仅仅指望靠理解来解决冲突是远远不够的，有时出现矛盾也并非真的是不理解，只是大家缺乏有效的解决方式。所以，人类该以一种怎样的关系更好地共同生活在这个地球上？恐怕是这个时代，全世界都该好好思考的问题。

交换的日子渐渐接近尾声，我们这群来自全世界各地的朋友也即将各奔东西。Deepak 终于可以如愿以偿地去纽约工作，和他的老婆团聚了！但他也为此付出了很大的代价——薪水只有原先的 1/3，工作内容从原先体面光鲜的咨询降级到枯燥无趣的运营管理，雇主也从鼎鼎大名的罗兰贝格变成了一家少数裔开的仓储物流公司。我们都觉得怪可惜的，那么优秀的国际化人才去这种地方，干这种压根就不需要 MBA 学历的工作，真是大材小用了呢！但 Deepak 依旧对这样的机会很满意——毕竟他可以留在美国了。

Sevilay 运气就没那么好了。她面完了波士顿咨询的最后一轮，结果却迟迟不出来。拖了很久以后，才被通知受欧债危机的影响，公司人头数大幅削减，所以无法录用她了。面对这样的结局，Sevilay 非常沮丧，因为她如果没能在美国找到工作，回到土耳其，找工作就更困难了。她跟我解释过原因：土耳其的经济发展还没到达成规模地需要 MBA 的水平，所以 Sevilay 这种情况很可能就变成“有价无市”。

那段时间，我的心情已经和刚到美国时有着天壤之别。没错，在美国的几个月里，我的日子的确过得很逍遥。优越的物质条件，高度发达的社会，每天有各种新鲜、快乐、美好的人和事将我包围。但仔细想想，这些光鲜亮丽的背后，有多少像 Deepak 这样优秀的人才，包括千千万万中国名校走出来的高才生，应该说全世界最出类拔萃的精英，在那里忍受着各种不公平的待遇，默默为这个国家付出呢？

也许大多数发展中国家的精英都会怀有这样的“美国梦”。的确，美国之所以强大，很大一部分原因在于它拥有这个世界上最吸引人的制度——我不敢说是最好的，让这个世界上的很多人都向往着这个自我标榜“民有、民享、民生”的国度。没错，自由、民主、平等是无数人都渴望的理想社会。然而，自私、贪婪、渴望权力是根植在人性中的原始基因——从古希腊时代起就如此。猴群中尚且还有一个首领，更何况高度发达的现代人类社会了。但也恰恰就是因为这种“自私”，变成了推动社会经济发展的动力——“经济学之父”亚当·斯密如是说过。所以，稍微有点脑子的人就该明白：这个世界上的头号强国，怎么可能真的允许这个世界自由、平等、民主呢？同样地，那些掌控了世界命脉的垄断资本家、金融大鳄、地产大亨们，又怎么可能真的希望“人人生而平等”呢？

Yuko说得好——中国必须像当年的日本一样，努力向“食物链”的上游攀登，否则吃了亏，付出了巨大的代价，还要替别人背黑锅。这个时代已经不是一百年前那种靠战争、武力去争夺资源的年代了，但贸易制裁、货币战争、全球化的金融体系，让一些强国占尽了便宜。没办法，弱肉强食是人类发展史中永恒不变的法则。

我订了学期一结束就飞回国的机票，因为我知道，后面还有更重要的任务等着我呢——找工作！Yuko比较淡定，她还很潇洒地想组织大家去巴西玩，说找工作不差这一两个月，但这段美好时光是一去再也不会不复返的了。不过大多数交换生都是和我一样的心情，因为那时欧债危机已经完全爆发，很多人对就业市场忧心忡忡。但有意思的是他们都一致认为中国没问题，因为它的高速发展完全可以抵消掉欧债危机带来的负面影响。在这些老外看来，中国仿佛就是一座大金矿，遍地都是钞票，机会多到抓也抓不住。可当我问道“有谁想去中国工作？”时，那伙人就都不吱声了。我深深叹了口气：中国啊，你还是需要进一步得到世界的认可。

离别的心情真的不怎么好受，每个人都是那样的恋恋不舍。我收到了来自世界各国同学赠送的礼物，有土耳其的围巾、澳大利亚的酒杯、危地马拉的书签，还有日本的忍者徽章。大家夜夜笙歌，不醉不休。因为我们知道：一旦离别后，将来就不知道何年何月，才可以在这个小小地球上再度相逢了。

离开的前一天晚上，我喝了很多混酒：土耳其的 Raki，德国黑啤，以及日本清酒，统统混在一块儿。那晚我作好了一醉方休的打算，距离上一回刚进中欧的那场酩酊大醉，正好一个完整的 MBA 跨度，也算是首尾呼应吧。

但我也不敢喝太多，因为第二天就要远行，只是想让自己麻痹一下，聊以宣泄心中的离愁别绪。半醉半醒中，我仿佛又听见了来自内心的声音。这一回，是席慕蓉的一段文字，我曾爱不释手，把它摘抄成纸片珍藏在自己的铅笔盒里；在“凤凰花吐露着嫣红”的季节中，把它写在同学录上送给最最要好的朋友……但那些都已经是很久很久以前的事，遥远得像前世里的记忆了：

> 这个世界上有很多事情，你以为明天一定可以再继续做的；有很多人，你以为明天一定可以再见到面的；于是，在你暂时放下手或者暂时转过身的时候，你心中所有的，只是明日又将重聚的希望，有时候甚至连这点希望也不会感觉到。因为，你以为日子既然这样一天一天地过来，当然也应该就这样一天一天地过去。昨天、今天和明天应该是没有什么不同的。但是，就会有那么一次：在你一放手，一转身的那一刹那，有的事情就完全改变了。太阳落下去，而在它重新升起以前，有些人，就从此和你永诀了。

我感到自己已是满脸的泪水。朦胧中，朋友们过来了，他们把我轻轻抱起，送我回房。Amy告诉我，那一晚，我说了很多胡话，哄了我很久很久才终于入睡。但我心里真的真的很清楚：太阳升起来后，有些人，就真的从此和你永诀了。

然而，第二天的太阳，最终，还是无情地升起来了。

再见了，美利坚！再见了，教堂山！

在回国的航班上，我回想着几个月来在美国的种种经历，仿佛是一场即将醒来的梦。

年少的时候，曾梦想自己有一天能去很远很远的地方，总以为远方地平线的尽头，藏着一个未知的精彩世界——那便是梦中的彼岸。长大以后，我一次次地出发，这种身体和心灵都奔跑在路上的感觉极好极好。我一直以为：青春就应该淋漓尽致地度过，尽情地去爱，自由地做梦，肆无忌惮地去体验人生所有的悲欢离合，哪怕犯错、跌倒、遍体鳞伤，也都是一种难能可贵的经历。

但如今，我却反问自己：我们这代中国人是否真的到了可以随心所欲去生活的时候了呢？Adam、Yuko他们是做到了。但20世纪初的美国人，二战过后的日本人，又何尝不是像今天的中国人这样辛苦奋斗过来的呢？

所以，我们这代人今天所有的付出绝不会白费。

五十年后的中国，让世界再看看吧！

25

拿下投行 offer

回到阔别了四个月的学校，一切有如翻天覆地。Joy 和 Karen 都没有出去交换，留在学校抓住了找工作的“黄金时期”。那时，她们已经各自被两家跨国公司的“全球领导力”项目录取，一个要去香港，另一个要去美国。看来我们注定是要散了。

但我暂时还没有心情去悲叹“明日又天涯”的惆怅。找工作！找工作的重任还摆在眼前呢！事实上，我十月份的时候就听留在国内的同学说我们这一年的景气不如上一届好。受欧债危机的影响，很多原先想去金融的同学后来都识时务地去了公司。而我也由于交换而错过了之前大批大批跨国大公司“领导力培训生”的面试。

当我 1 月回到学校，一进校门，就碰到个老外跟我开玩笑说：“Cindy，欢迎加入到战斗队伍中来！”我当时被他这么一说，顿时很有紧迫感：是啊！之前在美国有多逍遥，这下找工作就有多被动了。那时，我已经错过了 MBA 毕业找工作的黄金时间——通常在第二年 9 月—12 月之间。我回国已经是 1 月份的事了。

好在自己的工作之前定位明确——去金融行业做销售，况且实习又待过一家不错的基金公司，所以在我刚到美国不久，就曾接到过一家鼎鼎有名的大投行从国内打来的电话，通知我去面试。但我当时人在美国，课也挺多，不太可能飞回上海去面，面完后再飞回美国——太折腾了。于是我就给那间投行写信告诉了他们我的不便之处，同时也表达了自己非常珍惜这个机会的心情，希望他们能安排我到公司的纽约办公室面试。

最后他们表示理解我的困难，答应等我到1月回国后再面。但我心里始终忐忑不安，又有点后悔没下定决心飞回国去面试：这种公司哪可能保证等你给你留空位的？

但后来比较幸运的是：回国后他们果真通知我去面试了。

再后来的事愈来愈幸运。我先是“跌跌撞撞”地通过了第一轮群面。说跌跌撞撞，主要是因为那次和我一起群面的人几乎个个都很强势。他们都是来自各路名校的MBA，在考官面前抢着发言，对案例分析得头头是道。而我那时也根本不懂什么金融衍生产品设计，又受压于他们咄咄逼人的气势，完全没有表现的机会。

但好在我很清楚一点：我面的是销售岗，做销售就要从客户需求出发，而不是自己在那里滔滔不绝地说个没完。于是，等他们说得都差不多了之后，我不紧不慢地提了下自己的看法：“我觉得大家的想法都很好。只是有一点我要补充，我们必须先了解清楚这款产品是为谁设计的；客户群体的特征是什么；他们投资这款产品的需求点在哪里。”然后，我又照着这个思路具体分析了下客户的需求。

结果我有惊无险地拿到了第二轮面试的“入场券”，据说是5选2的概率。

“二面”我的人是我将来的直接上司，一个MD(董事总经理)——投行最高级别的职衔。相比之前的群面，我很清楚自己在这种一对一的沟通上会更有优势，但对于金融知识的匮乏，始终让我忐忑不安。

那天，我几乎提前了一个小时就来到了面试地点——陆家嘴的某栋高楼。先是在外晃了一大圈，最后离约定时间还有20分钟左右的时候我走了进去。秘书安排我在会议室先准备一下，还给我准备了茶水。而我，满脑子全部都是“无论如何也要拿下这个机会”的念头！

终于，门打开了——一个漂亮精致的女人出现在我面前，她穿着一身略显中性的深色小西装——乖乖，GIORGIO ARMANI！再下意识地去瞄她的手表，果然——是劳力士！听说这样的行头是华尔街银行家的“标配”呢！她长发披肩，面容姣好，气质出众，看起来顶多三十五六岁的样子。真是大大出乎我意料：天呐！国际投行的大佬们不应该都是那些冷峻老辣的中年男人么？她这副优雅可人的形象真的和我所想的相差甚远。

“你好，我叫Kelly。”她边看我的简历边说：“你是中欧的？我也是中欧毕业的，MBA98的。”

哇！！我运气也太好了吧？居然遇到学姐了！98年的，什么概念？我那时还在上初中……天呐，她到底几岁？我心里飞快地琢磨……但不出半秒钟，我定了下神，目光和她完全对接上了，并露出自信的微笑——满脑子只剩一个念头：搞定她！搞定她！

女人跟女人的关系，有时真比男女之间还微妙。两个女人碰在一起，几乎第一眼就能判断出对方是朋友还是敌人。女人跟女人一旦惺惺相惜起来，简直比亲姐妹还亲。但如果互相厌恶憎恨嫉妒，则恨不得把对方“碎尸万段”。那是因为人跟动物一样，都有着气味相投的本性，因为每个人都是那样疯狂地爱自己。我不敢说我第一眼看到Kelly的时候便觉得自己跟她气味相投，但起码，在之后一个多小时的交谈中，我非常喜欢这个学姐。

她不会故作亲和状，但也不会让你感到冷。不像我，说话的时候，眼睛总是时刻注视着对方，有点刻意显示自己的真诚。她看起来有点小小的漫不经心，一双会说话的大眼睛，时不时露出深深的双眼皮和长长的眼睫毛。但每每我一说到精彩之处，她那双漂亮的大眼睛就会立刻冲我散发出友善的光芒。

和她交谈充满了欢乐。她思维开阔，也非常善于倾听，你想表达什么尽管说好了，她都洗耳恭听着呢，而且不用你费力，她总是很容易就明白你的意思，还会时不时幽默地回应一下，气氛愉快极了。

我渐入佳境，面试仿佛开始变成了聊天。但我不会真的当它是聊天，因为心知肚明她和我交谈的所有目的，无非是想看看我这个人的销售潜质，还有适不适合这份工作。我开始使出浑身解数让她认可我、喜欢我。当然，最终目的只有一个：给我offer！！！！

想要说动她，最有杀伤力的武器就是之前在学校里两次拉赞助的“辉煌成就”。起先我还没说陈丹燕，光波兰那次我就让她眼睛一亮了！于是我趁热打铁，继续绘声绘色地跟她描述我是怎么用一种绝妙的方式去把大作家请到学校里来的，又怎么拉到图书公司的一大笔赞助……我说得神采飞扬，她听得津津有味。等我两个故事讲完了，她的脸容也笑得格外灿烂，忍不住赞道："你的方法很绝，一般人是想不出来的。"看来，她是认可我的销售能力了。

其实这两段经历别说打动她了，连我自己都认为这是我中欧18个月里最拿得出手的两大手笔！而且极有个性！做财富管理不就是需要不断地开拓那些高净值个人客户吗？你若想接近那些人群，必须要有我去接近波兰赞助商和大作家陈丹燕这样的智慧。

我完全放开了，而且愈说愈兴奋。

"不过"——她话锋一转，"你之前金融方面的背景几乎完全是零，拿什么去说动客户呢？"认可归认可我的销售能力，但她也很坦诚地透露了她的顾虑。

这种问题，几乎任何一个MBA都会给出一套完美的标准答案。好歹我之前也经历过好几家跨国企业的面试了，几乎所有的考官都会问到这个问题。原因很简单，因为我是要转行的。应付这种问题，"标准答案"是：强调自己的学习能力很强，中欧的学习强度很大，而自己又是多么多么想进入贵公司这样的企业。相信自己极强的快速学习能力，配以贵公司完善的学习平台，很快就会适应新工作的。

但这次，我打算改一套说辞。投行和500强企业的文化毕竟不一样。况且又是在一家顶尖投行的董事总经理面前，拿这种网上谁都可以搜得到的“标准答案”去生搬硬套根本就是自讨没趣。另外，我之前和她聊得那么投机，双方在短短40分钟内建立起来的好感，我真不想让那些夸夸其谈的套话杀个回马枪给破坏了。

好了，该出手时就出手。我也没遮遮掩掩去回避这个问题，而是落落大方地告诉她：“我不需要成为一个金融领域的专家，我只要比我的客户懂就行了。”

她是个聪明人，你释放出的任何信息都会被她敏锐地捕捉到。而她抛出的那些问题，有些是想了解你的为人，有些只是试探你的反应，还有些呢，看看你有没有某些方面的悟性。所以，回答面试问题不同于学校考试，你最终目的不是为了给出正确答案，而是要影响她作决策。

只见她眉宇舒展，嘴角上扬，看起来起码不否认我的观点，但是似乎还欠点火候。我知道这场面试已经进入到了最关键的时刻，如果在这个节骨眼上没能打动她，一切就前功尽弃了。

于是我壮了壮胆，咬咬牙，终于使出了“杀手锏”：

“甚至我不需要真的比客户懂，只要让客户以为我比他们懂就可以了。”

说完这句话，我有点心虚，偷偷看了她一眼——还好，没有任何不悦的神情。赶紧地——我继续补充道：“当然，我还是会快速学习，争取早日精通专业领域的知识的。”

这下她彻底认可了，或者说，她认为我是明白金融圈的某些游戏规则，具备一定悟性的了。只是满意并不写在脸上，但还是被我细细觉察出来。后来和她相处的日子里，我发现：她一直是个不露声色的人，其实这个圈子里的人都这样。

再后来的面试就变得顺畅无比。那天她面完我的时候，跟我说还有一轮面试，是公司的一位高管要看一下。我一听那人的名字，心里一惊：那不是中国金融界响当当的大人物吗？但她给我打气说不用担心，这只是流程的必须。

果然，之后的“终面”，我被安排远程面试，那个传说中挑人极其严格的高管从总部通过视频面我，但他只是蜻蜓点水地问了我两个无关痛痒的问题，整个过程还不到10分钟。我心知肚明，Kelly已经“内订”下了我。

最终，我漂亮地拿下了这个工作机会。能顺利地去到了一家令很多人羡慕的大投行，做财富管理。几乎身边所有的人听说后都纷纷跑来恭喜我。

我早早地便开始上班了，每天衣冠楚楚，到处social。那时我常常回顾自己整个中欧MBA的生涯，惊叹整个过程竟然如此完美！不过——也有某些方面的遗憾。哎，算了，往事就都让它随风而逝吧。

26

爱与痛的两难

我正忙着打点MBA后崭新的生活。却不料，有一天，接到了Karen从学校打来的电话。

“我要告诉你件事，Cindy，你听了后一定会很气愤的。”电话那头Karen的声音相当严肃。

“到底发生了什么事？很严重吗？”我小心翼翼地问道，心里顿时紧张起来。

“那个Victor是个烂人！”

“Victor？对了，他去康奈尔交换也该回来了吧？我好久没听Joy提起他了，他现在回来了吗？”

“他在康奈尔和一个美籍华裔女孩好上了……”

“啊？不可能吧？他心里深爱着Joy呢！”

“不！他们已经结婚了。而且Victor正在办绿卡，已经准备留在美国工作了。”

“什么？！这……这也未免太夸张了吧？你确定是真的？”

“拜托，小姐，今天不是愚人节……你快回学校劝劝Joy吧。我们现在每一分钟都看着她，就怕她想不开。”

“好！我一下班就过来！”

挂完电话，我顿时觉得一阵冲击袭来。好突然的一个晴天霹雳！我尚感到难以接受，Joy能承受得住吗？

6点一到，我抓起包就冲出了办公室，直奔学校。

一口气跑上四楼，推开门，发现Joy躺在床上，Karen跟Issa正坐在床边陪她。

可怜的Joy，目光呆滞，神情忧郁，完全找不到往日生龙活虎的影子。Karen叫我陪她一下，就拉着Issa一起去餐厅买晚饭了。

不一会儿，她们带回来好多吃的，还有Joy平时最爱的墨西哥卷，但她就是一口都不碰。

我们仨一直陪到晚上9点，她还是什么也不肯吃，一句话也不说。Karen和Issa只好起身告辞，Joy就交给我来照顾了。我点点头，请她们放心。

望着Joy那张恍然的面孔，我心疼却又无奈。因为我知道：这种事没人可以帮她，只有靠她自己的坚强了。这一切，就像身体受了伤一样——破了皮，流了血，旁人顶多安慰她，却没办法代替她去承受一丝痛苦，更没办法帮她愈合伤口。要恢复，得靠她自己，还有时间。

于是，我早早地关了灯，上床睡觉去了。但躺在床上，却辗转反侧久久不能入睡。往事一幕幕地浮现在眼前：当初，也是在这间屋，我和Joy第一次见面。那时的她是多么阳光开朗的一个姑娘啊！对我这个室友何等掏心掏肺地好。只是当时的我并不领情，还整天数落她。当她第一次跟我提起Victor这个名字的时候，眼神里是多么的兴奋。也许那时，她压根不会想到：这个男人，日后将给她带来如此巨大的爱与痛。

Victor当初为Joy心痛到落泪的表情我依然历历在目。而如今，他却可以狠心到就这么丢下心上人，独自跑到美国去追求自己的飞黄腾达——头也不回地，明知道这样背叛爱情，会让 Joy 痛不欲生，但他义无反顾。是的，他就是这么变态、疯狂、歇斯底里地渴望出人头地，什么也无法阻挡他要奔向那远大前程的勃勃野心。我可不信他会在那么短的时间内真的爱上那个美籍华裔，真的不信。

“Cindy，你睡着了吗？”一旁突然传来 Joy 微弱的声音。

“我醒着！你怎么样？需要我帮忙吗？”我急忙应和道。

“能不能陪我聊会儿？”她坐了起来，声音听起来是那样地无力。

我赶紧爬起来，坐到她床头。从前我喝醉的时候，她也是这么照顾我的。

“快毕业了，以后我们像这样谈心的机会会愈来愈少。”她的语气里满是悲伤。

“不会的，我会经常去香港看你的。到时候你也要记得多回上海来看我啊。”

“我这个样子还去得了香港吗？我自己都很怀疑。”说罢，她竟突然号啕大哭起来。

“不要难过了，Joy，你虽然失去了 Victor，但你还有我们啊。”我一边轻拍着她的背，一边安慰道：“你还有一份很好的工作等着你，人生一定会否极泰来的。”

“我真的好难过好难过，我这是自作自受！如果当初听你的，理智一点，也就不会像今天陷那么深了！她愈哭愈凶，仿佛要把心中的苦全部倾倒出来似的。

“傻瓜，爱都爱了，哪有那么多悔恨啊？”我不停地轻拍她的背。哭吧哭吧痛快地哭吧，全都哭出来就会好了。

但一想到她说的“理智”，我的鼻子也忍不住酸起来。我“理智”吗？是不是有点太过“理智”了？如果我当初勇敢一点，是不是我也该有一段刻骨铭心的爱情？我以为Joy很可怜，但实际我才更可怜。在爱情面前，我是何等懦弱，连跨出一步去追逐它的勇气都没有。

是的，没有爱过，就不会受伤。然而，看到Joy这副伤心欲绝的样子，我究竟是该庆幸，还是抱憾？怕受伤，就得不到爱。爱了，却又注定要受伤。难道这就是经济学教授讲的“囚徒困境”？

四月来临，毕业在即，又到了“凤凰花吐露着嫣红”的日子。我们的父母都来了，从浦西、从台湾、从美国、从全世界各地……大家在校园里不停地打招呼、道别、拍照……每个人的脸上都洋溢着前所未有的兴奋。

记忆中的毕业，该是一个感伤的季节。而中欧这一次，大家倒没有再像小时候那样“多情自古伤离别”。名校的毕业氛围到底不一样，那点小小的离愁别绪早已被摆在眼前的各种锦绣前程所冲淡。同学们兴奋地互报去向：投行、咨询、投资、跨国培训生、创业……每个人都笑得格外灿烂。

真的，前途若是美景，何必眷恋过去？在一派大好前程的召唤下，大家早就坦然接受了毕业之后各奔东西的事实——我们本身就来自天涯海角，聚在中欧度过了无与伦比的18个月之后，理应再度出发，回到各自的世界去开拓未来人生的。

毕业那天，我一直寸步不离地陪伴在Joy身边。纵使我们两大家子的人将我们簇拥包围——是的，我们的爸妈都为自己的女儿感到骄傲，他们高兴得不惜给予彼此的女儿最美的夸赞与祝福。可我依旧感到Joy有些魂不守舍。我知道：她在等Victor。

但我心知肚明：Victor是不会来了。按他的个性和处境，这种场合他是绝对不可能出现的了。

拍毕业照、家属参观、学位授予仪式、自由留影、毕业晚宴……每一个环节，对Joy来说，都是一轮崭新的希望。然而，希望过后却都是失望，失望之后又燃起了新的希望，然后希望又重新破灭成失望……这一切对于她来说，无异于反反复复的折磨。

在礼堂颁发学位证书的时候，我特意和她学号相邻的同学换了座位。整个过程，我一直坐在她旁边，紧紧握住她的手，轻声给她打气："你要坚强，Joy，挺过了今天，你就没事了。"

然而，一直到当天的晚宴全都结束了，最终，Joy还是没能等来令她望眼欲穿的Victor。

曲终，人散。酒冷，杯凉。

我那时想到的是：人生若只如初见。

是啊，人生若只如初见，那该多好。

只如初见，那种淡淡的情怀倒是让人释怀。我想人生和感情这两样东西，淡然一点往往会心绪明了，太过执着，就是迷惘了。初次见面时的惊喜，转眼已物是人非。在嘈杂的篮球架下，在明亮的图书馆里，在离别的学校门口……在你人生的下一秒钟，在你正经过的街角……有时一转身，也许就是一辈子。

繁华谢幕。无梦无痕。

难以忘却的，不只是你，不只是我，还有我们那再也回不去的青春韶华。

结局

重　逢

MBA 毕业后的生活，忙碌而又充满挑战。正如我之前所预料的：离开了中欧，日子变得平淡许多。即便去到再“盛大”的场面，一切都显得苍白。我每天的生活被各种经济数据、行业研报、金融产品所占据。曾经那样一个个令我激动的人，那些一连串让我惊喜的事，都只能在记忆中一遍一遍地令我回味无穷。

Joy 去了香港，Karen 去了美国。Issa 去了北京，Lucy 则留在了上海，一个进了某 500 强的公关部，还有一个则去了家大牌咨询公司。每个人都忙得不可开交。偶尔出来吃顿饭，或是趁出差的机会到各自的城市约出来见一面，都是匆匆忙忙的。更多时候，大家则是通过微信来了解彼此的近况。

Joy 在香港开始了她的新生活。时间，总是治疗情伤的最佳良方。我觉得，她渐渐恢复过来。只是“重生”以后的性格，有些不太像从前的她，变得安静、内敛、细致、稳重，不知是香港改变了她，还是那段感情留下的“后遗症”，抑或人终将都会收起天真，渐渐走向所谓的成熟？

不久她就有了新的男朋友，我听她说是中欧的学长，香港本地男，很顾家也让她很有安全感。

毕业后的这两年，她飞来上海出差看过我一次，我过年跟她回台湾玩过一次。其他时候，就真的没什么机会见面了。所以当我告诉她，我要到香港来谈一笔业务的时候，她高兴得连忙叫我去住她的公寓。

于是就有了本书开头的那幕，我们一起去参加了中欧香港校友会的聚餐。吃到一半，我被“可乐”同学拉了出来。

“Victor 最近从纽约搬来香港了。”“可乐妹”低声说，生怕被里头的其他人听见。

“他来香港做什么？来多久了？”我连忙问道。

“刚回来吧，人家现在已经是摩根斯坦利的明星分析师了，研究中概股，这次刚从纽约被调到香港，应该是升了……”

“然后呢？”我追问道。

“然后，他也不知道从哪里得知 Joy 快要结婚的消息，就打电话问我。我跟 Joy 又不熟。而且，她的男朋友又是跟我在花旗同一栋楼里上班的。所以，我连她的手机微信都没敢给这家伙。”听得出来，“可乐妹”非常为难。毕竟当初 JV 两人的事搞得满城风雨，这下 Joy 又要结婚了，未婚夫又是“可乐”的同事，你让人家怎么处理这层尴尬的关系？

“好吧，你把 Victor 的联系方式给我。”我义不容辞地接过了这个烫手的山芋。

聚餐结束后，Joy 的未婚夫把我们送上了出租车，又用粤语叮嘱了司机几句，温柔地对我们说了声“拜拜”。

车没开几分钟，我们就到了她位于中环的公寓。一推开房门，她就像个小女生那样兴奋不已，赶忙打开电脑给我看她定的婚纱系列，还有台北准备操办婚礼的酒店。N 多照片……她让我慢慢看，随即自己先去洗澡了。

听见水龙头“哗啦啦”的声音，我终于放心地拿出手机，拨下了 Victor 的电话。Joy 这家伙洗澡速度一向慢得可以，所以该是很“安全”的。

我像做贼一样，心紧张得“咚咚”直跳。

电话终于通了——

“Hello, this is Victor from Hongkong.”（你好，我是 Victor，我在香港。）电话那头传来一个深沉的男低音，用的是英文。

“你好 Victor，我是 Cindy，你的 MBA 的同学，还记得我吗？”

电话那头停顿了一两秒，立刻惊呼起来：

“Hey Cindy！ 老同学！你还好吗？你人在哪里？”他的语气听起来热情而豪爽。

“我也在香港。听说你在大摩啊！不错不错，你是打算来香港工作了喽？”

“我是被公司刚调过来的。改天请你喝咖啡。哎呀，老同学，大家好久没见面了。对了，你和其他同学平时都有联络吗？”

你看你看，这家伙很快进入“正题”了。说实话，身处金融圈的我，非常敏感于这种“目的为导向”的谈话方式。这家伙，听起来好像对我挺热情，实际上目的性非常强的。不过我也无所谓了，本来也就是需要跟他长话短说。

“Joy 马上就要结婚了。”我比他还迅速地“直入主题”。

到底在华尔街都混过了，他也非常习惯于这种极为直接的谈话方式，没愣半下，就接过了我的话：“你能不能帮我一个忙？Cindy，我想今晚，就现在，能见上Joy一面。你告诉我地址，我马上就过去。对了！你给我一个她的手机号码！我将来会好好感谢你的。”

“你找她做什么？”

“我有好多话要跟她说！很多很多事情，我一定要在她结婚前跟她讲清楚！请你一定要帮我！”他很急，语气也相当恳切。

“你是想把她抢回来吗？”我干脆直接到底了，探探他的反应。

“我已经离婚了……这次回国就是想找她好好把之前的事解释清楚。”面对突如其来的刁难问题，这家伙一点也不慌乱，回答得恰到好处。

好了，我大致知道他找Joy是什么意思了。但我也不敢轻举妄动，得先看看Joy那边是什么反应。于是就把这个顾虑跟Victor直说了，让他等我回复。他表示很理解，就挂了电话。

过了一会儿，Joy洗完澡出来了。见我还在看照片，显得很高兴，就问我好不好看。我跟她扯了几句，继而将话题转移到那事儿上。

“对了，你现在还会恨那个Victor吗？”我故意轻描淡写地问道。

她有些意外，看得出来，平时很少有人会跟她提起这件事，估计大家都怕揭她旧伤疤。她愣了一下，继而幽幽地叹道："早八百年前的事了。你怎么会突然想起问这个？"

"只是关心你一下嘛。我觉得你跟现在这个会幸福的。"

"是啊，女人难免会为爱犯傻，很正常的。但经历过之后，就会更清楚自己要什么了。"她一副沧海桑田的样子。

"所以，这件事你已经看开了，对吗？"

"时间久了，自然就看开了。但那家伙还老是往我中欧邮箱里发邮件，我都没理他。"

"哈哈，那他如果现在来找你，你会想见他吗？"

"拜托！他跟我道一万次歉都不够呢！好了，我都懒得再去想这些无聊的问题了……早点睡吧，明天一早还得赶飞机。"

她上了床，换我去洗澡了。于是我拿起手机，去浴室里给Victor回微信，告诉他今晚是不太方便了。

"哦，那不急，不如明天大家一起出来喝咖啡吧。"他回复我道。第二天刚好是星期六。

我终于不得不告诉他第二天中午Joy就要飞回台北领结婚证的事实。

他看了微信以后，立刻一个电话打过来，一个劲地问我几点的航班。我被问得不知如何是好，就把手机拿进房间准备让Joy自己跟他说。但这小妮子居然已经睡着了。我想了想，还是没忍心叫醒她，怕被她骂。

最后，在Victor的利诱威逼跟狂轰滥炸下，我终于还是告诉了他航班的时间，因为我知道：即使不告诉他，他也一定会想尽一切办法找到我们的。

但这并不是关键。其实，在我主动打电话给他的时候，就已经没有打算拒他于千里之外了，虽然他曾经的背叛给Joy带来过巨大的创伤。作为Joy的好朋友，我希望她幸福，我有义务保护她，却没有权利去替她作某些方面的决定。

第二天一早，我就和Joy一起去了机场。她中午12点的飞机，我比她晚一个小时，下午1点飞回上海。

一路上，我不断找机会想告诉她待会儿Victor可能会出现。但她一直在忙着给公司发邮件、打电话，让我根本没机会打扰她。

很快，我们下了机场快线，Joy仍旧在接一个工作上的电话，边走边讲。我不断地环顾四周，心想这个Victor不知会从哪里冒出来。但这家伙就是迟迟不出现。一直等我们寄了行李，办好安检，入了闸，也没见到个Victor的鬼影子。我心都凉了，终于体会到了毕业典礼上Joy等他等到花都谢了的心情。这种感觉实在糟糕，我恨恨地想：这个烂人，以后再也不相信他的鬼话了！

Joy终于不再打电话，我陪她来到她的登机口，准备先把她送上飞机再去等自己的航班。我们找到两个座椅刚准备坐下——突然，不远处站起来一个高大的身影，他三步并作两步走到我们面前。我惊呆了：是Victor！差点没认出来！这家伙比以前气派多了，一身精贵的行头，一看就是华尔街银行家的范儿！

一旁的Joy简直不敢相信自己眼前所发生的！她瞪大眼睛，嘴巴张成了O型，盯着Victor注视了很久很久，一直没回过神儿来。

“我怕找不到你们，所以干脆也买了票。”他的声音深沉中透着诚恳。

“你来做什么？！”Joy惊诧良久，才终于缓过神来，“对了，你怎么知道我们在这的？！”

一旁的我只好一五一十地告诉了Joy来龙去脉。

“你们……”Joy眼睛睁得老大老大，看了看我，又看了看Victor，一下子变得张口结舌、欲言又止。

我们仨开始面面相觑，好不尴尬。

最后，还是Victor打破了僵局，温情地问Joy：“我后来写给你的邮件，你都收到了吗？”

“请你不要再来这套！！”Joy突然嗓门提高八度，情绪激动起来。

“你至少要给我个机会，听我把话说完，我有我的苦衷你知道吗？！”Victor的声音也开始大起来。

周围的人纷纷朝我们这里投来注目礼。两人却浑然不觉。

“我承认我当时辜负了你。但我别无选择！当年薪30万美金的工作机会放到我面前……你还记得我出国前对你说过的话吗？我是多么的想要去好好爱你！但我没有资格，我拿什么来爱你？我一无所有，我来自中国贫穷的小县城……我暗暗发誓我一定要为你打拼出一片天地来，我要把你带到更好的地方，让你过上更好的生活……”Victor 声音愈说愈响，激动得不行。

“你—根—本—不—懂—得—爱。”Joy 耐着性子听他把所有的话都讲完后，逐个吐出这几个字来——平静的语气中硬压着一股随时都要爆发的怒火。

Victor 愣了一下，但很快继续辩解道：“是的，你可以认为我不懂。但是我要告诉你，作为一个男人，如果活得像我之前那样贫贱、卑微，是根本无法去爱的！”

Victor 的眉头紧紧皱起。他说得真诚，我在一旁听得心酸。

他又停顿了几秒钟，继续说道：“也许男女之间对爱的理解的确不一样。但请你相信，我是真的真的爱你。”说罢，居然掏出了事先准备好的钻戒，单膝跪地，向 Joy 求婚。

周围一片哗然。

“请你收起来吧。已经太迟了。我不怀疑你的诚意，但我无法接受这样的爱。”Joy 冷冷地说道。看来这次她是真的不回头了，可能因为之前伤得实在太深。

Victor 依旧跪地不起。

飞机检票快结束了。Joy 实在没工夫再来陪这家伙软磨硬泡，于是就跟我打了声招呼，说了句“到时来给我当伴娘啊”，便匆匆走向入口，头也不回地上了登机廊。那义无反顾的背影，像是回给当年 Victor 绝然而去的一记响亮的耳光。

Victor 突然醒悟过来，掏出机票立刻追了上去。他就是这种人——凡事都会拼尽全力，只要给他1%的可能性，他就会拼到100%，而且不到最后一刻，绝不罢休。这次也一样，看来是早有预谋打算追去台北的了。

但这回，他似乎遇到了前所未有的阻力。

“你不许跟过来！我要报警了！”Joy突然回过头来歇斯底里地吼道。

Victor不得不停住，站在那里不知所措。

这样的禁令似乎有些荒谬，人家也是花钱买了机票的了，凭什么就不许和你一样登机呢？但Joy那架势实在很恐怖。若不是心已经死绝了，她哪里会作出如此激烈的反应？果真，Victor被彻底镇住。但我看得一清二楚：这绝不是因为Victor怕她，而是真的在乎她。

“你再给我一次机会好吗？我求求你了。”Victor哭丧着脸哀求道。那副低声下气求饶的姿态我还是头一回见识到。

“不准跟过来啊！”Joy一边警告他，一边快步后退，最后像是躲避瘟神一样头也不回地逃走了。

可怜的Victor怔怔地站在原地，不敢越雷池一步。望着Joy远去的背影，他脖子伸得老长，呆呆地站了很久，想追又不敢，想叫又叫不出来。

登机口终于要关闭了。

Victor转过身，缓缓走回了候机大厅，已经是满脸的泪水。

我陪他在空荡荡的等候区坐了一会儿。沉默、沉默……无边的沉默压抑得我快喘不过气来。

而在这了无生气的沉默中，我感觉到身边这个各方面条件都堪称优秀的精英，实际上内心与他的外表是如此的不相称。

“今后有什么打算？”我终于打破了沉默，率先开口问道。

“没想过。感到人生突然失去了目标。”他深深地叹了口气。

“可是你最重要的人生目标已经实现了。”我毫不客气地回应道。

“那又怎样？”他嘶哑的声音里带着哭腔，“失去了最爱的人，即使得到了这一切，又怎样？”

“亏你说得出口”，我终于忍不住替Joy教训道：“你这个人实在太自私了！”

他沉默了几秒钟，意味深长地叹道：“那是因为你没尝过贫穷的滋味。”

我怔怔地望着他，觉得他变了。过去的Victor是自尊心多么强烈而又敏感内向的一个人啊！那时的他，总是小心翼翼地把自己的出身包裹起来，唯恐怕被别人看透什么似的。而今，他却可以自己轻松地把这层纸给捅破，看来是真的释然了。

他看我一本正经的样子，不由笑了。那笑容仿佛发自一个饱经沧桑的长者内心，淡定且自然。

那时我突然觉得：人生就像是在还债。一个人长大以后最在意最努力最为之奋斗的，往往就是小时候缺失得最厉害的东西。若想彻底“根治”内心的某些缺陷，也许“得到”是最直接的一剂良方。

“你是几号口？我送你。”他边说边拎过我手中沉甸甸的袋子——那里头装的全都是投行客户高度私密的资料，托运不安全，所以我一直手提着。

把我送到登机口后，他又陪我坐了会，直到目送我验完票，他才朝我挥手告别。哎，如果人生没有那么多压力，他本该是多么好的一枚暖男啊！

空旷的候机大厅里，我看见一个落寞的背影，渐渐远去。